河出文庫

綺堂随筆

# 江戸っ子の身の上

岡本綺堂

目次

非常時夜話



池 龍蝎 水蛇 雨 東京陵

## 怪奇探偵話

# 綺堂随筆

# 江戸っ子の身の上

# 江戸の芝居、東京の思い出

# 助六身の上話

## 一

「おれの先祖の助六に済まねえ。」

わたしも江戸っ子の口真似をして、ときどきにこんな太平楽をならべることもあるが、祖先崇拝の観念に乏しいわたしは、正直の所、その先祖の助六どんに就《つい》てあまり多くを知っていない。すると、今度意地わるくある雑誌社からその「助六」に就てなにか書けという註文をうけた。しかも演劇や浄瑠璃でおなじみの助六ばかりでは勘弁ができない。そのほんとうの事蹟をも調べて書き出せという。わたしもこれには頗《すこぶ》る弱った。

それから先《ま》ず手許《てもと》にある参考書を持ち出して、机の上にうずたかく積んで見た。これを片端から読ませられるのかと思うと少しうんざりして、しばらくは唯ぼんやりと虫蝕本や活版本を見つめているうちに、窓にさし込む春の日はあたたかい。床に生けた桜の花もこぼれそうに咲きみだれている。外では鳥が啼《な》く。私はなんだか薄ら眠いような心持になって、いつの間にか机に倚《よ》りかかってうとうとうたた寝の肱枕をきめていると、頭の上でせせら笑うような声がきこえた。

「馬鹿野郎。しっかりしろ。」

おどろいて眼をあくと、机の前にひとりの男が突っ立っていた。男はすこし小柄ではあるが、眼のまるい、鼻の高い、口の大きい、いかにも立派な男らしい顔の持主で、三升と牡丹の繡《ぬい》をした黒つむぎの小袖の巾広の帯をしめて、柑子《こうじ》色の木綿の鉢巻をして、紺足袋をはいて、長い刀を一本さしていた。

「君は誰だい。」と、私はおどろいて訊いた。

この不思議の闖入者は又せせら笑った。

「おれを知らねえか。花川戸の助六だよ。」

本人の名乗る以上、よもや間違いはあるまいとは思ったが、そのいでたちがいつもとは少し勝手が違っているので、わたしは彼を先祖の助六と認めるのに躊躇した。

「おれも昔はこういうなりをしていたのだ。正徳三年に二代目団十郎という奴が初めておれの役を勤めたときには、この通りのなりをしていたのだ。それが寛延二年に三度目で舞台にかけられたときに、団十郎も抜目のねえ奴さ。その当時の蔵前風というのを真似て、黒羽二重《くろはぶたえ》に杏葉《ぎょうよう》牡丹《ぼたん》の五つ紋、むらさき縮緬《ちりめん》の鉢巻、鮫鞘《さめざや》の刀に一つ印籠というこしらえに変えてしまったのだ。それだから、おれも今日はわざわざ昔のなりで訪ねて来たのだ。よく覚えて置け。」

「それじゃあ、君がほんとうの助六なんだね。」

「そうよ。江戸っ子だ。嘘はつかねえ。」

「いや、これは丁度好いところへ来てくれた。すこし君に訊きたいことがあるんだがね。」

「なんだ。おれの身の上話か。」

「お手の筋。その通り、その通り。」

「うるせえな。おれのことは昔から大勢の人がかいているよ。今更あらためて詮議立てをすることもねえ。」

「でも、それじゃあ私が困る。毎々で煩《うる》さいかも知らないが、まあ君の知っているだけのことを話して貰いたいね。」

「陰陽師身の上知らずで、自分のことはあんまり判らねえもんだが、まあ仕方がねえ、ちっとばかり話してやろう。なに、筆記して雑誌に書く……。それじゃあ、些《ちっ》と詞《ことば》をあらためて、よそ行きのつもりで話すとしようか。まあ、ざっとこんなもんだ。

おれもお前と同じように、先祖のことはあんまり詳しく知らない。しかしほんとうの生れはどうも上方者らしいな。延宝年間に大阪に万屋《よろずや》助六というどら息子があった。こいつが揚巻《あげまき》という遊女と晒《さら》し縄手で心中して、一中節《いっちゅうぶし》にうたわれた。この揚巻助六の心中は京都のことだという説もあって、『洞房語園考異《どうほうごえんこうい》』にはこんなことが書いてある。万屋助六は京の男で、島原の傾城の揚巻と馴染をかさねて放埒を尽したので、親どもが見かねて勘当した。その時に助六が縁切金として千両くれろとねだったので、大家の親はその望みのままに千両遣った。すると、助六はその金で揚巻をうけ出して、かねて二人のあいだに儲けた一人の子供をあずけ先から取戻して、その子を親の門前に捨てて置いて、二人はそこを立退いて心中を遂げたという。以上、どっちがほんとうだか俺にも判らないが、なにしろ助六という男と揚巻という女が心中したのは、たしかに上方のことで、宝永六年には『千日寺心中』という竹本の浄瑠璃が出来たそうだ。その作者は近松門左衛門とも云い紀《き》の海音《かいおん》ともいうが、おれは能《よ》く知らない。しかしこの助六揚巻がおれの先祖だと云うことは争われない事実らしい。どうかんがえてもおれの先祖は上方者だ、江戸っ子じゃあねえ。少し癪《しゃく》だが、どうも仕方がない。

そのおれが江戸っ子の戸籍にはじめて編入されたのは、先祖の助六が死んでから四十年ばかりも後の事で、正徳三年の四月五日だ。なんでもあの『千日寺心中』と云うのが江戸まで評判になって、その助六を江戸式に書き直そうとしたものらしい。前にも云った通り『千日寺心中』の出来たのは宝永六年で、正徳三年はそれから五年目に当るから、どうもこれがほんとうらしい。また『近世奇跡考』によると、上方の浄瑠璃に万屋助六、傾城総角《あげまき》『二代紙子』と云うのがあるので、それから思い附いたのだとも云う。どっちにしても、上方種を江戸の俳優が拾いあげて、自分の子として育てたらしい。その俳優は則ち二代目団十郎、所謂栢莚《いわゆるはくえん》で、その時二十六歳だと云い伝えられている。そこで、栢莚が津打《つうち》半左衛門という作者に頼んで、はじめて書いて貰った狂言が、『花屋形愛護桜《はなやかたあたごのさくら》』というので、おれはこの時から初めて江戸っ子として世間に立つことになったのだ。」

「ちょいと待ってくれ給え」と、わたしは遮った。「しかし可怪《おかし》いじゃないか。いくら上方の助六揚巻が有名だからと云って、なにもわざわざその名を仮りて江戸前の狂言を作る必要もあるまいと思うが……。」

「そこに栢莚の商売気があるんだ。」と、かれはわたしの無智を嘲るように笑った。「お前のいう通り、ただ上方種ばかりじゃあ些と面白くないが、丁度その頃よし原に三浦屋の総角という名代の花魁《おいらん》があった。総角と揚巻、その名の似通っているところが栢莚の附目さ。今の人間の量見で昔のことを考えちゃあいけない。その時代のよし原、その時代の遊女というものは、江戸の人間の上にえらい勢力をもっていたもので、その名前を仮りるということが人気を寄せるのに非常の便利をあたえたものだ。そこで、女形の名は両方を折衷して三浦屋の揚巻、栢莚もなかなか悧口者だよ。そういうわけで揚巻は先ずよし原の花魁ときまったが、今度は相手の男だ。即ちこのおれをどう始末しようかと云うことになると、栢莚はまたかんがえた。その頃、浅草の花川戸に助六という俠客のような男があった。この助六のことについて、むかしから色々の話が伝わっているようだが、本人のおれは知らない。」

「知らない?」とわたしは不思議そうに相手の顔を見た。「その助六という男はふたりも三人もあったらしいぜ。ひとりは花川戸の助八という魚問屋で、持って生れた男気から人の身替りに入牢して、とうとう牢死をしてしまった。その女房はそれを悲しんで、夫の墓のまえで自害してしまった。」

「むむ。比翼塚に似ているな。」と、かれは笑った。「まあ、好いや。それから。」

「それから宝永年中に助六という侠客が花川戸に住んでいた。大してえらい奴でもなかったが、よし原近所に巣を食っていただけに、廓でも相当に知られていた。墓は山谷の易行院にあるそうだ。」

「それだよ、それだよ。おれの云うのは……。おれの身許はどうもそれらしいよ。残念ながら余りえらい奴でなかったに相違ない。しかし丁度その時代に生れ合せたのが仕合せで、殊に助六という名を附けていたのが没怪《もっけ》の幸いで、栢莚と津打半左衛門とが相談の上で、とうとうこの助六を祭り上げることになったんだ。一体、今の人間は珍しそうに云うが、助六なんていう名は昔はざらにあったものよ。助六、助七、助八、そんな名前の人間は幾らもあった。現に花房助兵衛なんていう立派な武士すらもあるくらいで、助六という名前の人間をさがそうと思えば江戸中に幾らもあったろう。そのなかで花川戸の助六が比較的高名であるところから、こいつに白羽の矢が立ったので、別に深い意味も理窟もあるわけのものじゃあない。色々の理窟はあとの奴等が勝手に故事附けたに相違ないと、本人のおれはそう思っている。それだから、くどくも云うようだが、土台の生れは上方で心中した助六と揚巻、それが江戸に輸入されて、三浦屋の揚巻と花川戸の助六に変ったわけだ。ほかに何の理窟もへちまもあるものか。」

「それにしても、花川戸の助六――たといそれが詰まらない奴にしても、兎も角もそのからだを仮りた以上は、君もあながち上方種ばかりでもない、江戸っ子の血も少しはまじって来たわけだね。」

「まあ、そうだな。」と、彼はうなずいた。「それでなけりゃあ江戸の舞台の売物にゃあならないからな。しかしおれから云えば、先祖なんぞは何《ど》うでもいい。上方でも花川戸でもなんでも構わない。つまるところがおれはおれよ。栢莚と津打半左衛門のあたまから新しく生み出されたものだと思ってくれれば可い。先祖のことをなんにも知らないと思われるのも、あんまり口惜いから、ちっとばかり位牌や戒名をならべて見たものの、おれだって確かなことを知っているわけじゃあない。太閤秀吉や加藤清正とは訳がちがって、助六なんていう人間はほんとうに生きていようが居まいが、おれの値打には些とも変りはないんだ。おれはやっぱり正徳三年四月五日江戸木挽町《こびきちょう》の山村座に於て誕生と、こうきめて置いて貰った方が都合が好いらしいよ。」

「よし、君の云うことはよく判った。僕も実は君と同感で、助六という人間の正体なんぞを詮議するのは詰まらないことだと思っているのさ。」

「それほど判っているなら、なぜ余計なことをしゃべったり、しゃべらせたりするのだ。助六の墓が山谷にあるなんて詰まらないことを知ったか振りをしやあがって……。」

「まあ、そう憤っちゃいけない。僕も唯ちょいと世間の奴等の口真似をして見ただけのことだから。それじゃあ、君の身許調べはもう大概にして、芝居の方のことを少し訊こうじゃないか。」

「それはおれが生れてから後のことだから、相当に知っているつもりだ。が、まあ待ってくれ。一服すってから話そうよ——と云ったところで、ここの家じゃあ煙管の雨が降りそうもねえ。まあ、仕方がねえや。売残りらしいバットの一本もお先き煙草ときめるかな。」

世につれて助六も少し木綿摺れがして来たらしい。

## 二

私は訊いた。

「そこで、君が誕生のときの役割は。」

「さっきも云う通り、舞台は木挽町の山村座、狂言は『花屋形愛護桜』の二番目で、浄瑠璃は江戸半太夫、役割は大道寺田畑之助後に花川戸助六（団十郎）、傾城揚巻（玉沢林弥）、白酒売新兵衛《しろざけうりしんべえ》実は荒木左衛門（生島新五郎）、髭《ひげ》の意休《いきゆう》（山中平九郎）という顔触れよ。しかし断っておくが、この時の狂言の筋は今とはよほど違っているのだ。なにしろ、その時のおれというものは素敵に威勢のよかったものよ。はじめの出だって、花道でのろのろ踊っているんじゃない。片袒ぬぎで尺八をふり廻しながら、喧嘩の相手の仕出し四、五人を追掛けて出るというんだから、万事察してくれ。そう云う勢いでなけりゃあその時代の江戸っ子を唸らせることは出来ないからな。なにしろこれが大当りにあたって、市川家十八番の御本尊様になってしまったんだ。それから三年目の享保元年二月二十二日から中村座で、『式例和曾我《しきれいやわらぎそが》』という狂言を出すことになって、おれが又その二番目に引張り出されたが、そのときの役割は花川戸助六実は曾我の五郎（団十郎）、白酒売新兵衛実は曾我の十郎（三桝助五郎）、傾城揚巻（中村竹三郎）、髭の意休（大谷広右衛門）という顔触れで、はじめて蛇の目の傘をさした。二度目の作者は津打治兵衛で、この時からよほど今の狂言に近づいて来て、曾我の五郎が友切丸詮議のために俠客助六となって廓へ入込むということになっているのだ。それから三度目が紫の鉢巻よ。」

「いや、その鉢巻に不審がある。君は今、三度目の助六から紫の鉢巻を用いるようになったと云ったね。その鉢巻を紫に替えたわけは、その頃花川戸の米屋の助八という男があって、それが三浦屋の総角と深く云いかわしていた。で、ふたりが相合傘で仲よく仲の町を通ると、二、三人のあぶれ者が助八に喧嘩を仕掛けて、尺八で助八の額を割って逃げた。総角はおどろいて男を介抱し紫ちりめんの裲襠《うちかけ》の袖を裂いて助八の額の傷をゆわえて遣った。これが評判になったので、団十郎も助六の鉢巻をむらさきに替えたという伝説があるが、それはほんとうだろうか。」

「お前も頻りに古本あさりを遣るとみえて、なにか見て来たようなことを云うが、本人のおれから見ると、そんなことはみんな嘘らしいな。実はおれも遠い昔のことで能くおぼえていないのだが、どうも米屋の息子なんぞに関係はなかったように思っている。それに就ちゃあ流石《さすが》は京橋の伝公、あの京伝よ。あいつが書いた『近世奇跡考』に巧いことが云ってある。その文句をつまんで云うと先ずこうだ。『明暦、寛文の頃の歌舞伎狂言の古図を見るに、若衆形《わかしゅがた》の総踊《そうおどり》などに、すべて紫の鉢巻をす。『江戸鹿《が》の子《こ》』にいう、むかしは美童に綾羅《りょうら》に身にまとわせ、紫の切《きれ》をはちまきにしていろいろの芸をなす云々となり。助六の鉢巻もその遺風なるべし。』――これだ、これだ。どうもこれがほんとうだよ。おれが紫の鉢巻をしたのは別に面倒な故事来歴があるわけじゃあない。つまりその時代の風俗と思えばいいのだ。物識《ものしり》振って余計な理窟を付けちゃあいけない。

これで先ず鉢巻の御不審は晴れたとして、それから三度目の話だ。享保元年から三十三年目の寛延二年三月に中村座で三度目の助六が出た。この時の外題は『助六廓家桜』と云ったように覚えている。この時のおれのこしらえはその頃の蔵前風を真似たもので、それが今日のお手本になっているのだ。ここでちょっと断って置くが、おれの紫の鉢巻は二度目からだという説もある。そう云われると、おれも少しこぐらかって来て、どっちだか確かに判らなくなって来るが、まあ世間一般の説にしたがって三度目からと云うことにして置こう。そこで、浄瑠璃の方の話だが、第一回は前にも云った通り、江戸半太夫節、二度目のときの浄瑠璃も江戸半太夫で、門人の河東《かとう》がワキを語った。その文句の大体は今の河東節とおなじようなもので、やっぱり例の『春霞立てるやいづこみよし野の、山口三浦うらうらと』から始まっているが、なかほどの文句が少し違っている。その後に河東が河東節の一流を立てて、三度目の時から今日の河東節になったのだ。」

「それから髭の意休や、朝顔仙平、かんぺら門兵衛のことを少し訊きたいね。」

「面倒臭えな。そんな奴等はどうでも可いじゃあねえか。しかし折角訊くもんだから教えてやろうよ。髭の意休は髭の自休《じきゅう》をもじったと云うことだ。自休は徳川の旗下で本名は深見十左衛門貞国、若いときから剃髪して自休と号して、俠客の群に這入ってよし原をあらし歩いたので、しまいに島流しになった。こいつが長い髭をたくわえて、その髭には香をくゆらせていたとか云うのが評判で、とうとうおれの相手に引張り出されることになったのだ。また同じ頃に髭の無休という幇間《ほうかん》もあったそうだ。そんなのを一つにして、もし旗下の方から苦情が出れば、いやこれは幇間でございますと逃るくらいの料見であったらしい。かんぺら門兵衛というのは自休の子分で本名は仙太郎、こいつもよし原荒しの一人で異名をかんぬき門兵衛と云われ、これもしまいには流罪になった。念のために云って置くが、第一回の興行の時には、意休を意久といい、かんぺらをかんてらと云ったものよ。時代が近いだけに幾らか遠慮したんだろう。朝顔仙平は北八町堀に住んでいた藤屋清左衛門という菓子屋で、こいつの店で売る朝顔煎餅が評判で、これも侠客とか町奴とか云われていたので、おなじく意休の仲間に生捕られたわけだ。もうこのくらいでよかろう。そんなに執念ぶかく穿索しても始まらねえことだ。」

「ありがたい。大抵わかった。そこで本元の大阪の方じゃあ彼の『二代紙子』と『千日寺心中』のほかに助六揚巻を取扱ったものはなんにも無いのかね。」

「明和五年に菅専助の書いた『紙子《かみこ》仕《じ》立両《たてりょう》面鏡《めんかがみ》』という三段物の浄瑠璃がある。あんまり感心したものじゃあねえが、兎もかくも萬屋助六と新町の遊女揚巻とを取組ませたもので、中の巻の大文字屋が有名になっている。これは芝居でも寄席でもおなじみのものだから今更くわしく云うにも及ぶめえ。」

「それから江戸の方では。」

「江戸の方では、小團次のした『黒手組の助六』よ。作者は黙阿弥で、意休の穴が鳥居進左衛門、それに新造白玉、牛若伝次、番頭権九郎、これもたびたび舞台にかかるものだから、あらためて講釈するまでもあるめえ。こんなことを一々講釈していたら際限がねえ。江戸っ子は気がみじけえや、おらあもう帰るよ。」

「まあ、もう少し待ってくれ。」と、わたしは呼び止めた。「それから君に訊きたいのは、この助六という狂言に就ての君の意見だね。むかしからたびたび勤めているから君が一番よく知っている筈だ。」

「そりゃあ御免だ。」と、かれは手を振った。「さっきも云う通り、陰陽師身の上知らずで、自分にゃあさっぱり判らねえ。だが、おれも大抵ここらで葬って貰えてえな。長生きすれば恥多しだよ。いや、こんなお饒舌りをしているうちに日が暮れる。おい、あばよ。」

彼のすがたは消えてしまった。

# かたき討の芝居

## 一

復讐は人間の本能であるから、遠い昔から存在したに相違ない。それに就いては他の専門家の研究が発表されているから、私は単に日本の芝居に於ける「かたき討」について少しく述べることにする。

改めて註するまでもないが、普通に用いられる「かたき討」という言葉は、汎い意味における復讐ではない。君父兄弟、あるいは親類縁者の仇を報いるために、その相手を殺す場合に限られているのである。江戸時代に流行した「かたき討」の芝居や小説や講談のたぐいも、皆この限られたる復讐の範囲を出でない。随って、千編一律の単調になるのもまた已むを得ないのである。

能楽にも「小袖曾我」「夜討曾我」「望月」のたぐいが仇討物として一般に知られて

いる。殊に「望月」の如きは頗る劇的に出来ていて、芝居の方面にも種々の影響をあたえているように思われる。この「望月」は明治以後に劇化されて、新富座で上演されている。西鶴その他の小説にも仇討物があり、又実際にも仇討事件が諸国に行われたのであるから、劇の方面にも仇討物を脚色するのは当然で、江戸時代に上演された仇討狂言はおびただしい数字に上っている。芝居道には「曾我物」という通言さえあって、毎年正月には必ず曾我兄弟に縁のある狂言を上演するのを例としていた位である。

江戸の三座は十一月の顔見世狂言、一月の初春狂言、三月の弥生狂言、五月のさつき狂言、七月の盆狂言、九月の秋狂言、この六回を以て一年の興行を終るのを例としていた。その中で、初春狂言に曾我物を択ぶのは前述の通りである。その外に、いつの頃から始まったのか知らないが、皐月狂言には仇討物を上演することになっていた。それは五月が曾我兄弟仇討の当月であるが為かと思われる。そんなわけで、一年六回興行の中で二回は仇討物を上演するを例とし、特に例外が無いでもなかったが、原則としてはこの慣例を守っていたのであるから、仇討狂言がしばしば繰返されたのも怪むに足らないことで、渥美清太郎氏の説によると、江戸時代に生れた歌舞伎狂言の三分の一は仇討ものであるという。

劇場側では勿論なにかの意味があって仇討物を繰返したのではなく、それが一般観客に喜ばれたが為に過ぎない。江戸時代の士人は芝居小屋などに足を入れないのが普通で、劇場の観客は農、工、商の三階級に限られ、殊に商人と職人が多数を占めていたのは周知の事実である。それにも拘らず、仇討物が一般に歓迎されたのを見ると、仇討礼讃は我が国民性というべきであろう。芝居や講談の仇討物で代表的と認められるものは曾我兄弟の仇討、赤穂浪士の仇討、伊賀越の仇討で、就中《なかんずく》、曾我と赤穂浪士の一件を脚色したものは数百種に上ると云われている。

曾我は芝居道で吉例と称する「曾我の対面」以外に、代表的の狂言はない。しかも年々歳々の初春狂言に上演するのであるから、単に五郎とか、十郎とか、朝比奈とか云う名を仮りただけで、その内容は史実に頓着なく、勝手次第に脚色されたのが多く、歌舞伎十八番の「助六」すらも、助六実は曾我五郎と云うたぐいであるから、他も推して知るべしで、大磯の虎が八百屋お七を兼ねるという始末。観客もまた曾我に縁のある人物が登場して、かたき討の一件を背景にして動いていれば、舞台の上では如何なる狂言を演じていても咎めないという風であった。甚しきは曾我に何の縁もない狂言を上演して、その外題だけに「何々曾我」と冠らせたのもある。要するに、その内容の如何を問わず、なんでも「曾我」と云えば観客も納得し、今度の春狂言には「曾我」を上演すると聞けば、それだけで春らしい気分を感じたのである。

曾我と違って、赤穂の仇討には「仮名手本忠臣蔵」という代表的の狂言がある。「忠臣蔵」は竹田出雲、三好松洛、並木千柳の合作で、寛延元年八月、大阪の竹本座のあやつり芝居に上演されたものであるが、大好評を博して十一月まで興行した。それが間もなく三都で劇化されると、いわゆる「脚なくして天下を走る」という勢いで、全国の津々浦々にまで行き渡り、四、五十年の後には殆ど「忠臣蔵」の名を知らざる者なく、略して「くら」と云っても直ぐに判るほどになったばかりか、これを上演すれば必ず成功するというので、芝居道の独参場と呼ばれるようになった。これに次いで近松半二作の「太平記忠臣講釈」がある。

右の如くに「忠臣蔵」を第一とし、「忠臣講釈」を第二として、その他に赤穂一件を脚色したものは、義太夫にも歌舞伎にも沢山ある。これも前に挙げた「曾我」と同様、屢々くり返すうちには材料も尽きてしまって、殆ど史実には関係なく、単にその人名を仮りただけで、全く作者の空想に出でたものが多くなった。彼の「明烏」の浦里と時次郎も赤穂一件に関係があり、彼《か》の「四谷怪談」のお岩や田宮伊右衛門も赤穂一件に関係があるように作られてあるのは、観客に馴染の深い「忠臣蔵」に縁のあるように企てられたに過ぎない。

次は伊賀越の仇討で、その代表的の物は近松半二作の「伊賀越道中双六」である。これは半二の絶筆で、天明三年四月、やはり大阪の竹本座のあやつり芝居に上演されたものであるが、その九月には直ぐに大阪の中座で歌舞伎化され、彼《か》の「忠臣蔵」と同様に忽ち三都に拡められた。仇討物語としては、荒木又右衛門、沢井又五郎の名は甚だ有名であるが、劇としては曾我や忠臣蔵に遠く及ばず、この一件を脚色した狂言の種類も多くない。以上の三者のほかに、仇討狂言として有名なものは「天下茶屋」「亀山の仇討」「崇禅寺馬場」「田宮坊太郎」「合邦辻」「鶯塚」「襤褸錦」のたぐいで、女の仇討でよく知られているのは「加々見山」のお初、「白石噺」の宮城野信夫などであろう。殊に寛政以後、小説界にも劇界にも仇討物が多くなったのは注意すべき傾向で、怪談物の流行と共に、時代が漸く頽廃期に入ったのを語るものである。

## 二

小説に演劇に仇討物を愛好するのは、わが国民性であることは前に述べたが、その以外に強い刺戟を追求する傾向が著るしく現われて来たのは寛政以降のことで、文化文政に至っていよいよ甚だしく、惹いて江戸末期に及んだのである。怪談物と仇討物と、その本質は異ったものでありながら、それが車の両輪の如くに併立の流行を来したのは、強烈の刺戟を求むる点に於て一致しているからである。怪奇と残酷と、それでなければ小説の読者と演劇の観客を満足させることが出来なくなったのである。怪談物は姑く云わず、仇討物も在来とは次第にその形を変えて来たのを見逃すことは出来ない。

仇討物を好むのは忠孝の精神の発露と認むべきであるが、忠孝以外に残酷を好むようになったのは、確に頽廃的である。在来の仇討狂言には差したる残酷の場面はない。しかも寛政以降の仇討物には「返り討」ということが多くなった。前に挙げた「天下茶屋」「亀山」「崇禅寺馬場」その他、いずれも「返り討」を以て有名となっているのである。

「返り討」は云うまでもなく、仇を狙う者が却って仇のために討たれるのである。その事が已に不愉快であるのに、返り討は決してあっさり片附けられる事なく、仇の本人が多勢を恃み、或は相手の病弱に乗じて、極めて残酷の手段を以て相手を虐殺するのである。したがって、なぶり殺しの血みどろな場面が屢々展開される。今日では「返り討」の場が上演されるとしても極めてあっさりと演じ去るのであるが、故老の談によると昔の「返り討」の場は、これでもかこれでもかと云うように、あらゆる残虐の手段を尽し、文字通りに「眼を掩う」の惨状を演出したという。こうなると、忠孝も節義も問題でない。観客は唯その凄惨の情景に魅せられて、病的の快感に酔えばよいのである。その目的に合致するために、仇討物とはいいながら、最後の仇討は甚だ簡単に片附けられてしまって、その間の「返り討」に主力をそそぐようになる。つまり、返り討を見せ場として一日の狂言を組み立てることになって仕舞ったのである。悪人が暴力を揮って大いに威張る、善人が血みどろになって踏みにじられる。そういう筋の芝居でなければ、仇討狂言も一般観客に歓迎されないようになったのは、一種の変態であると云ってよかろう。

「返り討」の残酷だけでは、まだ満足されないと見た場合には、更に又、甚だしい恋愛の湿れ場を加える。猶その上に、殺された者の幽霊が現れると云うような凄い場面を加える。残酷、卑猥、怪奇、これ等の責め道具を取揃えて、観客に満足を迫るのである。こうした責め道具は必ずしも仇討物には限らないのであるが、仇討物の形式を仮りるのが比較的に便利であるのと、仇討物ということが一般の人気を呼ぶにも都合が好いので、劇場側では好んで仇討物にこの手段を用い、観客もまたそれを喜んだのである。この傾向は先ず大阪の小芝居に始まって大芝居に移り、更に江戸に移ったのであると云い伝えられているが、その起源の前後は兎もあれ、江戸でも大いに流行したのである。

江戸時代の作者、たとえば鶴屋南北、桜田治助、河竹新七等の脚本をみれば、その傾向がありありと看取される。今日出版されている江戸時代の脚本類は、発売禁止を恐れて相当の改訂を加えてあるから、それ程にひどいとは思われないのであるが、その原作を見たら大変、残酷と云おうか、卑猥と云おうか、よくもこんな物が舞台の上に実演されたと驚嘆するようなのが往々ある。仇討物を武士道と結び付けて考えたりすると、案外の間違いが出来ないとは限らない。

勿論、最初は武士道の影響を受け、わが国民固有の忠孝節義の精神から仇討物を歓迎したに相違ないが、中頃から変じて右の始末となってしまった。実際に於ては、江戸末期まで仇討は絶えなかった。世間でもそれを讃美した。したがって、かたき討の芝居を演ずることは人気を呼ぶ一つの興行法であったが、その内容は著るしく変っていた。たといその題目は仇討であっても、忠孝節義の一点張りでは観客が承知しない時代となったのである。こうした傾向は伝統的に江戸末期まで継続したが、明治以後は流石《さすが》に面目を改めなければならなくなった。文明開化の世間も承知せず、第一に当局者が許可しないことになったから、狂言の形式もおのずから変って来た。

個人の仇討は禁止された。世間も仇討を否認するようになった。その結果、明治以後には仇討狂言の新作が少くなった。稀に新作が出るとしても、大体の筋は実録に拠ったもので、残酷や怪奇を見せ場とするものは殆ど跡を絶った。江戸時代の仇討狂言が再演される場合でも、適当にカットされ、アーレンジされて、昔の色も匂いも甚だ稀薄なものになって仕舞った。五月狂言に仇討物を上演するという慣例も疾うの昔に忘れられた。

唯その中で、代表的というべき曾我の仇討、赤穂浪士の仇討、伊賀越の仇討、これだけは今も廃れない。この三者は江戸時代でも血みどろの「返り討」などを仕組んだものは無い。事実が余りに明白で、曾我十郎を返り討にしたり、大石主税を返り討にしたりする事を許されなかった為でもあろう。しかし「忠臣蔵」の傍系の物には、四十七浪士以外の人物が活躍して、残酷や卑猥を見せ場としているものが無いではない。勿論そんな物は今廃れた。今日これ等の代表的仇討狂言を鑑賞するのは、江戸末期の頽廃気分を清算して、更に最初の本道に復したものとも云い得る。その行為を論ぜず、その精神を味うならば、曾我も赤穂も伊賀越も仇討狂言として舞台の上に生命を保つであろう。

今日、一部の観客に歓迎される「剣劇」というものがある。これは江戸時代の仇討狂言の系統を引いたようなもので、単に闘いを主眼とした殺伐な劇である。それが非芸術な物であるのは云うまでもなく、所詮永続すべきものでもあるまい。

# 夏芝居

夏芝居について何か思い出を書けということであるが、特に夏芝居として深い印象を残しているものもない。強いて記憶をたどって行けば、やはり彼《か》の「牡丹燈籠」であろう。円朝の「牡丹燈籠」が舞台に上ったのは、明治二十年の八月、大阪俳優の一座が春木座（今の本郷座）で上演したのを始めとするが、それは彼の鳥熊の値安興行であったので、ここの定連たる山の手の観客の一部を喜ばせたにとどまって、別の世間の評判にもならずに終った。

五代目菊五郎が歌舞伎座の七月興行に上演したのはそれから五年後の明治二十五年で、その年の正月興行に円朝の「塩原多助」を上演して大好評であったのに味を占めて、盆興行には更に円朝の「牡丹燈籠」を上演することになったのである。脚色者は福地桜痴居士であったが、桜痴居士はこういう世話物が得意でないので、三代目河竹新七が修正を加えて一日の通し狂言に作り上げたのである。それがまた頗る好評であったので、劇としての「牡丹燈籠」が始めて世間に認められ、その後は続き話としての「牡丹燈籠」よりも、劇としての「牡丹燈籠」の方が多く知られるようになって、今日に至るまで、舞台の上にしばしば繰返され、ポピュラーなる夏芝居の一つとなり済ましたのである。

ふり返って見ると、随分久しい。歌舞伎座の初演はわたしが徴兵適齢の夏であった。先代菊五郎の孝助と伴蔵とおよね、先代秀調のお国とおみね、松助の飯島平左衛門と山本志丈、いずれも好評を博したのであるが、わたしは今ここで舞台の上の思い出を語ろうとするのではない。その当時の劇場の興行法とか、周囲の空気とかいうようなものについて、三十余年のむかしを偲んでみたい。

どなたも御承知であろうが、近年は東京市中に氷屋というものが少い。たまに有るとしても、それは近所の子供を相手にするくらいの小規模のもので、普通の人がソーダ水やアイスクリームを求める場合には喫茶店やカフェーのような店に入り込むことになったが、明治二十五年ごろにカフェーなどは無かった。したがって、夏の市中には大小の氷屋が沢山に見出された。氷と大きく書いた日除けをかけ、硝子の涼しそうな暖簾を下げ、店の内外に長い床几を幾脚もならべて、氷を削る鉋の音が忙がしそうに聞えた。

歌舞伎座はこの氷屋に大きい牡丹燈籠をかけたのである。わたしは勿論その詳しい数字を知らないが、その当時、東京市中における氷屋はおそらく大小あわせて一千軒に達していたろうと察せられる。それに配った牡丹燈籠は鼠色のもので、その四枚の垂れには、一枚に歌舞伎座、一枚に盆興行、一枚に三遊亭円朝作、一枚に牡丹燈籠と記されてあった。今と違って、そのころはまだ盂蘭盆に切子燈籠をかける家も所々に見受けられたから、盆燈籠というものが諸人の眼に慣れていた。それだけに、歌舞伎座の牡丹燈籠も盂蘭盆らしい感じを強くあたえたのである。わたしの家に近い麴町五丁目の水金という大きい氷屋の店さきにも、鼠色の燈籠が長い尾を夜風になびかせて、そのそばに草市が開かれていたのを記憶している。

ひとり水金ばかりでなく、銀座をあるいても、神田をあるいても、行く先々の氷屋には牡丹の燈籠のかかっているのが眼についた。盆燈籠は普通に白であるべきを、これは鼠色にぼんやりと点されているのが、一種幽暗の部分を誘い出すようにも思われて、盂蘭盆と歌舞伎座と、牡丹燈籠と怪談と、それが結びつけて考えさせられた。誰の創意か知らないが、その当時においては確に有力なる宣伝方法に相違なかった。

歌舞伎座では更に宣伝の方法をかんがえて、盂蘭盆の十五、十六の両日、藪入り見物の子供に限って、牡丹の絵をかいた団扇を一本ずつ景物に配った。まだそのほかに牡丹燈籠二千個を作って、七月二十三日、両国の川開きの夜に大川へ流した。その時代としては、宣伝の方法至れり尽せりで、この興行が大入りを占めたのも無理はなかった。

その当時、歌舞伎座は一年六回の興行であったから、劇場側でも宣伝の工夫も出来、又その準備も整ったのであるが、今日のように何処の劇場も一年十二回、毎月休みなしの興行をつづけているのでは、なかなか宣伝の余裕もあるまい。したがって「牡丹燈籠」を上演する場合でも、単に劇場の前に燈籠をかけるぐらいに止まっている。

たとい歌舞伎座の故智にならって、市中の氷屋に燈籠を配ろうとしても、その氷屋が今は少い。カフェー何々というような西洋風の店構えに切子燈籠は釣り合わない。むかしの氷屋には「牡丹燈籠」のお露を偲ばせるような高島田の娘さん達も出這入りしたのであるが、今日の耳隠しや七三のモダーンガール達では、切子燈籠の灯のかげに立つにふさわしくない。いずれにしても、昔の芝居はこんな宣伝をしたという話の種として残るに過ぎないのである。

歌舞伎座の書きおろし当時、主要な役々を勤めた俳優のうちで、今も健在であるのは、前にいった松助老人のほかに、お露を勤めた栄三郎（今の梅幸）、源次郎をつとめた八百蔵（今の中車）ぐらいに過ぎないであろう。原作者の円朝は勿論、脚色者の桜痴居士も河竹新七もすべてこの世にいないのである。

# 正月の思い出

ある雑誌から「正月の思い出」という質問を受けた。一年一度のお正月、若い時から色々の面白い思い出が無いでもないが、最も記憶に残っているのは、お正月として甚だお目出たくない、暗い思い出であることを正直に答えなければならない。

明治二十八年の正月、その前年の七月から日清戦争が開かれている。すなわち軍国の新年である。海陸ともに連戦連捷、旧冬の十二月九日には上野公園で東京祝捷会が盛大に挙行され、もう戦争の山も見えたというので、戦時とはいいながら歳末の東京市中は例年以上の賑わしさで、歳の市の売物も「負けた、負けた」と云っては買手がないので、いずれも「勝った、買った」と呶鳴る勢いで、その勝った勝ったの戦捷気分が新年に持越して、それに屠蘇気分が加わったのであるから、去年の下半季の不景気に引きかえて、こんなに景気のよい新年は未曾有であると云われた。

その輝かしい初春を寂しく迎えた一家がある。それは私の叔父の家で、その当時、麴町の一番町に住んでいたが、叔父は秋のはじめからの患いで、歳末三十日の夜に世を去った。明くれば大晦日、わたし達は柩を守って歳を送らなければならないことになったのである。こういう経験を持った人々は他に沢山あろう。しかもそれが戦捷の年であるだけに、私たちにはまた一しおの寂しさが感ぜられた。

二、三日前に立てた門松も外してしまった。床の間に掛けてある松竹梅の掛物も取除けられた。特別に親しいところへは電報を打ったが、他へは一々通知する方法がない。大晦日に印刷所へ頼みに行っても、死亡通知の葉書などを引き受けてくれるところはない。電報を受け取って駆けつけて来た人々も大晦日では長居は出来ない、一通りの悔みを述べて早々に立去る。遺族と近親あわせて七、八人が柩の前にさびしい一夜をあかした。晴れてはいるが霜の白い夜で、お濠の雁や鴨も寒そうに鳴いていた。

さて困ったのは、一夜明けた元旦である。近所の人はすでに知っているが、他の人々は何にも知らないので、早朝から続々年始に来る。今日と違って、年賀郵便などのない時代であるから、本人または代理の人が直接に回礼に来る。一々それに対して「実は……」と打ち明けなければならない。祝儀と悔みがごっちゃになって、来た人も迷惑、こちらも難儀、その応対には実に困った。

二日の午前十時、青山墓地で葬儀を営むことになった。途中葬列を廃さないのがその当時の習慣であるから、私たちは番町から青山まで徒歩で送って行く。新年早々であるから、碌々に会葬者もあるまいと予期していたが、それでも近所の人々その他を合わせて五、六十人が送ってくれた。

旧冬以来、幸いに日和つづきであったが、その日も快晴で、朝からそよとの風も吹かない。前にもいう通り、戦捷の新年である。しかもこの好天気であるから、市中の賑わいはまた格別で、表通りには年始まわりの人々が袖をつらねて往来する。家々の国旗、殊にこの春は新調したのが多いとみえて、旗の色がみな新しく鮮やかであるのも、新年の町を明るく華やかに彩っていた。松飾りも例年よりは張り込んだのが多く、緑のアーチに「祝戦捷」などの文字も見えた。

交通の取締が厳重でないので、往来で紙鳶《たこ》をあげている子供、羽根をついている娘、これも例年よりは威勢よく見える。取りわけて例年より多いのは酔っ払いで、「唐の大将あやまらせ」などと呶鳴って通るのもある。

青々と晴れた大空の下に、この新年の絵巻が展げられている。その混雑の間を潜りぬけて、私たちは亡き人の柩を送って行くのである。世間の春にくらべて、私たちの春はあまりに寂しかった。私は始終うつむき勝ちで、麹町の大通りを横に切れ、弁慶橋を渡って赤坂へさしかかると、ここは花柳界に近いだけに、春着の芸者が往来している。酔っ払いもまた多い。見るもの、聞くもの、戦捷の新年風景ならざるはない。

かかる夜の月も見にけり野辺送り

これは俳人去来が中秋名月の夜に、甥の柩を送った時の句である。私も叔父の野辺送りに、かかる新年の風景を見るかと思うと、なんだか足が進まないように思われた。

ここにまた一つの思い出がある。葬式を終って、会葬者は思い思いに退散する。私達は少し後れて、新しい墓の前を立ち去ろうとする時、若い陸軍少尉が十四、五人の兵士を連れて通りかかった。彼は私が中学生時代の同期生吉田君で、一年志願兵の少尉であるが、去年の九月以来召集されている。その吉田君に偶然ここで出逢ったのは意外であったが、叔父の死を聞いて、彼も気の毒そうに顔をしかめた。

「葬式に好い時節というのは無いが、新年早々は何とも云いようがない。」

いずれお目にかかりますと云って別れたが、私はその後再び吉田君に逢う機会がなかった。吉田君は台湾鎮定に出征して、その年の七月十四日、桃仔園で戦死を遂げた。青山墓地の別れがこの世の別れであった。同じ日に二つの思い出、人の世には暗い思い出が多い。

# 牛

「来年は丑年だそうですが、何か丑に因んだようなお話はありませんか。」と、青年は訊く。

「なに、丑年……。君たちなんぞも干支をいうのか。こうなると、どっちが若いか分らなくなるが、まあ好い。干支に因んだ丑ならば、絵はがき屋の店を捜して歩いた方が早手廻しだと云いたいところだが、折角のお訊ねだから何か話しましょう。」と、老人は答える。

「そこで、相成るべくは新年に因んだようなものを願いたいので……。」

「色々の註文を出すね。いや、ある、ある。牛と新年と芸妓と……。こういう三題話のような一件があるが、それじゃあどうだな。」

「結構です。聴かせて下さい。」

「どうで私の話だから昔のことだよ。その積りで聴いて貰わなけりゃあならないが……。江戸時代の天保三年、これは丑年じゃあない辰年で、例の鼠小僧次郎吉が召捕になった年だが、その正月二日の朝の出来事だ。」と、老人は話し出した。「今でも名残を留めているが、むかしは正月二日の初荷、これが頗る盛んなもので、確に江戸の初春らしい姿を見せていた。そこで、話は二日の朝の五つ半に近いところだというから、先ず午前九時ごろだろう。日本橋大伝馬町二丁目の川口屋という酒屋の店先へ初荷が来た。一丁目から二丁目へかけては木綿問屋の多いところで俗に木綿店というくらいだが、この川口屋は酒屋で店も旧い。殊に商売が商売であるから、取分けて景気が好い。朝からみんな赤い顔をして陽気に騒ぎ立てている。

初荷の車は七、八台も繋がって来る。いうまでもないが、初荷の車を曳く牛は五色の新しい鼻綱をつけて、綺麗にこしらえている。その牛車が店さきに停まったので、大勢がわやわやいいながら、車の上から積樽をおろしている。そのあいだは牛を休ませるために、綱を解いて置く。すると、ここに一つの騒動が起った。というのは、この朝は京橋の五郎兵衛町から正月早々に火事を出して、火元の五郎兵衛町から北紺屋町、南伝馬町、白魚屋敷のあたりまで焼いてしまった。その火事場から引揚げて来た町火消の一組が恰度にここを通りかかったが、春ではあるし、火事場帰りで威勢が好い。この連中が何かわっと云って来かかると、牛はそれに驚いたとみえて、そのうちの二匹は急に暴れ出した。

さあ、大変。下町の目抜という場所で、正月の往来は賑わっている。その往来のまん中で二匹の牛が暴れ出したのだから、実に大騒動。肝腎の牛方は方々の振舞酒に酔っ払って、みんなふらふらしているのだから何の役にも立たない。火消し達もこれには驚いた。店の者も近所の者も唯あれあれというばかりで、誰も取押える術もない。なにしろ暴牛は暴馬よりも始末が悪い。それでも見てはいられないので、火消し達はあぶない危ないと呶鳴りながら暴牛のあとを追って行く……。」

「なるほど大変な騒ぎでしたね。定めて怪我人も出来たでしょう。」

「ふだんと違って人通りが多いのと、今日と違って道幅が狭いので、往来の人たちは身をかわす余地がない。出会いがしらに突き当る者がある、逃げようとして転ぶ者がある。なんでも十五、六人の怪我人が出来てしまった。中でも酷いのは通油町の京屋という菓子屋の娘、年は十七、お正月だから精々お化粧をして、店さきの往来で羽根を突いているところへ一匹の牛が飛んで来た。きゃっといって逃げようとしたが、もう遅い。牛は娘の内股を両角にかけて、大地へ堂と投げ出したので、可哀そうにその娘は二、三日後に死んだそうだ。そんなわけだから、始末に負えない。二匹の牛は大伝馬町から通旅籠町、通油町、通塩町、横山町と、北をさして真驀地に駈けて行く。火消し達も追って行く。だんだんに弥次馬も加わって、大勢がわあわあ云いながら追って行く。そうして、とうとう両国の広小路へ出ると、なんと思ったか一匹の牛は左へ切れて、柳原の通りを筋違いの方角へ駆けて行って、昌平橋の際でどうやらこうやら取押えられた。」

「もう一匹はどうしました。」

「それが話だ。もう一匹は真直に浅草見附、即ち今日の浅草橋へさしかかったが、何分にも不意の騒ぎで見附の門を閉める暇もない。番人達もあっという中に、牛は見附を通りぬけて蔵前の大通りへ飛び出してしまったから、いよいよ大変。この勢いで観音様の方へ飛んで行ったら、どんな騒ぎになるか知れない。両側の町家から大勢が出て来て、石でも棒切れでも何でも構わない、手あたり次第に叩きつける。札差しの店からも大勢が出て来て、小桶や皿小鉢まで叩きつける。

さすがの牛も少しく疲れたのと、方々から激しく攻め立てられたのとで、もう真直には行かれなくなったらしく、駒形堂のあたりから右へ切れて、河岸から大川へ飛び込んだ。汐が引いていたと見えて、岸に寄った方は浅い洲になっている。牛はそこへ飛び降りて一息ついていると、追って来た連中は上から色々の物を投げつける。牛はまた大川へ這入って、川下の方へ泳いで行く。大勢は河岸づたいに追って行く。おどろいたのは柳橋あたりの茶屋や船宿だ。この牛が桟橋へ上って、自分たちの家へ飛び込まれては大変だから、料理番や下足番や船頭達が桟橋へ出て、こっちへ寄せつけまいと色々の物を投げつける。新年早々から人間と牛との闘いだ。」

「場所が場所だけに、騒ぎはいよいよ大きくなったでしょうね。」

「いや、もう、大騒ぎさ。ここに哀れを留めたのは柳橋の小雛という芸者だ。なんでも明けて二十一とかいう話だったが、この芸者は京橋の福井という紙屋の旦那と亀戸の初卯詣でに出かける筈で、土地の松屋という船宿から船に乗って、今や桟橋を離れたところへこの騒動だ。船頭はいっそ戻そうかと躊躇していると、旦那はあとへ戻すのも縁喜が悪い、早く出してしまえという。そこで、思い切って漕ぎ出して、やがて大川のまん中まで出ると、方々の家から逐われた牛は、とても柳橋寄りの河岸へは着けないと諦めたものか、今度は反対に本所寄りの河岸に向って泳ぎ出した。それを見て驚いたのは小雛の船だ。

取分けて、小雛は蒼くなって驚いた。広い川だから大丈夫だと、旦那が宥めてもなかなか肯かない。もちろん牛はこの船を狙って来るわけではあるまいが、先刻からの闘いで余程疲れているらしく、ややもすれば汐に押流されて、こちらの船に近寄って来るようにも見えるので、旦那もなんだか不安になって、早く遣れと船頭に催促する。船頭も一生懸命に漕いでいると、牛はもう弱ったと見えて、その姿はやがて水に沈んでしまったので、まあ好かったと小雛はほっとする間もなく、一旦沈んだ牛はどう流されて来たのか、水から再び頭を出した。それが丁度小雛の船の艫に当る所だったので、旦那も船頭もぎょっとした。小雛はきゃっといって飛び上る途端に、船は一方にかたむいて、よろける足を踏み止めることが出来ず、旦那があわてて押えようとする間に、小雛は河へ転げ落ちた……。」

「やれ、やれ、飛んだ事になりましたね。」

「小雛も柳橋の芸者だから、家根船に乗る位の心得はあったのだろうが、はずみというものは仕方のないもので、どう転んだのか、船から川へざんぶりという始末。これも一旦は沈んだが、また浮き上るとその鼻のさきへ牛の頭……。こうなれば藁でも摑む場合だから、牛でも馬でも構わない。小雛は夢中で牛の角に獅噛《しが》みついた。もう疲れ切っているところへ、人間ひとりに取付かれては、牛も随分弱ったろうと思われるが、それでも何《ど》うにかこうにか向う河岸まで泳ぎ着いて、百本杭の浅い所でぐったりと坐ってしまった。小雛は牛の角を摑んだままで半死半生だ。そこへ旦那の船が漕ぎ着けて、直ぐに小雛を引き揚げて介抱する。櫛や笄はみんな落してしまい、春着はめちゃめちゃで、帯までが解けて流れてしまったが、幸いに命だけは無事に助かったので、大難が小難と皆んなが喜んだ。命に別条が無かったとはいいながら、あんまり小難でもなかったのさ。」

「その牛はどうしました。」

「牛も半死半生、もう暴れる元気もなく、おとなしく引摺られて行った。なにしろ大伝馬町の川口屋も災難、自分の店の初荷からこんな事件を仕出来かして、春早々から世間をさわがしたので、それがために随分の金を使ったという噂だ。さもないと、どんな咎めを受けるかも知れないからな。自分の軒に立てかけてある材木が倒れて人を殺しても、下手人にとられる時代だ。これだけの騒動を起した以上、牛の罪ばかりでは済まされない。殊にこっちが大家では猶更のことだ。」

「そうですか。成程これで牛と新年と芸者と……。三題話は揃いました。いや、有難うございました。」

「まあ、待ちなさい。それでお仕舞じゃあない。」

「まだあるんですか。」

「それだけじゃ昔の三面記事だ。まだ些《ち》っと話がある。」と、老人は真面目にいい出した。「年寄の話は兎かくに因縁話になるが、その後談を聴いて貰いたい。今の一件は天保三年正月の出来事で、それはまあそれで済んでしまったが、舞台は変って四年の後、天保七年九月の中頃……。」

「芝居ならば暗転というところですね。」

「まあ、そうだ。その九月の十四日か十五日の夜も更けたころ、男と女の二人連れが、世を忍ぶ身のあとや先、人目をつつむ頰かむり……。」

「隠せど色香梅川が……。」

「まぜっ返しちゃあいけない。その二人連れが千住の大橋へさしかかった。」

「わかりました。その女は小雛でしょう。」

「君もなかなか感が好いね。女は柳橋の小雛で、男は秩父の熊吉、この熊吉は巾着切りから仕上げて、夜盗や家尻《やじり》切《き》りまで働いた奴、小雛はそれと深くなって仕舞って、土地にもいられないような始末になる。男も詮議がきびしいので江戸にはいられない。そこで二人は相談して、一先ず奥州路に身を隠すことになって、夜逃げ同様にここまで落ちて来ると、うしろから怪しい奴がつけて来る。それが捕方らしいので、二人も気が気で無い。道を急いで千住まで来ると、今夜はあいにくに月が冴えている。

世を忍ぶ身に月夜は禁物だが、どうも仕方がない。二人は手拭に顔をつつんで、千住の宿を通りぬけ、今や大橋を渡りかけると、長い橋のまん中で小雛は急に立竦んでしまった。どうしたのだと熊吉が訊くと、一、二間先に一匹の大きい牛が角を立てて、こっちを睨むように待ち構えているので、怖くって歩かれないという。今夜の月は昼のように明るいが、熊吉の眼には牛はもちろん、犬の影さえも見えない。牛なんぞがいるものかと云っても、小雛は肯かない。たしかに大きい牛が眼を光らせて、近寄ったら突いてかかりそうな権幕で、二人の行く手に立塞がっているというのだ。

うしろからは怪しい奴が追って来る。うかうかしてはいられないので、熊吉は無理に小雛の手を引摺って行こうとするが、女は身を竦めて動かない。これには熊吉も持余したが、まさかに女を捨ててゆくわけにも行かないので、よんどころなく引返して、河岸づたいに道を変えて行こうとすると、捕方は眼の前に迫って来た。そこで捕物の立廻り、熊吉はとうとう召捕になって、小雛と共に引立てられるので幕……。それからだんだん調べられると、小雛はたしかに牛を見たという。熊吉は見ないという。捕方も牛らしい物は見なかったという。夜ふけの橋の上に、牛がただうろうろしている筈はないから、見ないという方が本当らしい。なにしろその牛のために道を塞がれて引返すところを御用。どの道、女連れでは逃げ負せられなかったかも知れないが、この捕物には牛も一役勤めたわけだ。」

「そうすると、四年前の牛の一件が小雛の頭に強く泌み込んでいたので、この危急の場合に一種の幻覚を起したのでしょうね。」

「まあ、そうだろうな。今の人はそんな理窟であっさり片づけて仕舞うのだが、むかしの人は色々の因縁をつけて、ひどく不思議がったものさ。これで小雛が丑年の生れだと、いよいよ因縁話になるのだが、実録はそう都合好くゆかない。」

# 虎

## 上

「去年は牛のお話をうかがいましたが、今年の暮は虎のお話をうかがいに出ました」と、青年はいう。

「そう、そう。去年の暮には牛の話をしたことがある」と老人はうなずく。

「一年は早いものだ。そこで今年の暮は虎の話……。なるほど来年は寅年というわけで、相変らず干支に因んだ話を聴かせろというのか。いつもいうようだが、若い人は案外に古いね。しかしまあ折角だから、その干支に因んだ所を何か話す事にしようか」

「どうぞ願います。この前の牛のように、なるべく江戸時代の話を……」

「そうなると、些っとむずかしい」と老人は顔をしかめる。「これが明治時代ならば、浅草の花屋敷にも虎はいる。だが、江戸時代となると、虎の姿はどこにも見付からない。有名な岸駒の虎だって、画で見るばかりだ。芝居には国姓爺《こくせんや》の虎狩もあるが、これも縫いぐるみを被った人間で、ほん物の虎とは縁が遠い。そんなわけだから、世界を江戸に取って虎の話をしろというのは、俗にいう『無いもの喰おう』のたぐいで、まことに無理な註文だ」

「しかしあなたは物識りですから、何かめずらしいお話がありそうなもんですね」

「煽てちゃあいけない。いくら物識りでも種のない手妻は使えない。だが、こうなると知らないというのも残念だ。若い人のおだてに乗って、先ずこんな話でもするかな」

「是非聴かせてください」と、青年は手帳を出し始める。

「どうも気が早いな。では、早速に本文に取りかかる事にしよう」と、老人も話し始める。

「これは嘉永四年の話だと思って貰いたい。君たちも知っているだろうが、江戸時代には観世物がひどく流行った。東西の両国、浅草の奥山をはじめとして、神社仏閣の境内や、祭礼縁日の場所には、必ず何かの観世物が出る。もちろん今日の言葉でいえばインチキの代物が多いのだが、だまされると知りつつ覗きに行く者がある。その仲間に友蔵幸吉という兄弟があった。二人はいつも組み合って、両国の広小路、即ち西両国に観世物小屋を出していた。

両国と奥山は定打《じょううち》で、殆ど一年中休みなしに興行を続けているのだから、いつも、同じ物を観せてはいられない。観客を倦きさせないように、時々には観世物の種を変えなければならない。この前に蛇使いを見せたらば、今度は雞娘をみせる。この前に一本足をみせたらば、今度は一つ目小僧を見せるというように、それからそれへと変った物を出さなければならない。そうなると、いくらインチキにしても種が尽きて来る。その出し物の選択には、彼らもなかなか頭を痛めるのだ。殊に両国は西と東に分れていて、双方に同じような観世物や、軽業、浄瑠璃、芝居、講釈のたぐいが小屋を列《なら》べているのだから、おたがいに競争が激しい。

今日の浅草公園へ行っても判ることだが、同じような映画館が沢山に列んでいても、そのなかに入りと不入りがある。両国の観世物小屋にもやはり入りと不入りは免れないので、何か新しい種をさがし出そうと考えている。そこで、かの友蔵と幸吉も絶えず新しいものに眼をつけていると、嘉永四年四月十一日の朝、荏原郡大井村、即ち今の品川区鮫洲《さめず》の海岸に一匹の鯨が流れ着いた」

「大きい鯨ですか」

「今度のは児鯨で余り大きくない。五十二年前の寛政十年五月朔日に、やはり、品川沖に大きい鯨があらわれた。これは生きて泳いでいたのを、土地の漁師等が大騒ぎをして捕えたということだが、その長さは九間一尺もあったそうだ。今度は鯨は死んでいて、長さは三間余りであったというから、寛政の鯨より遥かに小さい。それでも鮫洲で捕れた鯨といえば、観世物にはお誂え向きだから、耳の早い興行師仲間はすぐに駈けつけた。友蔵と幸吉も飛んで行った。

鮫洲の漁師たちも総がかりで、死んだ鯨を岸寄りの浅いところへ引揚げたものの、これまで鯨などを扱ったことがないから、どう処分していいか判らない。ともかくも御代官所へ届けるなぞと騒いでいる。それを聞き伝えて見物人が大勢あつまって来る。友蔵兄弟が駈け着けた頃には、ほかに四、五人の仲間が来ていた。代官所の検分が済めば、鯨は浜の者の所得になるのだから、相当の値段で売っても好いということになった。

しかしその相場がわからない。興行師の方ではなるたけ廉《やす》く買おうとして、先ず三両から五両ぐらいから相場を立てたが、漁師たちにも欲があるから素直に承知しない。だんだんにせり上げて十両までになったが、漁師たちはまだ渋っているので、友蔵兄弟は思い切って十二両までに買い上げると、漁師達もようよう納得しそうになった。

と思うと、その横合から十五両と切出した者がある。それは奥山に、定小屋を打っている由兵衛という興行師であった。友蔵たちは十二両が精一ぱいで、もうその上に三両を打つ力はなかったので、鯨はとうとう由兵衛の手に落ちてしまった」

「兄弟は鼻を明かされたわけですね」

「まあ、そうだ。それだから二人は納らない。由兵衛は漁師たちに半金の手付を渡し、鯨はあとから引取りに来ることに約束を決めて、若い者ひとりと共に帰って来る途中、高輪の海辺の茶屋の前へさしかかると、そこに友蔵兄弟が待っていて、由兵衛に因縁をつけた。漁師達が十二両でも承知しなかったものを、由兵衛が十五両に買い上げたのならば論はない。しかし十二両で承知しそうになった処へ、横合から十五両の横槍を入れて、ひとの買物を横取りするとは、商売仲間の義理仁義をわきまえない仕方だというのだ。なるほど、それにも理屈はある。だが、由兵衛も負けてはいない。なんとか彼《か》とか云い合っている。

そのうちに、口論がだんだん激しくなって、友蔵が『ひとの買物を横取りする奴は盗ッ人も同然だ』と罵ると、相手の由兵衛はせせら笑って、『なるほど盗ッ人かも知れねえ。だが、おれはまだ人の女を盗んだことはねえよ』という。それを聞くと、友蔵はなにか急所を刺されたように急に顔の色が悪くなった。そこへ付込んで由兵衛は、『ざまあ見やがれ。もんくがあるなら、いつでも浅草へたずねて来い』と勝関をあげて立去った」

「そうすると、友蔵にも何かの弱味があるようですね」

「その訳はあとにして、鯨の一件を片付けて仕舞う事にしよう。鯨はとどこおりなく由兵衛の手に渡って、十三日からいよいよ奥山の観世物小屋に晒されることになったが、これはインチキでなく、確かに真物《ほんもの》だ。殊に鮫洲の沖で鯨が捕れたということは、もう江戸中の評判になっていたので、初日から観客はドンドン詰めかけて来る。奥山中の人気を一軒で攫った勢いで、由兵衛も大いに喜んでいると、三日ばかりの後には肝心の鯨が腐りはじめた。

むかしの四月なかばだから、今日の五月中旬で陽気はそろそろ暑くなる。あいにく天気つづきで、日中は汗ばむような陽気だから堪らない。鯨は死ぬと直ぐに腐り出すということを由兵衛等は知らない。もちろん防腐の手当なぞをしてある訳でもないから、この陽気で忽ちに腐りはじめて、その臭気は鼻をつくという始末。物見高い江戸の観客もこれには閉口して、草々に逃げ出してしまうことになる。その評判がまた拡まって、観客の足は俄かに止まった。

こうなっては仕方がない。鯨よりも由兵衛の方が腐ってしまって、何か他の物と差換えるあいだ、一《ひ》と先ず木戸をしめることになった。十五両の代物を三日や四日で玉無しにしたばかりか、その大きい鯨の死骸を始末するにも又相当の金を使って、いわゆる泣《なき》ッ面《つら》に蜂で、由兵衛はさんざんの目に逢った。十両盗んでも首を斬られる世の中に、十五両の損は大きい。由兵衛はがっかりしてしまった」

「まったく気の毒でしたね」

「それを聞いて喜んだのは友蔵と幸吉の兄弟で、手を湿《ぬ》らさずに仇討が出来たわけだ。考えてみると、由兵衛は彼等兄弟の恩人で、自分たちの損を受けてくれたようなものだが、兄弟はそう思わない。唯、かたき討が出来たといって、むやみに喜んでいた。それが彼等の人情かも知れない。

ここで関係者の戸籍調べをして置く必要がある。由兵衛は浅草の山谷に住んでいて、ことし五十の独り者。友蔵は三十一、幸吉は二十六で、本所の番場町、多田の薬師の近所の裏長屋に住んでいる。幸吉はまだ独身だが、兄の友蔵には、お常という女房がある。このお常に少し因縁がある」

「以前は由兵衛の女房だったんですか」
「いつもながら君は実に感がいいね。表向きの女房ではないが、お常は奥山の茶店に奉公しているうちに、かの由兵衛と関係が出来て、毎月幾らかずつ手当を貰っていた。お常はまだ二十二だから、五十男の由兵衛を守っているのは面白くない。おまけに浮気の女だから、いつの間にか友蔵とも出来合って、押掛け女房のように友蔵の家へ転げ込んでしまった。

由兵衛は怒ったに相違ないが、自分の女房と決まっていたわけでも無いから、表向きには文句をいうことも出来なかった。しかし内心は修羅を燃やしている。鮫洲の鯨を横取りしたのも、商売上の競争ばかりでなく、お常を取られた遺恨がまじっていたのだ。女を横取りされた代りに、鯨を横取りして、先ず幾らかの仇討が出来たと由兵衛は内心喜んでいると、前にいう通りの大失敗。友蔵の方では仇討をしたと喜んでいるが、由兵衛の方では仇討を仕損じて返り討になった形だ。由兵衛はよくよく運が悪いといわなければならない。

いずれにしても、これが無事に済む筈がないのは判っている。扨てこれからが本題の虎の一件だ」

## 下

老人は話しつづける。

「それから小半年は先ず何事もなかったが、その年の十月、友蔵は女房のお常をつれて、下総の成田山へ参詣に出かけた。もちろん今日と違うから、日帰りなぞは出来ない。その帰り道、千葉の八幡へさしかかって例の『藪知らず』の藪の近所で茶店に休んだ。二人は茶をのみ、駄菓子なぞを食っていると、なにを見付けたのかお常は思わず『あらッ』と叫んだ。

友蔵が何だと訊くと、あれを見ろという。その指さす方を覗いてみると、うす暗い店の奥に一匹の猫がいる。田舎家に猫はめずらしくないが、その猫はまだ四、五年にしかならないのだが、途方もなく大きくなったので、不思議を通り越して何だか気味が悪い。あんな猫は今に化けるだろうと近所の者もいう。さりとて捨てるわけにも行かず、殺すわけにも行かず、飼主の私も持て余しているのだと、婆さんは話した。

それを聞いて、夫婦は直ぐに商売気を出して、あの猫をわたし達に売ってくれないかと掛け合うと、婆さんは二つ返事で承知した。

飼主が持て余している代物だから、値段の面倒はない。婆さんは唯でも好いというのだが、まさかに唯でも済まされないと、友蔵は一朱の銀を遣って、その猫をゆずり受けた」

「そんな大きい猫をどうして持って帰ったでしょう」と、青年は首をかしげる。

「どうして連れ帰ったか、そこまでは聞き洩らしたが、その大猫を江戸まで抱え込むのは、一と仕事であったに相違あるまい。兎も角も本所の家へ帰って来ると、弟の幸吉はその猫をみて大へんに喜んで、これは近年の掘出し物だという。両国の小屋に出ている者も覗きに来て、こんな大猫は初めて見たとおどろいている。こうなると友蔵夫婦も鼻を高くして、これも成田さまの御利益だろうとお常はいう。

鮫洲の鯨と違って、買値は唯った一朱だから、損をしても知れたもので、まったくほり出し物であったかも知れない。

なにしろ珍しい猫に相違ないのだから、猫は猫として正直にみ観せればよかったのだ。これは野州庚申山で生捕りましたる山猫でござい位のことにして置けば無事だったのだが、そこが例のインチキで弟の幸吉が飛んだ商売気を出した。というのは、それが三毛猫で、毛色が虎斑のように見える。それから思い付いて、いっそ虎の子という事にしたらどうだろうと発議すると、成程それがよかろう、猫よりも虎の方が人気をひくだろうと、友蔵夫婦も賛成した。

そこで、これは唐土千里の藪で生捕った虎の子でござい……。

いや、笑っちゃあいけない、本当の話だ。表看板には例の国姓爺が虎狩をしている図をかいて、さあ、さあ、評判、評判と囃し立てることになった」

「でも、虎と猫とは啼き声が違うでしょう」

「さあ、そこだ。虎と猫では親類筋だが啼き声が違う。いくら虎の子でもニャアとは啼かない。

それは友蔵等もさすがに心得ているから、抜目なく例のインチキ手段を講じた。先ず台一面を本物の竹藪にして、虎狩の唐人共がチャルメラや、銅鑼《どら》や鉦《しょう》を持って出て、何かチイチイパアパア騒ぎ立てて藪の蔭へ這入ると、そこへ虎の子を曳いて出る。虎の首には頑丈な鉄の鎖がつないである。

藪のかげではチャルメラを吹き、太鼓や銅鑼や鉦のたぐいを叩き立てるので、虎猫もそれに嚇かされて声を出さない。万一それがニャアと啼きそうになると、それを紛らすように、銅鑼や鉦をジャンジャンボンボンと激しく叩き立てるのだ。いや、笑っちゃいけないというのに……。昔の両国の観世物なぞは大抵そんなものだ」

「その観世物は当りましたか」

「当ったそうだ。おまけにこの虎猫は奥山の鯨と違って、生きているのだから腐る気づかいはない。せいぜい鰹節か鼠を喰わせて置けばいいのだ。それで毎日大入ならば、こんなボロイ商売はない。

友蔵兄弟も大よろこびで、この分ならば結構な年の暮が出来ると、お常も共に喜んでいると、ここに一つの事件が出来した。

かの奥山の由兵衛は、鯨で大損をしてから、いわゆるケチが付いて、どうも商売が思わしくない。その後にも色々の物を出したが、みんな外れる。したがって、借金は出来る、やけ酒を飲むというわけで、ますます落目になって来た。その由兵衛の耳に這入ったのが両国の『虎の子』で、友蔵の小屋は毎日大入りだという評判。余人ならば兎もあれ、自分のかたきと睨んでいる友蔵の観世物が大当りと聞いては、今のわが身に引きくらべて由兵衛は残念でならない。恨み重なる友蔵めに、ここで一泡吹かせてやろうと考えた。

由兵衛も同商売であるから、インチキ仲間の秘密は承知している。千里の藪で生捕りましたる虎の子が本物でないことは万々察している。そこで先ずその正体を見きわめて遣ろうと思って、手拭に顔をつつんで、普通の観客とおなじように木戸銭を払って這入ったが、素人と違って耳も眼も利いているから、虎の正体は大きい猫であって、その啼き声を胡麻かすために銅鑼や太鼓を叩き立てるのだという魂胆を、たちまちに看破ってしまった」

「その次の幕はゆすり場ですね」

「話の腰を折っちゃあいけない。しかしお察しの通り、由兵衛は一旦自分の家へ引揚げて、日の暮れるのを待って本所番場の裏長屋へたずねて行った。

十一月十日、その日は朝から曇って、時々に時雨《しぐ》れて来る。このごろは景気がいいので、友蔵も幸吉もどこかへ飲みに出かけて、お常ひとり留守番をしている。思いも付かない人がたずねて来たので、お常もすこし驚いたが、まさかにいやな顔も出来ないので、内へ入れてしばらく話していると、由兵衛は例の虎の子の一件をいい出した。その種を割って世間へ吹聴すれば、折角の代物に疵が付く、人気も落ちる。由兵衛はそれを匂わせて、幾らかいたぶる積りで来たのだ。

これにはお常も困った。折角大当りを取っている最中に、つまらない噂を立てられては商売の邪魔になる。もう一つにはお常も人情、むかしは世話になった由兵衛が左前になっているのを知ると、さすがに気の毒だという念も起る。殊にこのごろは自分たちの懐ろも温かいので、お常は気前よく十両の金をやった。それには虎の子の口留めやら、昔の義理やら、色々の意味が含まれていたのだろうが、十両の金を貰って、由兵衛はよろこんだ。せいぜい三両か五両と踏んでいたのに、十両を投げ出されたのだから文句はない。由兵衛は礼をいって素直に帰った。

長屋の露地から表へ出ると、丁度そこへ友蔵が帰って来た。二人がばったり顔をあわせると、由兵衛は友蔵にむかって『やあ、友さん、久しぶりだ。実は今おかみさんから十両貰って来た。どうも有難う』と礼をいうのか、忌《いや》がらせをいうのか、こんな捨台詞を残して立去った。それを聞かされて、友蔵は面白くない。急いで家へ帰って来て、なぜ由兵衛に十両の金をやったと、女房のお常を責める。お常は虎の子の一件を話したが、友蔵の胸は納らない。たとい口留めにしても、十両はあまり多過ぎるというのだ。

由兵衛が他人ならば、多過ぎるというだけで済んだかも知れないが、由兵衛とお常とのあいだには昔の関係があるので、そこには一種の嫉妬もまじって、友蔵はなかなか承知しない。亭主の留守によその男を引入れて、亭主に無断で十両の大金をやるとは不埒千万だ。手めえは屹と由兵衛と不義を働いているに相違ないと、酔っている勢いでお常をなぐり付けた。すると、お常は赫《かっ》となってそんなら私の面晴《めんば》れに、これから由兵衛の家へ行って、十両の金を取戻して来ると、時雨の降るなかを表へかけ出した」

「これは案外の騒動になりましたね」

「友蔵は酔っているから、勝手にしやあがれと寝てしまった。そのあとへ幸吉が帰って来たが、これも酔っているので打っ倒れてしまった。その夜なかに叩き起されて、お常は山谷の由兵衛の家に死んでいるという知らせがあったので、兄弟もおどろいた。酒の酔いもすっかり醒めて、二人は早々に山谷へ飛んで行くと、お常は手拭で絞め殺されていた。由兵衛のすがたは見えない。

家内の取散らかしてあるのを見ると、お常を殺した上で逃亡したらしい。由兵衛がどうしてお常を殺したか、その事情はよく判らないが、かの十両を返せといい、その争いから起ったことは容易に想像される。友蔵が嫉妬心をいだいていると同様に、由兵衛も嫉妬心をいだいている。むしろ友蔵以上の強い嫉妬心をいだいていたであろうから、それが一度に爆発して俄かにお常を殺す気になったらしい。お常の死骸は検視の上で友蔵に引渡された。

虎の子が飛んでもない悲劇を生み出すことになったが、それでも其の秘密は世間に洩れなかったと見えて、友蔵の小屋は相変らず繁昌していると、ここに又一つの事件が起った。今度は大事件だ」

「人殺し以上の大事件ですか」

「むむ、その時代としては大事件だ。虎の子の観世物は十月から始まって、十二月になっても客は落ちない。女房に死なれても、商売の方が繁昌するので、友蔵もまあ好い心持になっている。それで済ませて置けば無事であったが、おいおい正月も近づくので、ここで一層馬力をかけて宣伝しようという料簡から、この虎の子は御上覧になったものだと吹聴した。千里の藪で生捕りましたなぞは、噂でも本当でもかまわないが、御上覧というと事面倒になる。即ち将軍が御覧になったというわけで、実に途方もない宣伝をしたものだ。

それが町奉行の耳に這入って、関係者一同は厳重に取調べられた。

宣伝に事を欠いて、両国の観世物に将軍御上覧の名を騙るなぞとは言語道断、重々の不埒とあって、友蔵と幸吉の兄弟は死罪に処せられるかという噂もあったが、幸いに一等減じられて遠島を申渡された。他の関係者は追放に処せられた」

「なるほど大事件でしたね」

「友蔵の小屋は破却だ。観世物小屋はいつでも取毀せるように出来ているのだから、破却は別に問題にもならないが、その空小屋のなかに首を縊っている男の死体が発見されたので、又一と騒ぎになった。それは彼《か》の由兵衛で、一旦姿をかくしたものの、お常殺しの罪は逃れられないと覚ったのか。御上覧一件が大問題になって、自分も何か係り合いになるのを恐れたのか。いずれにしても、自分に因縁のあるこの小屋を死場所に選んだらしい。問題の猫はゆくえ知れずという事になっている。恐らく誰かが打ち殺して、大川へでも流して仕舞ったのだろう。

一匹の虎の子のために、お常と由兵衛は変死、友蔵と幸吉は遠島、こう祟られては化猫よりも怖ろしい。虎の話は先ずこれでお仕舞だ。

君のことだから、いずれ新聞か雑誌にでも書くのだろうが、春の読物にはお目出たくないからね」

「いえ、結構です。有難うございました」

「おや、もう帰るのか。君も随分現金だね。はははは」

# 雪の一日

（大正十五年）三月二十日、土曜日。午前八時ごろに寝床を離れると、昨夜から降り出した雪はまだ止まない。二階の窓をあけて見ると、半蔵門の堤は真白に塗られている。電車の停留場には傘の影が幾つも重なり合って白く揺いている。雪を載せたトラックが幾台もつづいて通る。雨具をつけて自転車を走らせてゆくのもある。紛々と降りしきる雪のなかに、往来の男や女はそれからそれへと続いてゆく。さすがは市中の雪の晨である。

顔を洗いに降りてゆくと、台所には魚屋が雪だらけの盤台をおろしていて、彼岸に這入ってからこんなに降ることはめずらしいなどと話していた。その盤台の紅い鯛の上に白い雪が薄く散りかかっているのも、何となく春の雪らしい風情をみせていた。

私はこのごろ中耳炎にかかって、毎日医師通いをしているのであるが、何分にも雪が烈しいのと、少しく感冒《かんぼう》の気味でもあるのとで、今朝は出るのを見あわせて、熱い紅茶を一杯啜り終ると、再び二階へあがって書斎に閉じ籠ってしまった。東向きの肱かけ窓は硝子戸になっているので、居ながらにして往来の電車路の一部が見える。窓にむかって読書、ときどきに往来の雪げしきを眺める。これで向う側に小学校の高い建物がなければ、堀端の眺望は一層好かろうなどと贅沢なことも考える。表に往来の絶え間はないようであるが、矢はりこの雪を恐れたとみえて、きょうは朝から来客が無い。弱虫は私ばかりでも無いらしい。

午頃に雪もようよう小降りになって、空の色も薄明るくなったかと思うと、午後一時頃から又強く降り出して来た。まったく彼岸中にこれほどの雪を見るのは近年めずらしいことで、天は暗く、地は白く、風も少し吹き加って、大綿小綿が一面にみだれて渦巻いている。こうなると、春の雪などという淡い気分ではなくなって来た。寒暖計をみると四十五度、正に寒中の温度である。北の窓をあけると、往来を隔てたK氏の邸は、建物も立木も白く沈んで、そのうしろの英国大使館の高い旗竿ばかりが吹雪の間に見えつ隠れつしている。寒い北風が鋭く吹き込んで来るので、私はあわてて窓の雨戸をしめ切って、再び机のまえに戻った。K氏は信州の人である。それから聯想して、信州あたりの雪は中々こんなことではあるまいと思っているうちに、更に信州のT氏のことを思い出した。

T氏は信州の日本アルプスに近い某村の小学校教員を勤めていて、土地の同好者をあつめて俳句会を組織しているので、私の所へもときどきに俳句の選をたのみに来る。去年の夏休みに上京したときに、この二階へもたずねて来て、二時間あまりも話して帰った。T氏は文学趣味のある人で、新刊の小説戯曲類も相当に読んでいるらしかったが、その話の末にこんなことを云った。

「御承知の通り、わたくし共の地方は冬が寒く、雪が多いので、冬から春へかけて四ケ月ぐらいは冬籠りで、殆どなんにも出来ません。俳句でも唸っているのが一つの楽みです。それですから辺鄙の土地の割合には読書が流行ります。勿論、むずかしい書物をよむ者もありますが、娯楽的の書物や雑誌もなかなか多く読まれています。あなたなぞも成るべく戯曲をお書きにならないで、小説風の読み物類をお書きくださいませんか。戯曲も結構ですが、なんと云っても戯曲を読むものは少数で、大部分は小説を喜びますから、それらの人々を慰めてやるというお考えで、努めて多数をよろこばせるような物をお書きください。」

私はきょうの雪に対して、T氏のこの話を思い出したのである。信州にかぎらず、冬の寒い、雪の深い、交通不便の地方に住む人々に取って、かれらが炉辺の友となるものは、戯曲にあらずして文芸作品か大衆小説のたぐいであろう。なんと云っても、戯曲には舞台が伴うものであるから、完全なる劇場をも持たない地方の人々の多数が、戯曲をよろこばないのは当然のことで、単に読むだけに止まるならば、戯曲よりも小説を読むであろう。大きい劇場が絶えず興行しているのは、東京以外、京阪その他幾ケ所の大都会にかぎられている。したがって、観客の数も限られ、又その興行の時間も限られている。それらの事情から考えても、場所をかぎられ、時間を限られ、観客をかぎられている戯曲は、どうしても普遍的の物にはなり得ない。

それに反して、普遍的の読み物のたぐいは、場所をかぎらず、時を限らず、人を限らず、全国到るところで何人にも自由に読み得られる。単に内地ばかりでなく、朝鮮、満洲、台湾、琉球は勿論、上海、香港、新嘉坡、印度、布哇から桑港、シカゴ、紐育に至るまで、わが同胞の住むところには、総てみな読まれるのである。寒い国の炉のほとりに、熱い国の青葉のかげに、多数の人々を慰め得るものは——勿論、戯曲もその幾分の役目を勤めるであろうが、その大部分は小説又は読み物のたぐいでなければならない。筆を執るものは眼前の華やかな仕事にのみ心を奪われて、東京その他の大都会以外にも多数の人々が住んでいることを忘れてはならない。又その大都会に住む人々のうちにも、いわゆるプレイ・ゴーアーなるものは案外に少数であることを記憶しなければならない。

先月初旬に某雑誌から探偵小説の寄稿をたのまれたが、私はなんだか気が進まないので、実はきょうまでその儘にして置いたのである。それを急に書く気になって、わたしは机の上に原稿紙をならべた。耳がまだ少しく痛む。身体にもすこしく熱があるようであるが、私は委細かまわずにペンを走らせて、夕方までに七、八枚を一気に書いた。

あたまの上の電灯が明るくなる頃になっても、表の雪はまだ降りつづけている。私もまだ書きつづけている。信州にも雪が降っているであろうか。T氏の村の人たちは炉を囲んで、今夜は何を読んでいるであろうか。

# 二階から

二階からと云って、眼薬をさす訳でもない。私が現在閉籠っているのは、二階の八畳と四畳の二間で、飯でも食う時のほかは滅多に下座敷などへ降りたことはない。わが家ながら恰も間借りをしているような有様で、私の生活は殆《ほとん》どこの二間に限られている。で、世間を観るのでも、月を観るのでも、雪を観るのでも、花を観るのでも、すべてこの二階から観る。随って眼界は狭い。その狭い中から見出したことの二つ三つをここに書く。

## 水仙

去年の十一月に支那水仙を一鉢買った。勿論相当に水も遣る、日にも当てる。一通りの手当は尽していたのであるが、十二月になっても更に蕾を出さない。無暗に葉が伸びるばかりである。どうも望みが無いらしいと思っているところへ、K君が来た。

K君は園芸の心得ある人で、この水仙を見ると首を傾げた。

「君、これは何《ど》うもむずかしいよ。恐く花は持つまい。」

こうって、K君は笑った。私も頭を掻いて笑った。その当時K君の悴は病床に横っていたが、病院へ入ってから少しは良いと云うことであった。ところが、その月の中旬に寒気が俄に募った為か、K君の悴は案外に脆く仆れてしまった。K君の悴は蕾ながらにして散ってじまったのである。私の家の水仙はその蕾さえも持たずして、空しく枯れてしまうであろうと思われた。

年が明けた。ある暖い朝、私が不図彼《か》の水仙の鉢を覗くと、長く伸びた葉の間から、青白い袋のようなものが見えた。私は奇蹟を目撃したように驚いた。これは確に蕾である。それから毎日欠さずに注意していると、葉と葉との間からは総て蕾がめぐんで来た。それが次第に伸びて拡がって来た。もうこうなると、発育の力は実に目ざましいもので、茎はずんずんと伸てゆく。蕾は日ましに膨らんでゆく。今ではもう十数輪の白い花となって、私の書棚を彩っている。

殆ど絶望のように思われた水仙は、案外立派に発育して、花としての使命を十分果した。K君の悴は花とならずして終った。春の寒い夕、電灯の燦たる光に対して、白く匂いやかなるこの花を見るたびに、K君の忰の魂のゆくえを思わずにはいられない。

## 団五郎

新聞を見ると、市川団五郎が静岡で客死したとある。団五郎という一俳優の死は、劇界に何等の反響もない。少数の親戚や知己は格別、多数の人々は恐らく何の注意も払わずにこの記事を読み過したであろう。しかも私はこの記事を読んで、涙をこぼした一人である。

団五郎と私とは知己でも何でも無い。今日まで一度も交際したことは無かった。が、私の方ではこの人を記憶している。歌舞伎座の舞台開きの当時、私は父と一所に団十郎の部屋へ遊びにゆくと、丁度わたしと同年配ぐらいの美少年が団十郎の傍に控えていて、私達に茶を出したり、団十郎の手廻りの用などを足していた。云うまでもなく団十郎の弟子である。

「綺麗な児だが、何と云います。」

父が訊くと、団十郎は笑って答えた。

「団五郎と云うのです。いたずら者で――。」

答はこれだけの極めて簡短なものであったが、その笑みを含んだ口吻にも、弟子を見遣った眼の色にも、一種の慈愛が籠っていた。この児は師匠に可愛がられているのであろうと、私も子供心に推量した。

「今に好い役者になるでしょう。」

父が重ねて云うと、団十郎は又笑った。

「どうですかねえ。しかしまあ、どうにかこうにかものにはなりましょうよ。」

若い弟子に就ての問答はこれだけであった。やがて幕が明くと、団十郎は水戸黄門で舞台に現れた。その太刀持を勤めている小姓は、彼《か》の団五郎であった。彼は楽屋で見たよりも更に美しく見えた。私は団五郎が好きになった。

けれども、彼はその後いつも眼に付くほどの役を勤めていなかった。番附をよく調べて見なければ、出勤しているのか居ないのか判らない位であった。その中に私もだんだんに年を取った。団五郎に対する記憶も段々に薄らいで来た。近年の芝居番附には団五郎という名は見えなくなって了った。二十何年振で今日突然にその訃を聞いたのである。何でも旅廻りの新俳優一座に加わって、各地方を興行していたのだという。それ以上のことは詳しく判らないが、その晩年の有様も大抵な想像が付く。

日本一の名優の予言は外れた。団五郎は遂にものにならずに終った。師匠の眼識違いか、弟子の心得違いか。その当時の美しい少年俳優が斯ういう運命の人であろうとは、私も思い付かなかった。

## 茶碗

O君が来て古い番茶茶碗を呉《く》れた。おてつ牡丹餅《ぼたもち》の茶碗である。おてつ牡丹餅は維新前から麴町の一名物であった。おてつと云う美人の娘が評判になったのである。元園町一丁目十九番地の角店《かどみせ》で、その地続きが元は徳川幕府の薬園、後には調練場となっていたので、若い侍などが大勢集って来る。その傍《そば》に美しい娘が店を開いていたのであるから、評判になったも無理はない。

おてつの店は明治十八、九年頃まで営業を続けていたかと思う。私の記憶に残っている女主人のおてつは、もう四十位であったらしい、眉《まゆ》を落して歯を染めた小作りの年増《としま》であった。聟《むこ》を貰《もら》ったが又別れたとか云うことで、十一、二の男の児《こ》を持っていた。美しい娘も老いて俤《おもかげ》が変ったのであろう。私の稚《おさな》い眼には格別の美人とも見えなかった。店の入口には小さい庭があって、飛石《とびいし》伝いに奥へ這入るようになっていた。

門の際《きわ》には高い八つ手が栽えてあって、その葉かげに腰を屈《かが》めておてつが毎朝入口を掃いているのを見た。汁粉《しるこ》と牡丹餅とを売っているのであるが、私が知っている頃には店も甚《はなは》だ寂《さび》れて、汁粉も牡丹餅も余り旨《うま》くはなかったらしい。近所ではあったが、私は滅多に食いに行ったことはなかった。

おてつ牡丹餅の跡へは、万屋《よろずや》という酒屋が移って来て、家屋も全部新築して今日まで繁昌している。おてつ親子は麻布の方へ引越したとか聞いているが、その後の消息は絶えてしまった。

私の貰った茶碗はそのおてつの形見である。O君の阿父《おとう》さんは近所に住んでいて、昔からおてつの家とは懇意にしていた。維新の当時、おてつ牡丹餅は一時閉店する積りで、その形見と云ったような心持で、店の土瓶や茶碗などを知己《ちき》の人々に分配した。O君の阿父さんも貰った。ところが、何かの都合からおてつは依然その営業をつづけていて、私の知っている頃まで矢はりおてつ牡丹餅の看板を懸けていたのである。

汁粉屋の茶碗と云うけれども、流石《さすが》に維新前に出来たものだけに、焼《やき》も薬も悪くない。平仮名でおてつと大きく書いてある。私は今これを自分の茶碗に遣《つか》っている。しかしこの茶碗には幾人の唇が触れたであろう。

今この茶碗で番茶を啜《すす》っていると、江戸時代の麴町が湯気の間から蜃気楼《しんきろう》のように朦朧《もうろう》と現れて来る。店の八《や》つ手《で》はその頃も青かった。文金島田《ぶんきんしまだ》にやの字の帯を締めた武家の娘が、供《とも》の女を連れて徐《しず》かに這入って来た。娘の長い袂《たもと》は八つ手の葉に触れた。娘は奥へ通って、小さい白扇を遣っていた。

この二人の姿が消えると、芝居で観る久松《ひさまつ》のような丁稚《でっち》が這入って来た。丁稚は大きい風呂敷包を卸して椽《えん》に腰をかけた。どこへか使《つかい》に行く途中と見える。彼は人に見られるのを恐れるように、成たけ顔を隠して先《ま》ず牡丹餅を食った。それから汁粉を食った。

銭を払って、前垂《まえだれ》で口を拭いて、逃げるように狐鼠狐鼠《こそこそ》と出て行った。

講武所《こうぶしょ》風の髷《まげ》に結《ゆ》って、黒木綿《もめん》の紋附、小倉《こくら》の馬乗袴《うまのりばかま》、朱鞘の大小の長いのをぶっ込んで、朴歯《ほおば》の高い下駄をがらつかせた若侍が、大手を振って這入って来た。彼は鉄扇を持っていた。悠々と蒲団《ふとん》の上に座って、角《つの》細工の骸骨を根付《ねつけ》にした煙草入れを取出した。彼は煙を強く吹きながら、帳場に働くおてつの白い横顔を眺めた。そうして、低い声で頼山陽《らいさんよう》の詩を吟《ぎん》じた。

町の女房らしい二人連《づれ》が日傘を持って這入って来た。彼等も煙草入れを取出して、鉄漿《おはぐろ》を着けた口から白い煙を軽く吹いた。山の手へ上って来るのは中々草臥《くたび》れると云った。帰りには平河《ひらかわ》の天神様へも参詣して行こうと云った。おてつと大きく書かれた番茶茶碗は、これ等の人々の前に置かれた。調練場の方ではどッと云う鬨《とき》の声が揚った。ほうろく調練が始まったらしい。

私は巻煙草を喫《の》みながら、椅子に倚り掛って、今この茶碗を眺めている。曾《かつ》てこの茶碗に唇を触れた武士も町人も美人も、皆それぞれの運命に従って、落付く所へ落付いてしまったのであろう。

## 植木屋

植木屋の忰が松の緑を摘みに来た。一昨年《おととし》まではその父が来たのであるが、去年の春に父が死んだので、その後は忰が代りに来る。忰はまだ若い、十八、九であろう。昼休みの時に、彼は語った。

自分はこの商売をしない積りで、築地の工手学校に通っていた。もう一年で卒業という間際に父に死なれた。迚《とて》も学校などへ行っては居られない。祖母は父の弟の方へ引取られたが、家には母がある。弟がある。自分は父と同職の叔父に附いて出入先を廻ることになった。これも不運で仕方がないが、親父がもう一年生きていて呉れればと思うことも度々ある。自分と同級の者は皆学校を卒業してしまった。

あきらめたと云うものの、彼の声は陰《くも》っていた。私も暗い心持になった。

しかし人間は学校を卒業するばかりが目的では無い。ほかにも色々の職業がある。これからの世の中は学校を卒業したからと云って、必ず安楽に世を送られると限ったものではない。なまじい学問をした為に、却って一身の処置に苦むようなことも屢々ある。親の職業を受嗣《うけつ》いで、それで世を送って行かれれば、お前に取って幸福で無いとは云えない。今お前が羨んでいる同級生が、却ってお前を羨むような時節がないとも限らない。お前はこれから他念なく出精して、植木屋として一人前の職人になることを心掛けねばならないと、私はくれぐれも云い聞かせた。

彼も会得したようであった。再び高い梯《はしご》に昇って元気よく仕事をしていた。松の枝が時々にみしりみしりと撓んだ。その音を聴毎《きくごと》に、私は不安に堪なかった。

## 蜘蛛

庭の松と高野槇との間に蜘蛛が大きな網を張っている。二本ながら高い樹で丁度二階の鼻の先に突き出ているので、この蜘蛛の巣が甚だ眼障りになる。私は毎朝払い落すと、午頃には大きな網が再び元のように張られている。夕方に再び払い落すと、明る朝には又もや大きく張られている。私が根よく払い落すと、彼も根よく網を張る。蜘蛛と私との闘は半月あまりも続いた。

私は少しく根負けの気味になった。いかに鉄条網を突破しても、当の敵の蜘蛛を打ち亡ぼさない限りは、到底最後の勝利は覚束ないと思ったが、利口な彼は小さい体を枝の蔭や葉の裏に潜めて、巧みに私の竿や箒を逃れていた。私はこの出没自在の敵を攻撃するべく余りに遅鈍であった。

彼の敵は私ばかりではなかった。ある日強い南風が吹き巻って、松と槇との枝を撓むばかりに振り動かした。彼の巣も共に動揺した。巣の一部分は大きな魚に食い破られた網のように裂けてしまった。彼は例の如く小さい体を忙がしそうに働かせながら、風に揺られつつ網の破れを繕っていた。

ある日、庭に遊んでいる雀が物に驚いて飛び起った時に、彼の拡げた翼は恰も蜘蛛の巣に触れた。鳥は向う見ずに網を突き破って通った。それから三十分ばかりの間、小さい虫は又もや忙がしそうに働かねばならなかった。彼は忠実なる工女のように、息もつかずに糸を織っていた。

彼は善く働くと私はつくづく感心した。それと同時に、彼を駆逐することは所詮駄目だと、私は諦めた。わたしはこの頑強なる敵と闘うことを中止しようと決心した。私が蜘蛛の巣を払うのは勿論いたずらではない。しかし命賭けでも之を取払わねばならぬと云うほどの必要に迫られている訳でもない。単に邪魔だとか目障りだとか云うに過ぎないのである。これが有ったからと云って、私の生活に動揺を来すと云うほどの大事件ではない。それと反対に、彼に取っては実に重大なる死活問題である。彼が網を張るのは悪戯や冗談ではない、彼は生きんが為に努力しているのである。彼は生きている必要上、網を張って毎日の食を求めなければならない。彼には生に対する強い執着がある。毎日払い落されても、毎日これを繕ってゆく。恐く彼は愈よ死ぬという最終の一時間までこの努力をつづけるに相違あるまい。

私は、彼に敵することは能《でき》ないと悟った。

小さい虫は遂に私を征服して、私の庭を傲然として占領している。

## 蛙

次は蛙である。青い脊中に軍人の肩章のような金色の線を幾筋も引いている雨蛙である。

私の狭い庭には築山がある。彼は六月の中旬頃からひょこりとそこに現れた。彼は山をめぐる躑躅の茂みを根拠地として、朝に晩にそこらを這い歩いて、日中にも平気で出て来た。雨が降ると涼しい声を出して鳴いた。

今年の梅雨中には雨が少かったので、私の甥は硝子の長い管で水出しを作った。それを楓の高い枝にかけて恰も躑躅の茂みへ細い滝を落すように仕掛けた。午後一時半頃、甥は学校から帰って来ると、すぐにバケツに水を汲み込んで水出しの設備に取かかる。細い水は一旦噴き上って更に真直にさッと落ちて来ると、夏楓の柔い葉は重い雫に堪えないように身を顫わした。咲き残っている躑躅の白い花も湿《ぬ》れた頭を重そうに首肯《うなず》かせた。滝は折々に風をしぶいて、夏の明るい日光の前に小さい虹を作った。湿れた苔は青く輝いた。あるものは金色に光った。

「もう今に蛙が出て来るだろう。」

斯う云っていると、果して何処からか青い動物が遅々《のそのそ》と這い出して来る。彼は悠然として滝の下にうずくまる。そうして、楓の葉を通して絶間無しに降り注ぐ人工の雨に浴している。バケツの水が尽きると、甥と下女とが汲み替えて遣る。蛙は眼を晃《ひか》らしているばかりで些《ちつ》とも動かない。やがて十分か二十分も経ったと思うと、彼は弱い女のような細い顫え声を高く揚げて、からからからと云うように鳴き始める。調子はなかなか高いので二階にいる私にも能く聞えた。

こんなことが十日ほども続くと、彼は何処へか姿を隠してしまった。甥が幾ら苦心しても、人工の雨では遂に彼を呼ぶことが能《でき》なくなった。甥は失望していた。私も何だか寂しく感じた。

それから四日ほど過ぎると朝から細雨《こさめ》が降った。どこやらでからからからと云う声が聞えた。甥は学校へ行った留守であったので、妻と下女とはその声を尋ねて垣の外へ出た。声は隣家の塀の内にあるらしく思われた。塀の内には紫陽花が繁って咲いていた。

「奥さんここにいますよ。」と、下女が囁いた。蛙は塀の下にうずくまって昼の雨に歌っているのであった。下女は塀の下から手を入れて難なく彼を捕えて帰った。もう逃げるのじゃないよと云い聞かせて、再び彼を築山のかげに放して遣《や》った。その日は一日降暮した。夕方になると彼は私の庭で歌い始めた。

家内の者は逃げた鶴が再び戻って来たように喜んだ。築山に最も近い四畳半の部屋に集って、茶を飲みながら蛙の声を聴いた。私の家族は俄に風流人になってしまった。俄作りの詩人や俳人は明る日になって再び失望させられた。蛙は再び逃げてしまった。今度は幾ら探しても最《も》う見えなかった。

その後にも屢々雨が降った。しかも再び彼の声を聴くことは能なかった。隣の庭でも鳴かなかった。甥の作った水出しは物置の隅へ投げ込まれてしまった。

「あんなに可愛がって遣《やっ》たのに……。」と、甥も下女も不平らしい顔をしていた。

実際、我々は彼を苦めようとはしなかった。寧ろ彼を愛養していた。しかも彼を狭い庭の内に押込めて、いつまでも自分達の専有物にして置こうと云う我儘な意思を持っていたことは否まれなかった。そこに有形無形の束縛があった。彼は自由の天地にあこがれて、遠く何処へか立去ったのであろう。

蜘蛛は私に打克った。蛙は私の囚われを逃れた。彼等はいずれも幸福で無いとは云えまい。

## 蛙と騾馬と

前回に蛙の話を書いた折に、ふと満洲の蛙を思い出した。十余年前、満洲の戦地で聴いた動物の声で、私の耳の底に最も鮮かに残っているのは、蛙と騾馬との声であった。

蓋平に宿った晩には細雨《こさめ》が寂しく降っていた。私は兵站部の一室を仮りて、板の間に毛布を被って転がっていると、夜の十時頃であろう、だしぬけに戸の外でがあがあと叫ぶような者があった、ぎいぎいと響くような者があった。その声は家鴨に似て非なるものであった。殊にその声の大きいのに驚かされた。

私は蠟燭を点けて外を窺った。外は真暗で、雨は間断《しきり》無しにしとしとと降っていた。ぎいぎいと云う不思議の声は遠い草叢の奥にあるらしく思われたので。私は蠟燭を火縄に替えた。そうして、雨の中を根好く探して歩いたが、怪物の正体は遂に判らなかった。私は夜もすがらこの奇怪なる音楽の為に脅やかされた。

夜が明けてから兵站部員に訊くと、彼は蛙であった。その鳴声が調子外れに高いので、初めて聴いた者は誰でも驚かされる、しかも滅多にその形を視た者は無いとのことであった。漢詩では蛙の鳴くことを蛙鳴《あめい》と云い蛙吠《あべい》と云うが、吠の字は必ずしも平仄《ひょうそく》の都合ばかりでなく、実際にも吠ゆると云う方が適切であるかも知れないと、私はこの時初めて感じた。

日本の演劇で蛙の声を聞かせる場合には、赤貝を摺り合せるのが昔からの習であるが、『太功記』十段目の光秀が夕顔棚のこなたより現れ出でた時に、例の小田の蛙《かわず》が満洲式の家鴨のような声を張上げてぎいぎいと鳴き出したら何うであろう。光秀も恐く竹槍を担いで逃げ出すより他はあるまい。私は独りで噴飯《ふきだ》してしまった。

但し満洲の蛙も悉くこの調子外ればかりではなかった。中には楽人の資格を備えている種類もあった。私が楊家屯に露宿した夕《ゆうべ》、宵の間は例の蛙どもが破れた笙を吹くような声を遠慮なく張上げて、私の安眠を散々に妨害したが、夜の更けるに随ってその声も漸く断えた。今夜は風の生暖い夜であった。空は一面に陰《くも》っていた。近所の溜りの池で再び蛙の声が起った。これは聞慣れた普通の声であった。わたしは久振《ひさしぶり》で故郷の音楽を聴いた。桜の散る頃に箕輪田圃のあたりを歩いているような気分になった。私は嬉しかった、懐かしかった。疲れた身にも寝るのが惜いように思われたのはこの夜であった。

騾馬の嘶きも甚だ不快な記憶を止めている。これも一種のぎいぎいと云う声である。何う考えても生きた物の声とは思われなかった。木と木とが触れ合ったらこんな響を発するであろうかと思われた。そうして如何にも苦しい、寂しい、悲しい、今にも亡びそうな声である。ある人が彼を評して亡国の声と云ったのも無理はない。決して目出たい声でない、陽気な声でない、彼は人間の滅亡を予告するように高く嘶いているのではあるまいか。

遼陽の攻撃戦が酣《たけなわ》なる時、私は雨の夕暮に首山堡の麓へ向った。その途中で避難者を乗せているらしい支那人の荷車に出逢った。左右は一面に高粱の畑で真中には狭い道が通じているばかりであった。私はよんどころなしに畑へ入って車を避けた。車を牽いているのは例の騾馬であった。車に乗っているのは六十余りの老女と十七、八の若い娘と六、七歳の男の児の三人で、他に四十位で頬に大きな痣のある男が長い鞭を執っていた。車には掩蓋が無いので、人は皆湿れていた。娘は蒼白い顔をして、鬢に雫を滴らしているのが一入《ひとしお》あわれに見えた。

路が悪いので車輪は容易に進まなかった。車体は右に左に動揺した。車が激しく揺れるたびに、娘は胸を抱えて苦しそうに咳き入った。わたしは若《も》しや肺病患者ではないかと危ぶんだ。

男は焦れて打々《ターター》と叫んだ。そうして長い鞭をあげて容赦なしに痩せた馬の脊を打った。馬は跳って狂った。狂いながらに幾たびか高く嘶いた。娘は老女の膝に倒れかかって、血を吐きそうに強く咳き入った。

遼陽から首山堡の方面にかけて、大砲や小銃の音が愈《いよい》よ激しくなった。私は車の通り過ぎるのを待ち兼ねて、再び旧《もと》の路に出た。騾馬は又もや続けて嘶いた。娘は揉み殺されそうに車に揺られていた。やがて男の児も泣き出した。

私が一町ほど行き過ぎた頃にも、騾馬の声は寒い雨の中に遠く聞えていた。

## おたけ

おたけは暇を取って行った。おとなしくて能く働く女であったが、唯《た》った二週間ばかりで行ってしまった。

これまで奉公していたおよねは母が病気だと云うので急に国へ帰る事になった。その代りとしておたけが目見得に来たのは、七月の十七日であった。彼女《かれ》は相州の大山街道に近い村の生れで、年は二十一だと云っていたが、体の小さい割に老けて見えた。その目見得の晩に私の甥が急性腸胃加答児《イカタル》を発したので、夜半に医師を呼んで灌腸をするやら注射をするやら、一家が徹夜で立騒いだ。来たばかりのおたけは勝手が判らないので余ほど困ったらしいが、それでも一生懸命に働いてくれた。暗い夜を薬取りの使にも行って呉れた。目見得も済んで、翌日から私の家に居着くこととなった。

彼女《かれ》は何方《どちら》かと云えば温順《おとなし》過ぎる位であった。寧ろ陰気な女であった。しかし従順《すなお》で正直で骨を惜まずに能く働いて、どんな場合にも決して忌そうな顔をしたことは無かった。好い奉公人を置き当てたと家内の者も喜んでいた。私も喜んでいた。すると四、五日経った後、妻は顔を皺《しか》めてこんなことを私に囁いた。

「おたけは何うもお腹が大きいようですよ。」

「そうか知ら。」

私には能く判らなかった。成《な》るほど、小作りの女としては、腹が少し横肥りのようにも思われたが、田舎生れの女には随分こんな体格の女が無いでもない。私は左《さ》のみ気にも止めずに過ぎた。

おたけは幾らか文字《もんじ》の素養があると見えて、暇があると新聞などを読んでいた。手紙などを書いていた。ある時には非常に長い手紙を書いていたこともあった。彼女《かれ》は用の他に殆《ほとん》ど口を利かなかった。いつも黙って働いていた。

彼女《かれ》は私の家へ来る前に青山の某軍人の家に奉公していたと云った。七人の兄妹のある中で、自分は末子であると云った。実家は農であるそうだが、余り貧しい家ではないと見えて、奉公人としては普通以上に着物や帯なども持っていた。容貌《きりよう》は余り好くなかったが、人間が正直で、能く働いて、相当の着物も持っているのであるから、奉公人としては先ず申分のない方であった。諄《くど》くも云う通り、甚く温順い女で、少し粗匆でもすると顔の色を変えて平謝りに謝まった。

彼女は「だい無し」という詞《ことば》を無暗に遣う癖があった。ややもすると「だい無しに暑い」とか、「だい無しに遅くなった」とか云った。病気も追々に快くなった甥などはその口真似をして、頻りに「だい無し」を流行らせていた。

妻も彼女《かれ》を可愛がっていた。私も眼をかけて遣れと云っていた。が、折々に私達の心の底に暗い影を投げるのは、彼女《かれ》の腹に宿せる秘密であった。気をつけて見れば見るほど何うも可怪いようにも思われたので、私は寧《いっ》そ本人に対って打付に問い糺して、その疑問を解こうかとも思ったが、可哀そうだからお止しなさいと妻は云った。私も何だか気の毒なようにも思ったので、詮議は先ずそのままにして姑く成行を窺っていた。

月末になると請宿の主人が来て、まことに相済まないがおたけに暇を呉れと云った。段々聞いて見ると、彼女《かれ》は果して妊娠六ケ月であった。彼女《かれ》は郷里にある時に同村の若い男と親しくなったが、男の家が甚だ貧しいのと昔からの家柄が違うとか云うので、彼女《かれ》の老いたる両親は可愛い末の娘を男に渡すことを拒んだ。若い二人は引分けられた。彼女《かれ》は男と遠ざかる為に、この春のまだ寒い頃に東京へ奉公に出された。その当時既に妊娠していたことを誰も知らなかった。本人自身も心付かなかった。東京へ出て、漸次に月の重なるに随って、彼女《かれ》は初めて自分の腹の中に動く物のあることを知った。

これを知った時の彼女《かれ》の悲しい心持は何んなであったろう。彼女《かれ》は故郷へこのことを書いて遣ったが、両親も兄も返事を呉れなかった。帰るにも帰られない彼女《かれ》は、苦しい胸と大きい腹とを抱えて矢はり奉公をつづけていると、盆前になって突然に主人から暇が出た。唯ならぬ彼女《かれ》の身体《からだ》が主人の眼に着いたのではあるまいか。主人は給金のほかに反物を呉れた。

彼女《かれ》は愈よ重くなる腹の児を抱えて、再び奉公先を探した。探し当てたのが私の家であった。彼女《かれ》としては辛くもあったろう、苦しくもあったろう、悲しくもあったろう。気心の知れない新しい主人の家へ来て、一生懸命に働いている間にも、彼女《かれ》は思うことが沢山あったに相違ない。いくら陰陽《かげひなた》がないと云っても、主人には見せられぬ涙もあったろう。内所で書いていた長い手紙には、遣瀬ない思いの数々を筆に云わしていたかも知れない。彼女《かれ》が陰った顔をしているのも無理はなかった。そんなこととは知らない私は、随分大きな声で彼女《かれ》を呼んだ。遠慮無しに用を云い付けた。私は思い遣りのない主人であった。

それでも彼女《かれ》は幸であった。彼女《かれ》が奉公替をしたと云うことを故郷へ知らせて遣った頃から、両親の心も和らいだ。子まで生したものを今更何うすることも能《でき》まいと云う兄達の仲裁説も出た。結局彼女《かれ》を呼び戻して、男に添わして遣ろうと云うことになった。然《そ》う決ったらば旧の盂蘭盆前に嫁入させるが土地の習慣だとか云うので、二番目の兄が俄に上京した。おたけは兄に連れられて帰ることになったのである。

勿論、暇《いとま》をくれると云う話さえ決れば、代りの奉公人の来るまでは勤めても可いとのことであったが、私達はいつまでも彼女《かれ》を引止めて置くに忍びなかった。嫁入仕度の都合などもあろうから直に引取っても差支ないと答えた。彼女《かれ》は明る日の午後に去った。

去る時に彼女《かれ》は二階へ上って来て、わたしの椅子の下に手を突いて、叮寧に暇乞いの挨拶をした。彼女《かれ》は白粉を着けて、何だか派手な帯を締めていた。

「私の方ではもっと奉公していて貰いたいと思うけれども、国へ帰った方がお前の為には都合が可いようだから——。」

私が笑いながらこう云うと、彼女《かれ》は少しく頬を染めて俯向いていた。彼女《かれ》は嘸《さ》ぞ嬉しかろう。貧乏であろうが、家柄が違おうが、そんなことは何うでも可い。彼女《かれ》は自分の決めた男のところへ行くことが能るようになった。彼女《かれ》は私生児の母とならずに済んだ。悲しい過去は夢となった。

私も「だい無し」に嬉しかった。

僅か二週間を私の家に送ったおたけは、こんな思い出を残して去った。

## 元園町の春

Sさん。郡部の方もだんだん開けて来るようですね。御宅の御近所も春は定めてお賑かいことでしょう。そこでお前の住んでいる元園町の春は何《ど》うだと云う御尋ねでしたが、私共の方は昨今却《かえ》ってあなた達の方よりも寂しい位で、御正月だからと云って別に取立てて申上げるほどのことも無いようです。しかし折角ですから少しばかり何か御通信申上げましょう。

この頃は正月になっても、人の心を高い空の果へ引揚げて行くような、長閑《のどか》な凧のうなりは全然《まるで》聞かれなくなりました。往来の少い横町へ這入ると、追羽子《おいはご》の春めいた音も少しは聞えますが、その群の多くは玄関の書生さんや台所の女中さん達で、お嬢さんや娘さんらしい人達の立交っているのは余り見かけませんから、門松を背景とした初春の巷《ちまた》に活動する人物としては、その色彩が頗《すこぶ》る貧しいようです。平手《ひらて》で板を叩くような鼓《つづみ》の音をさせて、鳥打帽子《とりうちぼうし》を被った万歳《まんざい》が幾人も来ます。鉦《かね》や太鼓《たいこ》を鳴らすばかりで何にも芸のない獅子舞も来ます。松の内早仕舞《うちはやじまい》の銭湯におひねりを置いてゆく人も少いので、番台の三方《さんぽう》の上に紙包の雪を積み上げたのも昔の夢となりました。藪入などは勿論ここらの一角とは没交渉で、新宿行の電車が満員の札をかけて忙がしそうに走るのを見て、太宗寺《たいそうじ》の御閻魔様《おえんまさま》の御繁昌を窃《ひそ》かに占うに過ぎません。

家々に飼犬が多いに引替えて、猫を飼う人は滅多にありません。家根伝いに浮かれあるく恋猫の痩せた姿を見るようなことは甚だ稀です。ただ折々に何処からか野良猫がさまよって来ますが、この闖入者は棒や箒で残酷に追い払われてしまいます。夜は静《しずか》です、実に静です。支那の町のように宵から眠っているようです。八時か九時という頃には大抵の家は門戸を固くして、軒の電灯が白く凍った土を更に白く照しているばかりです。大きな犬が時々思い出したように、星の多い空を仰いで虎のように嘯きます。ここらで唯一軒という寄席の青柳亭《あおやぎてい》が看板の灯を卸す頃になると、大股に曳摺って行くような下駄の音が一としきり私の門前を賑わして、寄席帰りの書生さんの琵琶歌《びわうた》などが聞えます。跡はひっそりして、シュウマイ屋の唐人笛《とうじんぶえ》が高く低く、夜風にわななくような悲しい余韻を長く長く曳いて、横町から横町へと闇の奥へ消えて行きます。どこやらで赤児の泣く声も聞えます。尺八を吹く声も聞えます。角の玉突場でかちかちと云う音が寒むそうに聞えます。

寒の内には草鞋ばきの寒行の坊さんが来ます。中には襟巻を暖かそうにした小坊主を連れているのもあります。日が暮れると寒参りの鈴の音も聞えます。麴町通りの小間物屋には今日うし紅のビラが懸けられて、キルクの草履を穿いた山の手の女達が驕慢な態度で店の前に突っ立ちます。ここらの女の白粉《おしろい》は格別に濃いのが眼に着きます。

四谷街道に接している故《せい》か、馬力《ばりき》の車が絶間なく通って、左《さ》なきだに霜融《しもどけ》の路をいよいよ毀《こわ》して行くのもこの頃です。子供が竹馬に乗って歩くのもこの頃です。火の番銭《ばんせん》の詐欺の流行るのもこの頃です。しかし風の無い晴れた日には、御堀の堤《どて》の松の梢が自ずと霞んで、英国大使館の旗竿の上に鳶が悠然と止まっているのもこの頃です。

まだ書いたら沢山ありますが、先ずここらで御免を蒙ります。左様なら。

## お染風

この春はインフルエンザが流行した。

日本で初めてこの病が流行り出したのは明治二十三年の冬で、二十四年の春に至ってますます猖獗になった。我々はその時初めてインフルエンザという病名を知って、それは仏蘭西《フランス》の船から横浜に輸入されたものだと云う噂を聞いた。しかしその当時はインフルエンザと呼ばずに普通はお染《そめ》風と云っていた。何故お染という可愛らしい名を冠《かぶ》らせたかと詮議すると、江戸時代にも矢張これに能《よ》く似た感冒が非常に流行して、その時に誰かがお染という名を付けてしまった。今度の流行性感冒もそれから縁を引いてお染と呼ぶようになったのだろうと或《ある》老人が説明して呉れた。

そこで、お染という名を与えた昔の人の料見は、おそらく恋風と云うような意味で、お染が久松《ひさまつ》に惚れたように、直《すぐ》に感染するという謎であるらしく思われた。それならばお染に限らない。お夏《なつ》でもお俊《しゅん》でも小春《こはる》でも梅川でも可《い》い訳であるが、お染という名が一番可愛らしく婀娜気《あどけ》なく聞える。猛烈な流行性をもって往々に人を斃《たお》すようなこの怖るべき病に対して、特にお染という最も可愛らしい名を与えたのは頗《すこぶ》る面白い対照である、流石《さすが》に江戸児《えどっこ》らしい所がある。しかし例の大虎列剌《おおコレラ》が流行した時には、江戸児もこれには辟易《へきえき》したと見えて、小春とも梅川とも名付《なづけ》親になる者がなかったらしい。ころりと死ぬからコロリだなどと智慧のない名を付けてしまった。

既にその病がお染と名乗る以上は、これに憑着《とりつ》かれる患者は久松でなければならない。そこでお染の闖入《ちんにゅう》を防ぐには「久松留守」という貼札をするが可《い》いと云うことになった。新聞にもそんなことを書いた。勿論、新聞ではそれを奨励した訳ではなく、単に一種の記事として昨今こんなことが流行すると報道したのであるが、それが愈《いよい》よ一般の迷信を煽って、明治二十三、四年頃の東京には「久松留守」と書いた紙札を軒に貼《はり》付けることが流行した。中には露骨に「お染御免」と書いたのもあった。

二十四年の二月、私が叔父と一所に向島の梅屋敷へ行った。風の無い暖い日であった。三囲《みめぐり》の堤下《どてした》を歩いていると、一軒の農家の前に十七、八の若い娘が白い手拭《てぬぐい》をかぶって、今書いたばかりの「久松るす」という女文字の紙札を軒《のき》に貼っているのを見た。軒の傍には白い梅が咲いていた。その風情《ふぜい》は今も眼に残っている。

その後にもインフルエンザは幾度《いくたび》も流行を繰返したが、お染風の名は第一回限りで絶えてしまった。ハイカラの久松に憑着《とりつ》くには矢はり片仮名のインフルエンザの方が似合うらしいと、私の父は笑っていた。そうして、その父も明治三十五年に矢はりインフルエンザで死んだ。

## 狐妖

音楽家のS君が来て、狐の軍人という怪談《かいだん》を話して聞かせた。

それは明治二十五年の夏であった。軍人出身のS君はその当時見習士官として北の国の○○師団司令部に勤務中で、しかも自分が当番の夜の出来事であるから決して誤謬はないと断言した。狐が軍人に化けて火薬庫の衛兵を脅かそうとしたと云うのである。赤羽や宇治の火薬庫事件が頭に残っている際であるから、私は一種の興味を以てその話を聴いた。

どこも同じことで、火薬庫のある附近には、岡がある、森がある、草が深い。殊に夏の初めであるから、森の青葉は昼でも薄暗いほどに茂っていた。その森の間から夜半の一時頃に一つの提灯がぼんやりとあらわれた。歩哨の衛兵が能《よ》く視ると、それは陸軍の提灯で別に不思議もなかった。段々近いて来ると、提灯の持主は予《かね》て顔を見識っているM大尉で、身には大尉の軍服を着けていた。しかし規則であるから、衛兵は銃剣を構えて「誰かッ。」と一応咎《とが》めたが、大尉は何とも返事をしないで衛兵の前に突っ立っていた。

返事をしない以上は直に突き殺しても差支ないのであるが、見す見すそれが顔を見識っている大尉であるだけに、衛兵も流石《さすが》に躊躇した。再び声をかけたが、大尉は矢はり答えなかった。その中《うち》に衛兵は不思議なことを発見した。大尉の持っている提灯は紙ばかりで骨がなかった。大尉は剣も着けていなかった。衛兵は三たび呼んだが、それでも返事のないのを見て、彼は矢庭《やにわ》に銃剣を揮って大尉の胸を突き刺した。大尉は悲鳴をあげて倒れた。

衛兵はその旨を届け出たので、隊でも驚いた。司令部でも驚いた。当番のS君は真先に現場へ出張した。聯隊長その他も駈付《かけつ》けて見ると、M大尉は軍服を着たままで倒れていた。衛兵の申立《もうしたて》とは違って、その持っている提灯には骨があった。しかし剣は着けていなかった、靴も穿《は》いていなかった。殊に当番でもない彼が何故こんな姿でここへ巡回して来たのか、それが第一の疑問であった。取《とり》あえずM大尉の自宅へ使を走らせると、大尉は無事に蚊帳《かや》の中に眠っていた。呼び起してこの出来事を報告すると、大尉自身も面食《めんくら》って早々にここへ駈付《かけつ》けて来た。

大尉は小作りの人であった。倒れている死体も小作りの男であった。何人も初めは一見して彼を大尉と認めていたが、ほんとうの大尉その人に比較して能《よ》く視ると、まるで似付かないほどに顔が違っていた。陸軍大尉の軍服は着けているが、どこの誰か判らないと云うことになってしまった。要するに彼はほんとうの軍人でない、何者かが軍人に変装してこの火薬庫へ窺い寄ったのではあるまいかと云う決論に到着した。果してそうならば問題が又重大になって来るので、死体を一先ず室内へ舁《か》き入れて、何や彼やと評議をしている中《うち》に、短い夏の夜はそろそろ白んで来た。死体は仰向《あおむけ》に横《よこた》えて、顔の上には帽子が被せてあった。

兎《と》に角《かく》に人相書を認める必要があるので、一人の少尉がその死体の顔から再び帽子を取除《とりのぞ》けると、彼は思わずあっと叫んだ。硝子《ガラス》の窓から流れ込む暁の光に照された死体の顔は、いつの間にか狐に変っていた。狐が軍服を着ていたのであった。

「狐が化ける筈はない。」

若い士官達は容易に承認しなかった。しかし現在そこに横《よこたわ》っている死体は、人間でない、勿論M大尉でない。たしかに一匹の古狐であった。若い士官達が如何に雄弁に論じても、この生きた証拠を動かすことは不可能であった。狐や狸が化けるという伝説も嘘ではないと云うことになってしまった。S君も異議を唱えた一人で、強情に何時までも死体を監視していたが、狐は再び人間に復らなかった。朝がだんだん明るくなるに従って、彼は茶褐色の毛皮の正体を夏の太陽の強い光線の前に遠慮なく曝け出してしまった。但し軍服や提灯の出所は判らなかった。

「狐が人間に化けるなどと云うことは信じられません。私は今でも絶対に信じません。けれども、こういう不思議な事実を曾て目撃したと云うことだけは否《いな》む訳に行きませんよ。どう考えても判りませんねえ。」と、S君は首をかしげていた。私も烟《けむ》にまかれて聴いていた。

# 薬前薬後

## 草花と果物

盂蘭盆《うらぼん》の迎い火を焚《た》くという七月十三日のゆう方に、わたしは突然に強い差込みに襲われて仆れた。急性の胃痙攣である。医師の応急手当で痙攣の苦痛は比較的に早く救われたが、元来胃腸を害しているというので、それから引きつづいて薬を飲む、粥を啜る。おなじような養生法を半月以上も繰返して、八月の一日から兎もかくも病床をぬけ出すことになった。病人に好い時季と云うのもあるまいが、暑中の病人は一層難儀である。わたしは可なりに疲労してしまった。今でも机にむかって、まだ本当に物を書くほどの気力がない。

病臥中、はじめの一週間ほどは努めて安静を守っていたが、日がだんだんに経つに連れて、気分の好い日の朝晩には縁側へ出て小さい庭をながめることもある。わたしが現在住んでいるのは半蔵門に近いバラック建の二階家で、家も小さいが庭は更に小さく、わずかに八坪余りのところへ一面に草花が栽えている。

若い書生が勤勉に手入れをしてくれるので、わたしの病臥中にも花壇は些《ち》っとも狼藉たる姿をみせていない。夏の花、秋の草、みな恙《つつが》なく生長している。これほどの狭い庭に幾種の草花類が栽えられてあるかと試みに数えてみると、ダリヤ、カンナ、コスモス、百合、撫子、石竹、桔梗、矢車草、風露草、金魚草、月見草、おいらん草、孔雀草、黄蜀葵、女郎花、男郎花、秋海棠、水引、雞頭、葉雞頭、白粉、鳳仙花、紫苑、萩、芒、日まわり、姫日まわり、夏菊と秋の菊数種、ほかに朝顔十四鉢——先ずザッとこんなもので、一種が一株というわけではなく、一種で十余株の多きに上っているのもあるから、いかに好く整理されていたところで、その枝や葉や花がそれからそれへと掩い重なって、歌によむ「八重葎しげれる宿」と云いそうな姿である。

そのほかにも桐や松や、柿や、椿、木犀、山茶花、八つ手、躑躅、山吹のたぐいも雑然と栽えてあるので草木繁茂、枝や葉をかき分けなければ歩くことは出来ない。「狭いところへ好くも栽え込んだものだな。」と、わたしは自分ながら感心した。狭い庭を籔にして、好んで籔蚊の棲み家を作っている自分の物好きを笑うよりも、こうして僅に無趣味と殺風景から救われようと努めているバラック生活の寂しさを、今更のように考えさせられた。

わたしの家ばかりでなく、近所の住宅といわず、商店といわず、バラックの家々ではみな草花を栽えている。二尺か三尺の空地にもダリヤ、コスモス、日まわり、白粉のたぐいが必ず栽えてあるのは、震災以前に曾て見なかったことである。われわれはこうして救われるの外はないのであろうか。

わたしの現在の住宅は、麴町通りの電車道に平行した北側の裏通りに面しているので、朝は五時頃から割引の電車が響く。夜は十二時半頃まで各方面から上って来る終電車の音がきこえる。それも勿論そうぞうしいには相違ないが、私の枕を最も強くゆすぶるものは貨物自動車と馬力である。これらの車は電車通りの比較的に狭いのを避けて、いずれもわたしの家の前の裏通りを通り抜けることにしているので、昼間は兎もあれ、夜はその車輪の音が枕の上に一層強く響いて来るのである。

病中不眠勝のわたしはこの頃その響きをいよいよ強く感じるようになった。夜も宵のあいだはまだ好い。終電車もみな通り過ぎてしまって、世間が初めてひっそりと鎮まって、いわゆる草木も眠るという午前二時三時の頃に、がたがたと云い、がらがらという響きを立てて、殆《ほとん》ど絶間も無しに通り過ぎるトラックと馬力の音、殊に馬力は速力が遅く、且《かつ》は幾台も繫がって通るので、枕にひびいている時間が長い。

病中わたしに取って更に不幸というべきは、この夜半の馬力が暑いあいだ最も多く通行することである。なんでも多摩川のあたりから水蜜桃や梨などの果物の籠を満載して、神田の青物市場へ送って行くので、この時刻に積荷を運び込むと、恰も朝市の間に合うのだそうである。その馬力が五台、七台、乃至十余台も繫がって行くのは、途中で奪われない用心であると云う。いずれにしても、それがこの頃のわたしを悩ますことは一通りでない。

「これほどに私を苦しめて行くあの果物が、どこの食卓を賑わして、誰の口に這入るか。」

わたしは寝ながらそんなことを考えた。それに付けて思い出されるのは、わたしが巴里に滞在していた頃、夏のあかつきの深い霧が一面に鎖している大きい並木の町に、馬の鈴の音がシャンシャン聞える。霧に隠されて、馬も人も車もみえない。ただ鈴の音が遠く近くきこえるばかりである。それは近在から野菜や果物を送って来る車で、このごろは桜ん坊が最も多いということであった。それ以来わたしは桜ん坊を食うたびに、並木の靄のうちに聞える鈴の音を思い出して、一種の詩情の湧いて来るのを禁じることが出来ない。

おなじ果物を運びながらも、東京の馬力では詩趣も無い、詩情も起らない。いたずらに人の神経を苛立たせるばかりである。

## 雁と蝙蝠

七月二十四日。きのうの雷雨のせいか、きょうは土用に入ってから最も涼しい日であった。昼のうちは陰っていたが、宵には薄月のひかりが洩れて、涼しい夜風が簾越しにそよそよと枕元へ流れ込んで来る。

病気から例の神経衰弱を誘い出したのと、連日の暑気と、朝から晩まで寝て暮しているのとで、毎晩どうも安らかに眠られない。今夜は涼しいから眠られるかと、十時頃から蚊帳を釣らせることにしたが、窓をしめ、雨戸をしめると、矢はり蒸暑い。十一時を過ぎ、十二時を過ぎて、電車の響きもやや絶え絶えになった頃から少しうとうととして、やがて再び眼をさますと、襟首には気味のわるい汗が滲んでいる。その汗を拭いて、床の上に起き直って団扇を使っていると、トタン葺の屋根に雨の音がはらはらときこえる。そのあいだに鳥の声が近くきこえた。

それは雁の鳴く声で、御堀の水の上から聞えて来ることを私はすぐに知った。御堀に雁の群が降りて来るのは珍しくないが、それには時候が早い。土用に入ってまだ幾日も過ぎないのに、雁の来るのはめずらしい。群に離れた孤雁が何かの途惑いをして迷って来たのかも知れないと思っていると、雁は雨のなかに二声三声つづけて叫んだ。

しずかにそれを聴いているうちに、私の眼のさきには昔の麹町のすがたが浮び出した。そこには勿論自動車などは通らなかった。電車も通らなかった。スレート葺《ぶき》やトタン葺の家根《やね》も見えなかった。家根といえば瓦葺か板葺である。その家々の家根の上を秋風が高く吹いて、ゆう日のひかりが漸く薄れて来るころに、幾羽の雁の群が列をなして大空を高く低く渡ってゆく。巷に遊んでいる子供たちはそれを仰いで口々に呼ぶのである。

「あとの雁が先になったら、笄《こうがい》取らしょ。」

わたしも大きな口をあいて呼んだ。雁の行《つら》は正しいものであるが、時にはその声々に誘われたように後列の雁が翼を振って前列を追いぬけることがある。あるいは野に伏兵ありとでも思うのか、前列後列が俄に行を乱して翔りゆく時がある。空飛ぶ鳥が地上の人の号令を聞いたかのように感じられた時、子供たちは手を拍って愉快を叫んだ。そうして、その鳥の群が遠くなるまで見送りながら立尽していると、秋のゆうぐれの寒さが襟にしみて来る。

秋になると、毎年それをくり返していたので、私に取っては忘れがたい少年時代の思い出の一つとなっているが、この頃では秋になっても東京の空を渡る雁の形も稀になった。まして往来のまん中に突っ立って、「笄取らしょ。」などと声を嗄らして叫んでいるような子供は一人もないらしい。

雁で思い出したが、蝙蝠も夏の宵の景物の一つであった。

江戸時代の錦絵には、柳の下に蝙蝠の飛んでいるさまを描いてあるのを屢々見る。粋な芸妓などが柳橋あたりの河岸をあるいている、その背景には柳と蝙蝠を描くのが殆《ほとん》ど紋切形のようにもなっている。実際、むかしの江戸市中には沢山棲んでいたそうで、外国や支那の話にもあるように、化物屋敷という空家を探険してみたらば、そこに年古る蝙蝠が棲んでいるのを発見したというような実話が幾らも伝えられている。大きい奴になると、不意に飛びかかって人の生血を吸うのであるから、一種の吸血鬼と云ってもよい。相馬の古御所の破れた翠簾の外に大きい蝙蝠が飛んでいたなどは、確かに一段の鬼気を添えるもので、昔の画家の働きである。

しかし市中に飛んでいる小さい蝙蝠は、鬼気や妖気の問題を離れて、夏柳の下をゆく美人の影を追うに相応しいものと見なされている。わたし達も子供のときには蝙蝠を追いまわした。

夏のゆうぐれ、うす暗い家の奥からは蚊やりの煙がほの白く流れ出て、家の前には涼み台が持ち出される頃、どこからとも知れず、一匹か二匹の小さい蝙蝠が迷って来て、あるいは町を横切り、あるいは軒端を伝って飛ぶ。蚊喰い鳥という異名の通り、かれらは蚊を追っているのであろう。それを又追いながら、子供たちは口々に叫ぶのである。

「こうもり、こうもり、山椒食わしょ。」

前の雁とは違って、これは手のとどきそうな低いところを舞いあるいているから、何とかして捕えようというのが人情で、ある者は竹竿を持ち出して来るが、相手はひらひらと軽く飛び去って、容易に打ち落とすことは出来ない。蝙蝠を捕えるには泥草鞋を投げるがよいと云うことになっているので、往来に落ちている草鞋や馬の沓を拾って来て、「こうもり来い。」と呼びながら投げ付ける。うまく中《あた》って地に落ちて来ることもあるが、又すぐに飛び揚がってしまって、十に一つも子供たちの手には捕えられない。たとい捕え得たところで何《ど》うなるものでもないのであるが、それでも夢中になって追いあるく。

その泥草鞋があやまって往来の人に打ちあたる場合は少くない。白地の帷子を着た紳士の胸や、白粉をつけた娘の横面などへ泥草鞋がぽんと飛んで行っても、相手が子供であるから腹も立てない。今日ならば明かに交通妨害として、警官に叱られるところであろうが、昔のいわゆるお巡りさんは別にそれを咎めなかったので、わたし達は泥草鞋をふりまわして夏のゆうぐれの町を騒がしてあるいた。

街路樹に柳を栽えている町はあるが、その青い蔭にも今は蝙蝠の飛ぶを見ない。勿論、泥草鞋や馬の沓などを振りまわしているような馬鹿な子供はない。

こんなことを考えているうちに、例の馬力が魔の車とでも云いそうな響きを立てて、深夜の町を軋《きし》って来た。その昔、京の町を過ぎたという片輪車の怪談を、私は思い出した。

# 停車場の趣味

以前は人形や玩具に趣味をもって、新古東西の瓦落多をかなりに蒐集していたが、震災にその全部を灰にしてしまってから、再び蒐集するほどの元気もなくなった。殊に人形や玩具については、これまで新聞雑誌に再三書いたこともあるから、今度は更に他の方面について少しく語りたい。

これは果して趣味というべきものか何《ど》うだか判らないが、兎に角わたしは汽車の停車場というものに就て頗る興味をもっている。汽車旅行をして駅々の停車場に到着したときに、車窓からその停車場をながめる。それが頗る面白い。尊い寺は門から知れるというが、ある意味に於て停車場は土地その物の象徴と云ってよい。

そんな理窟はしばらく措いて、停車場として最もわたしの興味をひくのは、小さい停車場か大きい停車場かの二つであって、どちら付かずの中ぐらいの停車場はあまり面白くない。殊に面白いのは、一と列車に二、三人か五、六人ぐらいしか乗降りのないような、寂しい地方の小さい停車場である。そういう停車場はすぐに人家のある町や村へつづいていない所もある。降りても人力車一台も無いようなところもある。停車場の建物も勿論小さい。しかもそこには案外に大きい桜や桃の木などがあって、春は一面に咲きみだれている。小さい建物、大きい桜、その上を越えて遠い近い山々が青く霞んでみえる。停車場の傍には粗末な竹垣などが結ってあって、汽車のひびきに馴れている鶏が平気で垣をくぐって出たり這入ったりしている。駅員が慰み半分に作っているらしい小さい菜畑なども見える。

夏から秋にかけては、こういう停車場には大きい百日紅や大きい桐や柳などが眼につくことがある。真紅に咲いた百日紅のかげに小さい休み茶屋の見えるのもある。芒の乱れているのもコスモスの繁っているのも、停車場というものを中心にして皆それぞれの画趣を作っている。駅の附近に草原や畑などが続いていて、停車している汽車の窓にも虫の声々が近く流れ込んで来ることもある。東海道五十三次をかいた広重が今生きていたらば、こうした駅々の停車場の姿を一々写生して、おそらく好個の風景画を作り出すであろう。

停車場はその土地の象徴であると、わたしは前に云ったが、直接にはその駅長や駅員等の趣味もうかがわれる。ある駅ではその設備や風致に頗る注意を払っているらしいのもあるが、その注意があまりに人工的になって、わざとらしく曲りくねった松を栽えたり、檜葉をまん丸く刈り込んだりしてあるのは、折角ながら却って面白くない。やはり周囲の野趣をそのまま取入れて、飽までも自然に作った方が面白い。長い汽車旅行に疲れた乗客の眼もそれに因って如何に慰められるか判らない。汽車そのものが文明的の交通機関であるからと云って、停車場の風致までを生半可な東京風などに作ろうとするのは考えものである。

大きい停車場は車窓から眺めるよりも、自分が構内の人となった方がよい。勿論、そこには地方の小停車場に見るような詩趣も画趣も見出せないのであるが、なんとなく一種の雄大な感が湧く。そうしてそこには単なる混雑以外に一種の活気が見出される。汽車に乗る人、降りる人、かならずしも活気のある人達ばかりでもあるまい。親や友達の死を聞いて帰る人もあろう、自分の病のために帰郷する人もあろう、地方で失敗して都会へ職業を求めに来た人もあろう。千差万別、もとより一概には云えないのであるが、その人たちが大きい停車場の混雑した空気につつまれた時、誰も彼も一種の活気を帯びた人のように見られる。単に、あわただしいと云ってしまえばそれ迄であるが、わたしはその間に生々した気分を感じて、いつも愉快に思う。

汽車の出たあとの静けさ、殊に夜汽車の汽笛のひびきが遠く消えて、見送りの人々などが静に帰ってゆく。その寂しいような心持もまたわるくない。わたしは麴町に長く住んでいるので、秋の宵などには散歩ながら四谷の停車場へ出て行く。この停車場は大でもなく小でもなく、わたしには余り面白くない中位のところであるが、それでも汽車の出たあとの静かな気分を味わうことが出来る。堤の松の大樹の上に冴えた月のかかっている夜などは殊によい。若いときは格別、近年は甚だ出不精になって、旅行する機会もだんだんに少くなったが、停車場という乾燥無味のような言葉も、わたしの耳にはなつかしく聞えるのである。

# 蟹

六月二十七日、昨夜来の雨は止まない。梅雨頃の天気癖という白映黒映を折々に見せて、或は明るく或は暗く、究竟《つまり》は一日降暮すのであろうと思えば、鬱陶しいこと夥《おび》多《ただ》しい。殊に自分は昨日から足を痛めている。躄《いざり》勝五郎ほどでないが、兎にかく山本勘助の家来ぐらいにはなっている。愈よ鬱陶しい。

昨日の午前、O氏を麴町区役所に訪うて帰る途中、同所の石段で誤って下駄を踏み返した。その当時は差したる疼痛《いたみ》も感じなかったが、午後から右の足首が漸次《しだい》に痛み出して、殆《ほとん》ど隻脚《かたあし》は踏み立てられないことになった。医師の診断《みたて》によると、骨には別に異状もないが、筋が伸びたのだとのことで、患部には罨法を行い、繃帯を施して、二、三日は歩行禁止を宣告せられたのである。

昨日に比べると、今日は疼痛《いたみ》も稍薄らいだが、右の隻脚《かたあし》は矢はり自由でない。寝ているほどの大病人でもないから、繃帯した足を投げ出して、机の前に茫然《ぼんやり》している。

二、三種の新聞の社説から広告欄まで残らず読んでしまって、時計を見ると午前八時。若葉の雨は音もせずに烟っている。
二階から見ると、隣の庭の杏子が過日《このあいだ》の風雨《あらし》に吹き落されて、青葉がくれに二つ三つ紅く残っている。小児《こども》が太鼓を叩く音が聞える。何処か知らないが、折々に枝蛙が鳴く。

頭脳《あたま》に故障が無くても、身体《からだ》の一部に故障があると、書物を読んでも気が乗らず、物を考えても纒らない。僅に当用の葉書二枚を書き終って、所在なく烟草を喫む、庭を眺める、空を見る。雀の声が聞えて、空は少しく明るくなったかと思うと、又瀟々《しとしと》と降って来る。やがてざっと云う音がして、樋筧《といだけ》の水が滝のように溢れ落ちる。雨戸を閉めようと思っても、自分は容易に起たれない。家内の者を呼んで閉めさせる。序《ついで》に戸棚の書物を出して貰おうとしたが、女共には急に探し当らない。終局には小悶《こじれ》ったくなって、跛足を曳きながら自身で探しに行く。少しく力を入れて踏むと、足は矢はり痛む。一冊の書物を探し出すのが大仕事だ。余り馬鹿々々しくなって、もう何を読む元気も無く、折角探し出した書物を枕にころりと寝る。

折柄、S氏が訪ねて来た。某座の七月狂言に私の脚本を演ずるに就て今日はその稽古に臨む筈であったが、何分この始末であるから御供は出来ないと断る。約一時間ばかりは芝居の話で紛れていたが、S氏が去ると又寂しくなる。再び雨戸を明けさせて庭を眺めると、雨は小歇《おやみ》となった。板塀には蝸牛《かたつむり》、楓の下には蚯蚓《みみず》の死骸《なきがら》、梅雨中の景物は遺憾なく陳列している。こんな狭い庭では仕方がない、英国大使館前か清水谷公園の広場へ行って、雨に湿《ぬ》れた若葉の林に、傘をかざして徘徊するのも又面白かろうとは思いながら、跛足の足駄穿では到底能《でき》ぬ芸だ。ああ、詰らないとぐったりして又寝転ぶ。風が少し出たらしい。庭の青葉が揺めいて、檐《のき》を撲つ雨の音が耳に付く。時計を見ると十時を過ること二十分、きょうの半日は実に長い。

私は絶えず沈思黙考という質であるが、もうこうなっては何を考える元気もない。また這い起きて北の窓をあけて見る。筋向いのK氏の庭は碧梧《あおぎり》、石榴《ざくろ》、無花果《いちじく》が唯一面に真蒼で、折柄の風に青い波を打っている。それも聽て見飽きて再び机の前に復《かえ》る。相変らず所在がないので、今度は壁を睨んで達磨大師の座禅という形で、何を見るとも無しに眺めていると、やがて一匹の蜘《くも》が何処からか這い出した。退屈の時にはこんなものでも見逃すことは能ない、一心に眼を据えて、その行方を打守っていると、彼はするするすると欄間を伝って、果は掛額のうしろへ姿を隠した。扨は額の裏に巣を組んでいるのかと思ったが、起ち上って検査するのも面倒と、唯うっかりと眺めている中に、蜘の形から聯想したのであろう、不意と蟹のことを思い出した。蟹は一本の足を失った蟹である。

過《すぐ》る十六日の雨ふる朝《あした》、わたしの庭へ一匹の赤い蟹が迷って来た。捕えて見ると、左の足が一本折れている。恐らくは近所の子供に繋がれている中に、故意か偶然か糸を結んだ足が折れたので、彼は漸く自由の身となったのであろう。足が折れなければ、彼は依然として繋がれていたかも知れない。彼は一本の足を失った代りに、一身の束縛を逃れたのである。彼は寧ろ片輪となっても、その身の自由を得たのを喜んでいるかも知れない。けれども、私はこの不具な蟹に対して、云うべからざる悲哀を感じた。その日は我家に飼って置いて食物を与え、翌十七日の朝、これを五番町の大溝《どぶ》へ放して遣った。溝はお堀につづいているから、彼も再び子供の手にかからず、恐らく安全の棲家を得たであろう。昔話ならば、蟹がその夜の夢にあらわれて、私に礼の一言も云うべき所であるが、一向にそんなことも無かった。

あの蟹は今頃何《ど》うしているだろう。私も今や隻脚《かたあし》の自由を欠いている。所謂同病相憐むの意味からしても、蟹の身の上が案じられて成らない。私の足の疼痛《いたみ》は差したることでも無い、三、四日の後には確かに癒る。が、蟹の足は再び生えることはあるまい。彼は一生を不具者として送らねばならない。五番町の大溝からお堀へかけて、石垣の間には沢山の蟹が棲んでいるらしい。不具者の彼はその仲間に伍して、何等の迫害を蒙ることなしに、悠々と一生を送られるであろうか。鳥類、殊に鴉のごときは一種の団結心に富んでいて、ほかの土地から舞い込んだ旅鴉と見れば、大勢が集って散々に窘《いじ》める。蟹の仲間にはそんな習慣は無いであろうか。今日のように雨ふる日、他の蟹は思い思いの穴に潜んでいるにも拘わらず、他国者の彼は身を隠すべき処もなく、雨に濕《ぬ》れつつ石垣の上を彷徨《さまよ》っているのではあるまいか。加之《しか》も彼は一足を失っている不具者である。

寧《いっ》そ私の家に何日までも飼って置たら、こんな苦労をせずとも済んだのである。が、如何に愛育されても、彼は一種の牢獄のような桶や籠の中に飼われているのを喜ばないかも知れない。たとい多少の迫害や困難を凌《しの》いでも、彼は堀や溝に自由の天地を求めているかも知れない。

こんな空想に時を移して居る内に、もう午餐《ひるめし》の仕度が出来たという知らせがある。起とうとしても一方の足が自由で無い、二階の階子《はしご》を這うようにして降りるのは中々の難儀である。それに付けても、蟹は何うして居るであろう。庭を見れば、雨は又一《ひと》霎時《しきり》はげしく降る。お堀の水も定めて増したであろう。

# 亡びゆく花

からたちは普通に枳殻と書くが、大槻博士の言海によるとそれは誤りで、唐橘と書くべきだそうである。誰も知っている通り、トゲの多い一種の灌木で、生垣などに多く植えられている。別に風情もない植物で、あまり問題にもならないのであるが、春の末、夏の初めに五弁の白い花を着ける。暗緑色の葉のあいだにその白い花が夢の如くに開いて、春の如くに散る。人に省みられない花だけに、なんとなく哀れにも眺められる。

市区改正や区劃整理で、からたちもだんだんに東京市内から影を隠して来たが、それでも場末の屋敷町や、新東京の住宅地などには、その生垣をしばしば見受ける。しかも文化式の新しい建物などで、からたちの垣を作っている家は殆《ほとん》ど無い。からたちの垣をめぐらしているのは、明治時代か或は大正時代の初期に作られたらしい旧式の建物に限るようである。さもなければ、寺である。寺も杉や柾木やからたちをめぐらしているのは新しい建築でない。

要するにからたちは古家や古寺にふさわしいような、一種の幽暗な気分を醸し成す植物であるらしい。からたちの生垣のつづいているような場所は、昼でも往来が少い。まして夕方になるといよいよ寂しい。その薄暗い中に、からたちの花が白くぼんやりと開いている。どう考えても、さびしい花である。

俳句にもからたちの花という題があるが、あまり沢山の作例もなく、名句もないようである。からたちは木振りといい、葉といい、花と云い、総ての感じが現代的でない。大東京出現と共にだんだんに亡びゆく植物のように思われて、いよいよ哀れに、いよいよ寂しく眺められる。前に云った場末の屋敷町や、新東京の住宅地などを通行して、その緑の葉が埃を浴びたように白っぽくなっているのを見ると、わたしはなんだか暗いような心持になる。これ等のからたちもやがては抜き去られてトタン塀や煉瓦塀に変るのであろう。からたちで有名なのは、本郷龍岡町の麟祥院である。彼の春日局の寺で、大きい寺域の周囲が総てからたちの生垣で包まれているので、俗にからたち寺と呼ばれていた。江戸以来の遺物として、東京市内にこれだけの生垣を見るのは珍しいと云われていたのであるが、明治二十四年の市区改正のために、その生垣の大部分を取除かれ、その後もだんだんに削り去られて、今は殆ど跡方もないようになって仕舞った。

からたちや春日局の寺の咲く

わたしは昔、こんな句を作ったことがあるが、そのからたち寺も名のみとなった。からたちや杉の生垣を作るのは、犬や盗賊の侵入を防ぐが為である。殊にからたちは茨のようなトゲを持っているので、それを搔き分けるのは困難であると見做されていた。しかも今日のような時代となっては、犬は格別、盗賊はからたちのトゲぐらいを恐れないであろうから、かたがた以てからたちの需用は薄くなったわけである。説教強盗も犬を飼えと教えたが、からたちの垣を作れとは云わなかった。

わたしは昨日、所用あって目黒の奥まで出かけると、そこにからたちの生垣を見出した。家は古い茅葺家根《やね》である。新東京の目黒区となった以上、この茅葺家根も早晩取払われなければなるまい。それと同時に、このからたちの運命もどうなるかと、立ちどまって暫らく眺めていた。

家へ帰ると、ある雑誌社から郵書が来ていて、なにか随筆様のものを書けという。そこで、直ぐにこんなことを書いたのである。

# 旅すずり

# 仙台五色筆

仙台の名産の中に五色筆というのがある。宮城野の萩、末の松山の松、実方中将の墓に生《お》うる片葉の薄、野田の玉川の葭、名取川の蓼、この五種を軸としたもので、今では一年の産額十万円に達していると云う。私も松島記念大会に招かれて、仙台、塩竈、松島、金華山等を四日間巡回した旅行中の見聞を、手当り次第に書き薙るに方《あた》って、この五色筆の名を鳥渡《ちよつと》借用することにした。

私は初めて仙台の地を踏んだのではない。従ってこの地普通の名所や古蹟に対しては少しく神経が鈍っているから、初めて見物した人が書くように、地理や風景を面白く叙述する訳には行かない。唯自分が感じたままを何でも真直に書く。印象記だか感想録だか見聞録だか、何だか判らない。

# 三人の墓

仙台の土にも昔から大勢の人が埋められている。その無数の白骨の中には、勿論隠れたる詩人や、無名の英雄も潜んでいるであろうが、兎に角に世に聞えたる人物の名を数えると、私がお辞儀をしても口惜《くやし》くないと思う人は三人ある。曰く、伊達政宗。曰く、林子《りんし》平《へい》。曰く、支倉《はせくら》六右衛門。今度もこの三人の墓を拝した。

政宗の姓は伊達《だて》と読まずに、イダテと読むのが真実《ほんとう》らしい。その証拠には、羅馬《ローマ》に残っている古文書には総てイダテマサムネと書いてあると云う。羅馬人には日本字が読めそうもないから、此方《こっち》で云う通りをそのまま筆記したのであろう。成《なる》ほど文字の上から見てもイダテと読みそうである。伊達という地名は政宗以前から世に伝えられている。秀衡の子供にも錦戸太郎、伊達次郎というのが有る。尤もこれは西木戸太郎、館次郎が真実《ほんとう》だとも云う。太平記にも南部太郎、伊達次郎などと云う名が見えるが、これもイダテ次郎と読むのが真実かも知れない。何《ど》の道、昔はイダテと唱えたのを、後に至ってダテと読ませたに相違あるまい。

いや、こんな詮議は何《ど》うでも可《い》い。イダテにしても、ダテにしても、政宗は矢はり偉いのである。独眼竜などと云う水許伝式の渾名を附けないでも、偉いことは確実《たしか》に判っている。その偉い人の骨は瑞鳳殿というのに歛《おさ》められている。先頃の出水に頽された広瀬川の堤《どて》を越えて、昼も昏い杉並木の奥深く入ると、高い不規則な石段の上に、小規模の日光廟が儼然《げんぜん》と聳えている。

私は今この瑞鳳殿の前に立った。丈抜群の大きな黒犬は、恰も政宗が敵に向う如き勢いで吠え蒐《かか》って来た。大きな犬は瑞鳳殿の向側にある小さな家から出て来たのである。一人の男が犬を叱りながら続いて出て来た。

彼は五十以上であろう。色の稍蒼い、瘦形の男で、短く苅った鬢のあたりは斑《まばら》に白く、鼻の下の髭にも既に薄い霜が降りかかっていた。紺飛白の単衣《ひとえもの》に小倉の袴を着けて、白足袋に麻裏の草履を穿いていた。伊達家の旧臣で、唯一人この墳墓を守っているのだと云う。

私はこの男の案内に因て、靴をぬいで草履に替え、徐《しずか》に石段を登った。瑞鳳殿と記した白字の額を仰ぎながら、更に折曲った廻廊を渡ってゆくと、斯《かか》る場所へ入る度に例《いつ》も感ずるような一種の冷い空気が、流るる水のように面を掠めて来た。私は無言で歩いた。男も無言で先に立って行った。背後《うしろ》の山の杉木立では、秋の蟬が破れた笛を吹くように咽《むせ》んでいた。

更に奥深く進んで、衣冠を着けたる一個の偶像を見た。この瞬間に、私も亦一種の英雄崇拝者であると云うことを熟々《つくづく》感じた。私は偶像の前に頭《かしら》を低《た》れた。男も亦粛然として頭を低れた。私はやがて頭をあげて顧《みかえ》ると、男はまだ身動きもせずに、うやうやしく礼拝していた。

私の眼からは涙が零《こぼ》れた。

この男は伊達家の臣下として、昔は如何なる身分の人であったか知らぬ。また知るべき必要もあるまい。彼は唯白髪の遺臣として長く先君の墓所を守っているのである。維新前の伊達家は数千人の家来をもっていた。その多数の中には官吏や軍人になった者もあろう、或《あるい》は商業を営んでいる者もあろう。或は農業に従事している者もあろう。栄枯浮沈、その人々の運命に因て色々に変化しているであろうが、兎にも角にも皆それぞれに何等かの希望をもって生きているに相違ない。この男には何の希望がある。無論、名誉はない。恐く利益もあるまい。彼は洗い晒しの衣服《きもの》を着て、木綿の袴を穿いて、人間の一生を暗い冷い墓所の番人にささげているのである。

土の下にいる政宗が、この男に声をかけて呉れるであろうか。彼は我命の終るまで、一度も物を云って呉れぬ主君に仕えているのである。彼は経ケ峯の雪を払って、冬の暁に墓所の門を浄めるのであろう。彼は広瀬川の水を汲んで、夏の日に霊前の花を供えるのであろう。こうして一生を送るのである。彼に取ってはこれが人間一生の務である。名誉も要らぬ、利益も要らぬ、これが臣下の務《つとめ》と心得ているのである。私は伊達家の人々に代って、この無名の忠臣に感謝せねばならない。

こんなことを考えながら門を出ると、犬は再び吠えて来た。

林子平の墓は仙台市の西北、伊勢堂山の下にある。槿《むくげ》の花の多い田舎道を辿ってゆくと、路の角に「伊勢堂下、此《この》奥に林子平の墓あり」という木札が掛けてある。寺は龍雲院と云うのである。

黒い門柱がぬっと立ったままで、扉は見えない。左右は竹垣に囲まれている。門を入ると右側には百日紅の大木が真紅《まっか》に開いていた。狭い本堂に向って左側の平地に小さな石碑がある。碑の面は荒れて能く見えないが、六無斎友直居士の墓と朧《おぼろ》げに読まれる。竹の花筒には紫苑や野菊が翻《こぼ》れ出すほどに一杯生けてあった。傍《かたわら》には二個の大きな碑が建てられて、一方は太政大臣三条実美篆額、斎藤竹堂撰文、一方は陸奥守藤原慶邦篆額、大槻磐渓撰文とある。いずれも林子平の伝記や功績を録したもので、立派な瓦家根の家の中に相対して屹立している。何さま堂々たるものである。

林子平は何《ど》んなに偉くっても一個の士分の男に過ぎない。三条公や旧藩主は身分の尊い人々である。一個の武士を葬った墓は、雨叩きになっても頽れても誰も苦情は云うまい。身分の尊い人々の建てられた石碑は、疎末にしては甚だ恐れ多い。二個の石碑が斯《かく》の如く注意を加えて、立派に叮嚀に保護されているのは、寧ろ当然のことかも知れない。仙台人は真《まこと》に理智の人である。

我が六無斎居士の墓石は風雨多年の後には頽れるかも知れない。いや、現に既《も》う頽れんとしつつある。他の二個の堂々たる石碑は、恐く百年の後までも朽ちまい。私は仙台人の聡明に感ずると同時に、この両面の対照に就いて色々のことを考えさせられた。

羅馬に使した支倉六右衛門の墓は、青葉神社に隣《となり》する光明院の内にある。ここも長い不規則の石段を登って行く。本堂らしいものは正面にある。前の龍雲院に比べると稍広いが、これも何方《どちら》かと云えば荒廃に近い。

案内を乞うと、白地の単衣《ひとえもの》を着た束髪の若い女が出て来た。本堂の右に沿うて、折曲った細い坂路をだらだら降りると、片側は竹藪に仕切られて、片側には杉の木立の間《ひま》から桑畑が一面に見える。坂を降り尽すと、広い墓地に出た。

墓地を左に折れると、石の柵をめぐらした広い土の真中に、小さい五輪の塔が立っている。支倉の家は其子の代に一旦亡びたので、墓の在所《ありか》も久しく不分明であったが、明治二十七年に至って再び発見された。草深い土の中から掘起したもので、五輪の塔とは云うけれども、地水火の三輪を留むるだけで、風空の二輪は見当らなかったと云う。今ここに立っているのはその三個の古い石である。

この墓は発見されてから約二十年になる。その間には色々の人が来て、清い水も供えたであろう、美しい花も捧げたであろう。私の手には何にも携えていなかった。生憎四辺《あたり》に何の花もなかったので、私は名も知れない雑草の一束を引抜いて来て、謹んで墓の前に供えた。

秋風は桑の裏葉を白く翻えして、畑は一面の虫の声に占領されていた。

# 三人の女

仙台や塩竈や松島で、色々の女の話を聞いた。その中で三人の女の話を書いて見る。固より代表的婦人を択んだという訳でもない、又格別に偉い人間を見出したというのでもない。寧ろ平凡な人々の身の上を、平凡な筆に因て伝うるに過ぎないのかも知れない。

塩竈街道の燕沢《つばめざわ》、所謂「蒙古の碑」の附近に比丘尼坂というのがある。坂の中途の比丘尼塚の碑がある。無名の塚にも何等かの因縁を附けようとするのが世の習で、この一片の碑にも何かの由来が無くてはならない。

伝えて云う。天慶の昔、平将門が亡びた時に、彼は十六歳の美しい娘を後に残して、田原藤太の矢先にかかった。娘は陸奥に落ちて来て、尼となった。ここに草の庵を結んで、謀叛人と呼ばれた父の菩提を弔いながら、往来《ゆきき》の旅人に甘酒を施していた。比丘尼塚の主はこの尼であると。

私は今ここで、将門に娘が有ったか無かったかを問いたくない。将門の遺族が相馬へは何故隠れないで、態々こんな処へ落ちて来たかを論じたくない。私は唯、平親王将門の忘形見という系図をもった若い美しい一人の尼僧が、陸奥の秋風に法衣《ころも》の袖を吹かせながら、この坂の中途《なかほど》に立っていたと云うことを想像したい。

鎌倉の東慶寺には、豊臣秀頼の忘形見という天秀尼の墓がある。彼と是とは同じような運命を荷って生れたとも見られる。演劇《しばい》や浄瑠璃で伝えられる将門の娘滝夜叉姫よりも、この尼の生涯の方が詩趣もある、哀れも深い。

尼は清い童貞の一生を送ったと伝えられる。が、私はそれを讃美するほどに残酷でありたくない。塩竈の町は遠い昔から色の港で、出船入船を迎うる女郎山の古い名が今も残っている。春も闌《たけなわ》なる朧月夜に、塩竈通いのそそり節が生暖い風に送られて近く聞えた時、若い尼は無念無想で経を読んでいられたであろうか。秋の露の寒い夕暮に、陸奥へ下る都の優しい商人《あきうど》が、ここの軒に佇《たたず》んで草鞋の緒を結び直した時、若い尼は甘い酒のほかに何物をも与えたくはなかったであろうか。彼女《かれ》は由なき仏門に入ったことを悔まなかったであろうか。而《しか》も世を阻《せば》められた謀叛人の娘は、これより他に行くべき道は無かったのである。彼女《かれ》は一門滅亡の恨よりも、若い女としてこの恨に堪えなかったのではあるまいか。

彼女《かれ》は甘い酒を他《ひと》に施したが、他《ひと》からは甘い情を受けずに終った。死んだ後には

「清い尼」として立派な碑を建てられた。彼女《かれ》は実に清い女であった。しかし将門の娘は不幸なる「清い尼」では無かったろうか。

「塩竈街道に白菊植えて。」と若い男が唄って通った。尼も塩竈街道に植えられて、さびしく開《さ》いて、寂しく萎んだ白菊であった。

これは比較的に有名な話で、今更紹介するまでも無いかも知れないが、将門の娘と同じような運命の女だと云うことが、私の心を惹いた。

松島の観音堂の畔に「軒端の梅」という古木がある。紅蓮尼《こうれんに》という若い女は、この梅の樹の下に一生を送ったのである。紅蓮尼は西行法師が「桜は浪に埋《うず》まれて」と歌に詠んだ出羽国象潟《きさかた》の町に生れて、商人《あきうど》の娘であった。父という人は三十三所の観音詣を思い立って、一人で遠い旅へ迷い出ると、陸奥松島の掃部《かもん》という男と道中で路連になった、掃部も観音詣の一人旅であった。二人は仲睦じく諸国を巡拝し、恙《つつが》なく故郷へ帰ることになって、白河の関で袂《たもと》を分《わか》った。関には昔ながらの秋風が吹いていたであろう。

その時に、象潟の商人は尽きぬ名残を惜むままに、こういう事を約束した。私には一人の娘がある、お前にも一人の息子があるそうだ。どうかこの二人を結び合せて、末長く睦み暮そうではないか。

掃部も喜んで承諾した。松島の家へ帰り着いて見ると、息子の小太郎は我が不在の間に病んで死んだのであった。夢かとばかり驚き歎いていると、象潟からは約束の通りに美しい娘を送って来たので、掃部はいよいよ驚いた。わが子の果敢《はか》なくなったことを語って、娘を象潟へ送り還そうとしたが、娘はどうしても肯《き》かなかった。たとい夫たるべき人に一度も対面したことも無く、又その人が已にこの世にあらずとも、一旦親と親とが約束したからには、妾《わたし》はこの家の嫁である。決して再び故郷《ふるさと》へは戻らぬと、涙ながらに云い張った。

哀れとも無残とも云い様がない、私はこんな話を聞くと、戦栗《みぶるい》するほどに怖しく感じられてならない、私は決してこの娘を非難しようとは思わない。寧ろ世間の人並に健気な娘だと褒めてやりたい。而もこの可憐な娘を駆って所謂「健気な娘」たらしめた、その時代の教えというものが怖しい。

子を亡った掃部夫婦も矢はりその時代の人であった。究竟《つまり》はその願に任せて、夫の無い嫁を我家に止めて置いたが、これに婿を迎えるという考慮《かんがえ》もなかったらしい。こうして夫婦は死んだ。娘は尼になった。観音堂の畔には、小太郎が幼い頃に手ずから植えたという一本の梅がある。紅蓮尼はここに庵を結んだ。

さけかしな今は主《あるじ》と眺むべし
軒端《のきば》の梅のあらむかぎりは

虚《うそ》か真実《ほんとう》か知らぬが、尼の詠歌《よみうた》として世に伝えられている。尼は又、折々の手すさびに煎餅を作り出したので、後の人が尼の名を負《おわ》せて、これを「紅蓮《こうれん》」と呼んだという。

比丘尼坂でも甘酒を売っている。松島でも紅蓮を売っている。甘酒を飲んで煎餅を噛って、不運な女二人を弔うと云うのも、下戸の私に取っては真《まこと》に相応しいことであった。

最後には先代萩で名高い政岡を挙げる。私は所謂伊達騒動というものに就て多くの智識をもっていない。仙台で出版された案内記や絵葉書によると、院本で名高い局政岡とは三沢初子のことだそうで、その墓は榴《つつじ》ケ岡下の孝勝寺にある。墓は鉄柵を繞らして頗る荘重に見える。

初子は四十八歳で死んだ。彼女《かれ》は伊達綱宗の側室《そばめ》で、その子の亀千代（綱村）が二歳で封を襲《つ》ぐや、例のお家騒動が出来したのである。私はその裏面の消息を詳しく知らないが、兎にかく反対派が種々の陰謀を回らした間に、初子は伊達安芸《あきら》等と心を協《あわ》せて、陰に陽に我子の亀千代を保護した。その事蹟が誤って彼《か》の政岡の忠節として世に伝えられたのだと、仙台人は語っている。或は云う、政岡は浅岡で、初子とは別人であると。或は云う、当面の女主人公は初子で、老女浅岡が陰に助力したのであると。

こんな疑問は大槻博士にでも訊いたら、忽《たちまち》に解決することであろうが、私は仙台人一般の説に従って、初子を所謂政岡として評したい。忠義の乳母も固より結構ではあるが、真実の母として彼《か》の政岡を見た方が更に一層の自然を感じは為《し》まいか。事実の如何は別問題として、封建時代に生れた院本作者が、女主人公を忠義の乳母と定めたのは当然のことである。若しその作者が現代に生れて筆を執ったらば、恐く女主人公を慈愛心の深い真実の母と定めたであろう。兎にかくに虚《うそ》でも真実《ほんとう》でも関《かま》わない。私は『伽羅先代萩《めいぼくせんだいはぎ》』でお馴染の局政岡をこの初子という女に決めてしまった。決めてしまっても差支が無い。

仙台市の町尽頭には、到る処に杉の木立と槿の籬《かき》とが見られる。寺も人家も村落も総て杉と槿とを背景にしていると云っても可《い》い。伊達騒動当時の陰謀や暗殺は、総てこの背景を有する舞台の上に演じられたのであろう。

## 塩竈神社の神楽

私が塩竈の町へ入込んだのは、松島経営記念大会の第一日であった。

碧暗い海の潮を呑んでいるこの町の家々は彩紙《いろがみ》で造った花紅葉を軒に飾って、岸に繋いだ小船も、水に浮んだ大船も、ことごとく一種の満艦飾を施していた。帆柱には赤、青、黄、紫、その他いろいろの彩紙が一面に懸渡されて、秋の朝風に飛ぶように閃いている。これを七夕の笹のようだと形容しても、何《ど》うも不十分のように思われる。解り易く云えば、小児の玩弄ぶ千代紙の何百枚を細く引裂いて、四方八方へ一度に吹き散らしたという形であった。

「松島行の乗合船は今出ます。」と、頻《しきり》に呼んでいる男がある。呼ばれて値を附けている人も大勢あった。

その混雑の中を潜って、塩竈神社の石段を登った。ここの名物という塩竈や貝多羅葉樹や、泉の三郎の鉄燈籠や、いずれも昔から同じもので、再遊の私には格別の興味を与えなかったが、本社を拝して横手の広場に出ると、大きな神楽堂には笛と太鼓の音が乱れて聞えた。

「面白そうだ。行って見よう。」

同行の麗水秋皐の両君と一所に、見物人を掻分けて臆面も無しに前へ出ると、神楽は今や最中であった。果して神楽と云うのか、舞楽というのか、私にはその区別も能《よ》く判らなかったが、兎に角に生れてから初めてこんなものを見た。

囃子は笛二人、太鼓二人、踊る者は四人で、いずれも鍾馗のような、烏天狗のような一種不可思議の面を着けていた。袴は普通のもので、各自《めいめい》の単衣《ひとえもの》を袒《はだ》ぬぎにして腰に垂れ、浅黄又は紅《あか》で染められた唐草模様の襦袢（？）の上に、舞楽の衣装のようなものを襲ねていた。頭《かしら》には黒又は唐黍《もろこし》色の毛を被っていた。腰には一本の塗鞘の刀を佩していた。

この四人が野蛮人の舞踊のように、円陣を作って踊るのである。笛と太鼓は殆《ほと》ど休みなしに囃し続ける。踊手も休み無しにぐるぐる、ぐるぐる廻っている。終局《しまい》には刀を抜いて、飛び違え、行き違いながら烈しく踊る。単に踊ると云っては、詞《ことば》が不十分であるかも知れない。その手振足振は頗る複雑なもので、尋常一様の御神楽のたぐいでない。而もその一挙手一投足が些《ちっ》とも狂わないで、常に楽器と同一の調子を合せて進行しているのは、余ほど練習を積んだものと見える。服装と云い、踊と云い、普通とは変って頗る古雅なものであった。

傍にいる土地の人に訊くと、あれは飯野川の踊だという。飯野川というのはこの附近の村の名である。要するに舞楽を土台にして、これに神楽と盆踊とを加味したようなものか。私は塩竈へ来て、こんな珍しいものを観たのを誇りたい。

私は口を開《あ》いて一時間も見物していた。踊手もまた息も吐《つ》かずに踊っていた。笛吹けども踊らぬ者に見せてやりたいと私は思った。

## 孔雀丸の舟唄

塩竈から松島へ向う東京の人々は、鳳凰丸と孔雀丸とに乗せられた。我々の一行は孔雀丸に乗った。

伝え聞く、伊達政宗は松島の風景を愛賞して、船遊びの為に二艘の御座船を造らせた。鳳凰丸と孔雀丸とが即ちそれである。風流の仙台太守は更に二十余章の舟唄を作らせた。その中には自作もあるという。爾来、代々の藩侯も同じ雛型に因って同じ船を造らせ、同じ海に浮んで同じ舟唄を歌わせた。

我々が今度乗せられた新しい二艘の船も、むかしの雛型に寸分違《たが》わずに造らせたものだそうで、唯出来《しゅったい》を急いだ為に船縁《ふなべり》に黒漆を施すの暇《いとま》が無かったと云う。船には七人の老人が羽織袴で行儀よく坐っていた。私も最初はこの人々を何者とも知らなかった、又別に何の注意をも払わなかった。

船が松の青い島々を回《めぐ》って行く中に、同船の森知事が起って彼《か》の老人達を紹介した。今日この孔雀丸を浮べるに就て、旧藩時代の御座船の船頭を探し求めたが、その多数は既に死絶えて、僅に生残っているのはこの数人に過ぎない。どうかこの人々の口から政宗以来伝わって来た舟唄の一節を聴いて貰いたいとのことであった。

素朴の老人達は袴の膝に手を置いて、粛然と坐っていた。私はこれまでにも多くの人に接した、今後も亦多くの人に接するであろうが、此《かく》の如き敬虔の態度を取る人々は屢々見られるものではあるまいと思った。私も覚えず襟を正しゅうして向き直った。この人々の顔は赭かった、頭の髪は白かった。いずれも白扇を取直して、稍伏目になって一斉に歌い始めた。唄は「鎧口説《よろいくど》き」と云うので藩祖政宗が最も愛賞したものだとか伝えられている。

やら目出たやな。初春の好きひをどしの着長《きせなが》は、えい、小桜をどしとなりにける。えい、さて又夏は卯の花の、えい、垣根の水にあらひ革。秋になりてのその色は、いつも軍《いくさ》に勝色《かついろ》の、えい、紅葉《もみじ》にまがふ錦革。冬は雪げの空晴れて、えい、冑《かぶと》の星の菊の座も、えい、華やかにこそ威毛《おどしげ》の、思ふ仇《かたき》を打ち取りて、えい、わが名を高くあげまくも、えい、剣《つるぎ》は箱に納め置く。弓矢ふくろを出さずして、えい、富貴の国とぞなりにける。やんら……。

私等はこの歌の全部を聴き取るほどの耳をもたなかった。勿論その巧拙などの判ろう筈はない。塩竈神社の神楽を観た時と同じような感じを以て、唯だ一種の古雅なるものとして耳を傾けたに過ぎなかった。しかしその唄の節よりも、文句よりも、著しく私の心を動かしたのは、歌う人々の態度であったことを繰返して云いたい。

政宗以来、孔雀丸は松島の海に浮べられた。この老人達も封建時代の最後の藩侯に仕えて、御座船の御用を勤めたに相違ない。孔雀丸のまん中には藩侯が乗っていた。その左右には美しい小姓共が控えていた。末座には大勢の家来共が居列んでいた。船には竹に雀の紋を附けた幔幕が張廻されていた。海の波は畳のように平かであった。この老人達は艫を操りながら、声を揃えて彼《か》の舟唄を歌った。

それから幾十年の後に、この人々は再び孔雀丸に乗った。老たる彼等は自ら艫櫂を把らなかったが、旧主君の前にあると同一の態度を以て謹んで歌った。彼等の眼の前には社杯《かみしも》も見えなかった、大小も見えなかった。異人の冠った山高帽子や、フロックコートが沢山に列んでいた。この老人達は恐くこの奇異なる対照と変化とを意識しないであろう、また意識する必要も認めまい。彼等は幾十年前の旧い美しい夢を頭に描きながら、幾十年前の旧い唄を歌っているのである。彼等の老たる眼に映るものは、社杯である、大小である、竹に雀の御紋である。山高帽やフロックコートなどは眼に入ろう筈がない。

私はこの老人達に対して、一種尊敬の念の湧くを禁じ得なかった。勿論その尊敬は、悲壮と云うような観念から惹き起される一種の尊敬心で、例えば頽廃した古廟に白髪の伶人が端坐して篇の秘曲を奏している、それと是と同じような感があった。私は巻煙草を啣えながらこの唄を聴くに忍びなかった。

この唄はこの老人達の生命と共に、漸次《しだい》に亡びて行くのであろう。松島の海の上でこの唄の声を聴くのは、或はこれが終末《おわり》の日であるかも知れない。私はそぞろに悲しくなった。

しかし仙台の国歌とも云うべき「さんさ時雨」が、芸妓《げいしゃ》の生鈍《なまぬる》い肉声に歌われて、所謂緑酒紅灯の濁った空気の中に、何の威厳もなく、何も情趣も無しに迷っているのに較べると、この唄は寧ろこの人々と共に亡びてしまう方が優《まし》かも知れない。この人々の中の最年長者は、七十五歳であると聞いた。

## 金華山の一夜

金華山は登り二十余町、左のみ嶮峻な山ではない、寧ろ美しい青い山である。而も茫々たる大海の中に屹立しているので、その限界は頗る濶《ひろ》い、眺望雄大と云っても可い。私が九月二十四日の午後この山に登った時には、麓の霧は山腹の細雨《こさめ》となって、頂上へ来ると西の空に大きな虹が横たわっていた。

海中の孤島、黄金山《こがねやま》神社のほかには人家も無い。参詣の者は皆社務所に宿を借るのである。私も泊った。夜が更けると、雨が滝のように降って来た。山を震わすように雷《らい》が鳴った、電光《いなずま》が飛んだ。

「この天気では、明日の船が出るか知ら。」と、私は寝ながら考えた。

これを案じているのは私ばかりではあるまい。今夜この社務所には百五十余人の参詣者が泊っているという。この人々も同じ思いでこの雨を聴いているのであろうと思った。しかも今日では種々の準備が整っている。海が幾日も暴れて、山中の食料が竭《つ》きた場合には、対岸の牡鹿半島に向って相図の鐘を撞くと、半島の南端、鮎川村の忠実なる漁民は、いかなる暴風雨の日でも約二十八町の山雉《やまどり》の渡《わたし》を乗切って、必ず救助の船を寄せることになっている。

こう決っているから、たとい幾日この島に閉籠められても、別に心配することも無い。私は平気で寝ていられるのだ。が、昔は何《ど》うであったろう。この社の創建は遠い上代のことで、その年時も明かでないと云う。尤もその頃は牡鹿半島と陸続きであったろうと思われるが、兎にかくこういう場所を択んで、神を勧請したという昔の人の聡明に驚かざるを得ない。ここには限らず、古来著名の神社仏閣が多くは風光明媚の地、若くは山谷嶮峻の地を相して建てられていると云う意味を、今更のように熟々《つくづく》感じた。これと同時に、古来人間の信仰の力というものを怖しいほどに思い知った。海陸ともに交通不便の昔から年々幾千万の人間は木葉のような小さい舟に生命を托して、この絶島《はなれじま》に信仰の歩みを運んで来たのである。或《ある》場合には十日も二十日も風浪に阻められて、殆ど流人同様の艱難を嘗《な》めたこともあったろう。或場合には破船して、千尋《ちひろ》の浪の底に葬られたこともあったろう。昔の人は些《ちっ》ともそんなことを怖れなかった。今の信仰の薄い人——少くとも今の私は、殆ど保険附ともいうべき大きな汽船に乗って来て、加之も食料欠乏の憂は決して無いという確信をもっていながら、一夜の雷雨に忽ち不安の念を兆すのである。こんな事で何うして世の中に生きていられるだろう。考えると、何だか悲しくなって来た。

雷雨は漸く止んだ。山の方では鹿の声が遠く聞えた。あわれな無信仰者は初めて平和の眠に就いた。枕頭《まくらもと》の時計はもう一時を過ぎていた。

# 山霧

## 上

妙義町の菱屋の門口で草鞋を穿いていると、宿の女が菅笠をかぶった四十五、六の案内者を呼んで来て呉れました。ゆうべの雷は幸いに止みましたが、今日も雨を運びそうな薄黒い雲が低く迷って、山も麓も一面の霧に包まれています。案内者と私は笠を列べて、霧の中を爪先上りに登って行きました。

私は初めてこの山に登る者です。案内者は当然の順序として、先ず私を白雲山の妙義神社に導きました。社殿は高い石段の上に聳えていて、小さい日光とも云うべき建物です。こういう場所には必ずあるべき筈の杉の大樹が、天と地とを繋ぎ合せるように高く高く生い茂って、社前にぬかずく参拝者の頭《かしら》の上をこんもりと暗くしています。私達はその暗い木の下蔭を辿って、山の頂きへと急ぎました。

杉の林は尽きて、更に雑木の林となりました。路の傍には秋の花が咲き乱れて、芒の青い葉は旅人の袖にからんで引止めようとします。どこやらでは鶯が鳴いています。相も変らぬ爪先上りに少しく倦んで来た私は、小さい岩に腰を下して巻莨をすい初めました。霧が深いので燐寸がすぐに消えます。案内者も立停って同じく烟管を取出しました。

案内者は正直そうな男で、烟草の烟を吹く合間に色々の話をして聞かせました。妙義登山者は年々殖える方であるが暑中は比較的に尠い、一年中で最も登山者の多いのは十月の紅葉《もみじ》の時節で、一日に二百人以上も登ることがある。しかし昔に比べると、妙義の町は大層衰えたそうで、二十年前までは二百戸以上を数えた人家が今では僅に三十二戸に減ってしまったと云います。

「何しろ貸座敷が無くなったので、すっかり寂れてしまいましたよ。」

「そうかねえ。」

私は巻莨の吸殻を捨てて起つと、案内者もつづいて歩き出しました。山霧は深い谷の底から音も無しに動いて来ました。

案内者は振返りながら又話しました。上州一円に廃娼を実行したのは明治二十三年の春で、その当時妙義の町には八戸の妓楼と四十七人の娼妓があった。妓楼の多くは取毀されて桑畑となってしまった。磯部や松井田から通って来る若い人々のそそり唄も聞えなくなった。秋になると桑畑には一面に虫が鳴く。こうして妙義の町は年毎に衰えてゆく。

谷川の音が俄に高くなったので、話声はここで一旦消されてしまいました。頂上の方から咽《むせ》び落ちて来るが水が岩や樹の根に堰《せ》かれて、狭い山路を横ぎって乱れて飛ぶので、草鞋を湿《ぬ》らさずに過ぎる訳には行きませんでした。案内者は小さい石の上をひょいひょいと飛び越えて行きます。私もおぼつかない足取りでその後を追いましたが、草鞋は湿《ぬ》れて好加減に重くなりました。

水の音を背後《うしろ》に聞きながら、案内者はまた話し出しました。維新前の妙義町は更に繁昌したものだそうで、普通の中仙道は松井田から坂本、軽井沢、沓掛の宿々を経て追分にかかるのが順路ですが、その間には横川の番所があり、碓氷の関所があるので、旅人のある者はそれ等の面倒を避けて妙義の町から山伝いに信州の追分へ出る。つまり此の町が関の裏路になっていたのです。山懐ろの夕暮に歩み疲れた若い旅人が青黒い杉の木立の間から、妓楼の赤い格子を仰ぎ視た時には、沙漠でオアシスを見出したように、彼等は忙がわしくその軒下に駈け込んで、色の白い山の女に草鞋の紐を解かせたでしょう。

「その頃は町も大層賑かだったと、年寄が云いますよ。」

「つまり筑波の町のような工合だね。」

「まあ、そうでしょうよ。」

霧はいよいよ深くなって、路を遮る立木の梢から冷い雫がばらばらと笠の上に降って来ました。草鞋はだんだんに重くなりました。

「旦那、気をおつけなさい。こういう陰った日には山蛭が出ます。」

「蛭が出る。」

私は慌てて自分の手足を見廻すと、たった今、ひやりとしたのは樹の雫ばかりではありませんでした。普通よりは稍や大きいかと思われる山蛭が、足袋と脚絆との間を狙って、左の足首にしっかりと吸い付いていました。吸い付いたが最期、容易に離れまいとするのを無理に引きちぎって投げ捨てると、三角に裂けた疵口から真紅な血が止度もなしにぽとぽとと流れて出ます。

「いつの間にか、やられた。」

こう云いながら不図気が付くと、左の腕もむずむずするようです。袖を捲って覗いて見ると、どこから這い込んだのか二の腕にも黒いのが又一匹。慌てて取って捨てましたが、ここからも血が湧いて出ます。案内者の話によると、蛭の出るのは夏季の陰った日に限るので、晴れた日には決して姿を見せない。丁度きょうのような陰って湿った日に出るのだそうで、私はまことに有難い日に来合せたのでした。

何しろ血が止まらないのには困りました。見て居る中に左の手はぬらぬらして真紅になります。もう少しの御辛抱ですと云いながら案内者は足を早めて登って行きます。私もつづいて急ぎました。路はやがて下りになったようですが、私はその「もう少し」という処を目的に、唯夢中で足を早めて行きましたから能くは記憶していません。それから愛宕神社の鳥居というのが眼に入りました。ここらから路は二筋に分れているのを、私達は右へ取って登りました。路はだんだんに嶮しくなって来て、岩の多いのが眼に着きました。

妙義葡萄酒醸造所というのに辿り着いて、二人は縁台に腰をかけました。家のうしろには葡萄園があるそうですが、表構えは茶店のような作り方で、ここでは登山者に無代で梅酒というのを飲ませます。喉が渇いているので、私は舌鼓を打って遠慮無しに二、三杯飲みました。その間に案内者は家内から藁を二、三本貰って来て、藁の節を蛭の吸口に当てて堅く縛って呉れました。これは何処でも行《や》ることで、蛭の吸口から流れる血はこうして止めるより他は無いのです。血が止まって、私も先ずほっとしました。

それにしても手足に付いた血の痕を始末しなければなりません。足の方は左のみでもありませんでしたが、手の方はべっとり紅くなっています。水を貰って洗おうとすると、ただ洗っても取れるものでない、一旦は水を口に啣《ふく》んで所謂啣み水にして手拭か紙に湿し、徐《しず》かに拭き取るのが一番宜しいと、案内者が教えて呉れました。その通りにしてハンカチーフで拭き取ると、成ほど綺麗に消えていました。

「昔は蛭に吸われた旅の人は、妙義の女郎の啣み水で洗って貰ったもんです。」

案内者は烟草を吸いながら笑いました。わたしも先刻《さつき》の話を思い出さずにはいられませんでした。

信州路から上州へ越えて行く旅人が、この山蛭に吸われた腕の血を妙義の女に洗って貰ったのは、昔から沢山あったに相違ありません。うす暗い座敷で行灯の火が山風にゆれています。江戸絵を貼った屏風をうしろにして、若い旅人が白い腕をまくっていると、若い遊女が紅さした口に水を啣んで、これをみす紙に浸して男の腕を拭いています。窓の外では谷川の音が聞えます。こんな舞台が私の眼の前に夢のように開かれました。

しかもその美しい夢は忽ちに破られました。案内者は笠を持て起上りました。旅人と遊女の舞台は霧に隠されてしまいました。私も草鞋の紐を結び直して起ちました。

「さあ、旦那、ちっと急ぎましょう。霧がだんだんに深くなって来ます。」

私は山蛭を恐れながら進みました。足下には岩が多くなって来ました、頭の上には樹がいよいよ繁って来ました。谷に近い森の奥では懸巣が頻《しきり》に鳴いています。鶡鵰のように人の口真似をする鳥だとは聞いていましたが、見るのは初度《はじめて》です。枝から枝へ飛び移るのを見ると、形は鳩のようで、腹のうす赤い、羽のうす黒い鳥でした。小鳥を捕って食う悪鳥だと云うことです。じいじいと云う鳴く音《ね》を立てて、何だか寂しい声です。

岩が尽きると、又冷い土の路になりました。一足踏む毎に、土の底から滲み出すような湿《うるお》いが草鞋に深く浸み透って来ます。狭い路の両側には芒や野菊のたぐいが見果てもなく繁り合って、長く長く続いています。ここらの山吹は一重が多いと見えて、皆《みん》な黒い実を着けていました。

よくは判りませんが、一旦下ってから更に半里ぐらいも登ったでしょう。坂路は余ほど急になって、仰げば高い窟《いわや》の上に一本の大きな松の木が見えました。これが中の岳の一本松と云うので、我々は既に第二の金洞山に蹈み入っていたのです。金洞山は普通に中の岳と云うそうです。ここから第三の金雞山は真正面に見えるのだそうですが、この時に霧はいよいよ深くなって来て、正面の山どころか、自分が今立っている所の一本杉の大樹さえも、半分から上は消えるように隠れてしまって、枝を拡げた梢は雲に駕《の》る妖怪のように、不思議な形をして唯朦朧と宙に泛んでいるばかりです。峰も谷も既《も》う何にも見えなくなってしまいました。「山あひの霧はさながら海に似て。」という古人の歌に嘘はありません。しかも浪かと誤まる松風の声は聞えませんでした。山の中は気味の悪いほどに静まり返って、唯遠い谷底で水の音がひびくばかりです。ここでも鶯の声を時々に聞きました。

## 下

一本杉の下には金洞舎という家があります。この山の所有者の住居《すまい》で、傍ら登山者の休憩所に充ててあるのです。二人はここの縁台を仮りて弁当をつかいました。弁当は菱屋で拵えて呉れたもので、山女の塩辛く煮たのと、玉子焼と蓮根と奈良漬の胡瓜とを菜にして、腹の空いている私は、折詰の飯を一粒も残さずに食ってしまいました。私はここで絵葉書を買って紀念のスタンプを捺して貰いました。東京の友達にその絵葉書を送ろうと思って、衣兜《かくし》から万年筆を取り出して書き初めると、恰もそれを覗き込むように、冷たい霧は黙ってすうと近寄って来て、私の足から膝へ、膝から胸へと、だんだん這い上って来ます。葉書の表は見る見る湿れて、インキは傍から流れてしまいます。私は癇癪を起して書くのを止めました。そうして、自分も案内者もこの家も、併せて押流して行きそうな山霧の波に向き合って立ちました。

私は日露戦役の当時、玄海灘でおそろしい濃霧に逢ったことを思い出しました。海の霧は山よりも深く、甲板の上で一尺先に立っている人の顔もよく見えない程でした。それから見ると、今日の霧などは殆と比べ物にならない位ですが、その時と今とは此《こっ》方《ち》の覚悟が違います。戦時のように緊張した気分をもっていない今の私は、この山霧に対しても甚しく悩まされました。

二人がここを出ようとすると、下の方から七人連の若い人が来ました。磯部の鉱泉宿で昨夜《ゆうべ》一所になった日本橋辺の人達です。これも無論に案内者を雇っていましたが、行く路は一つですから此方《こっち》も一所になって登りました。途中に菅公硯の水というのがあります。菅原道真は七歳の時までこの麓に住んでいたのだそうで、麓には今も菅原村の名が残っていると云います。案内者は正直な男で、「まあ、兎も角もそう云う伝説《つたえ》になっています。」と余り勿体振らずに説明して呉れました。

「さあ、来たぞ。」

前の方で大きな声をする人があるので、わたしも気が注いて見あげると、名に負う第一の石門は蹄鉄のような形をして、霧の間から屹と聳えていました。高さ十丈に近いとか云います。見聞《けんもん》の狭い私は、初めてこういう自然の威力の前に立ったのですから、唯あっと云ったばかりで、鳥渡《ちょっと》適当な形容詞を考え出すのに苦んでいる中に、彼の七人連も案内者も先きに立ってずんずん行き過ぎてしまいます。私も後れまいと足を早めました。案内者を併せて十人の人間は、鯨に呑まれる鰯の群のように、石門の大きな口へ段々に吸い込まれてしまいました。第一の石門を出る頃から、岩の多い路は著るしく屈曲して、或は高く、或は低く、更に半月形をなした第二の石門をくぐると、蟹の横這いとか、釣瓶下りとか、片手繰りとか、色々の名が付いた難所に差蒐《さしかか》るのです。何しろ碌々に足がかりも無いような高い滑らかな岩の間を、長い鉄の鎖に縋って降りるのですから、余り楽ではありません。案内者はこんなことを云って嚇かしました。

「今は草や木が茂っていて、遠い谷底が見えないからまだ楽です。山が骨ばかりになってしまって、下の方が遠く幽かに見えた日には、大抵な人は足がすくみますよ。」

成ほど然うかも知れません。第二第三の石門を潜り抜ける間は、私も少しく不安に思いました。皆《みん》なも黙って歩きました。若し誤って一足蹈み外せば、私もこの紀行を書くの自由を失ってしまわなければなりません。第四の石門まで登り詰めて、武尊岩《ぶそんいわ》の前に立った時には、人も我も汗びっしょりになっていました。日本武 尊《やまとたけるのみこと》もこの岩まで登って来て引返されたと云うので、武尊岩の名が残っているのだそうです。その傍には天狗の花畑というのがあります。いずこの深山にもある習で、四季ともに花が絶えないのでこの名が伝わったのでしょう。今は米躑躅の細い花が咲いていました。

日本武尊に倣って、私もここから引返しました。当人が強て行きたいと望めば格別、左もなければ妄《みだ》りにこれから先へは案内するなと、警察から案内者に云い渡してあるのだそうです。

下山の途中は比較的に楽でした。来た時とは全く別の方向を取って、水の多い谷底の方へ暫く降って行きますと、更に草や木の多い普通の山路に出ました。どんなに陰《くも》った日でも、正午前後には一旦は明るくなるのだそうですが、今日は生憎に霧が晴れませんでした。面白そうに何か騒いでいる彼《か》の七人連をあとに残して、案内者と私とは霧の中を急いで降りました。足の方が少しく楽になったので、私はまた例のお饒舌を初めますと、案内者も快く相手になって、帰途《かえり》にも色々の話をして呉れました。その中にこんな悲劇がありました。

「旦那は妙義神社の前に田沼神官の碑というのが建っているのを御覧でしたろう。あの人は可哀想に斬殺《きりころ》されたんです。明治三十一年の一月二十一日に……。」

「どうして斬られたんだね。」

「相手はまあ狂人ですね。神官の他に六人も斬ったんですもの。それは大変な騒ぎでしたよ。」

妙義町開けて以来の椿事だと案内者は云いました。その日は大雪の降った日で、正午を過ぎる頃に神社の外で何か大きな声を出して叫ぶ者がありました。神官の田沼万次郎が怪んで、折柄そこに居合せた宿屋の番頭に行って見て来いと云い付けました。

番頭が行って見ると、一人の若い男が袒《はだ》ぬぎになって雪の中に立っているのです。その様子が何《ど》うも可怪いので、お前は誰だと声をかけるとその男は突然《いきなり》に刀を引き抜いて番頭を目がけて斬って蒐《かか》りました。番頭は驚いて逃げたので幸いに無事でしたが、その騒ぎを聞いて社務所から駈付けて来た山伏の何某《なにがし》は、出合頭に一太刀斬られて倒れました。これが第一の犠牲でした。

男はそれから血刀を振翳《ふりかざ》して、真驀地《まっしぐら》に社務所へ飛び込みました。そうして不意に驚く人々を片端から追い詰めて、当るに任せて斬捲《きりまく》ったのです。田沼神官と下女とは庭に倒れました。神官の兄と弟は敵を捕えようとして内と庭とで斬られました。まだその他にも二人の負傷者が出来ました。庭から門前の雪は一面に紅く浸されて、見るから物すごい光景を現じました。血に狂った男はまだ鎮らないで、相手嫌わずに雪の中を追廻すのですから、町の騒ぎは大変でした。

半鐘が鳴る。消防夫が駈付ける。町の者は思い思いの武器を持って集る。四方八方から大勢が取囲んで攻め立てたのですが、相手は死物狂いで容易に手に負えません。その中に一人の撃たピストルが男の足に中って思わず小膝を折った処へ、他《た》の一人の槍がその脇腹に向って突いて来ました。もうこれ迄です。男の血は槍や鳶口や棒や鋤や鍬を染めて、身体《からだ》は雪に埋められました。検視の来る頃には男はもう死んでいました。

神官と山伏と下女とは即死です。ほかの四人は重傷ながら幸いに命を繋ぎ止めました。私の案内者も負傷者を病院へ運んだ一人だそうです。

「そこで、その男は何者だね。」

私は縁台に腰をかけながら訊きました。下りの路も途中からは旧《もと》来た路と一つになって、私達は再び一本杉の金洞舎の前に出たのです。案内者も腰を卸して、茶を飲みながら又話しました。

磯部から妙義へ登る途中に、西横野という村があります。彼《か》の惨劇の主人公はこの村の生れで、前年の冬に習志野の聯隊から除隊になって戻って来た男です。この男の兄というのは去年から行方不明になっているので、母も大層心配していました。すると、前に云った二十一日の朝、彼は突然に母に向って、これから妙義へ登ると云い出したのです。この大雪に何《ど》うしたのかと母が不思議がりますと、実は昨夜《ゆうべ》兄さんに逢ったと云うのです。ゆうべの夢に、妙義の奥の箱淵という所へ行くと、黒い淵の底から兄さんが出て来て、俺に逢いたければ明日ここへ尋ねて来て、淵に向って大きな声で俺を呼べ、きっと姿を見せて遣ろうと云う。そんなら行こうと堅く約束したのだから、どうしても行かなければならないと云い張って、母が止めるのも肯かずに到頭出て行ったのです。それから何うしたのか能くは判りません。人を斬った刀は駐在所の巡査の剣を盗み出したのだと云います。

しかしその箱淵へ尋ねて行く途中であったのか、或は淵に臨んで幾たびか兄を呼んでも答えられずに、空しく帰る途中であったのか、それ等のことは矢はり判りません。兎にかくに意趣も遺恨もない人間を七人までも斬ったと云うのは考えてもおそろしい事です。気が狂ったに相違ありますまい。しかも大雪のふる日に妙義の奥に分け登って、底の知れない淵に向って恋しい兄の名を呼ぼうとした弟の心を思い遣れば、何だか悲しい悼ましい気もします。殺された人々は無論気の毒です。殺した人も可哀そうです。その箱淵という所へ行って見たいような気もしましたが、ずっと遠い山奥だと聞きましたから止めました。

帰途《かえり》にも葡萄酒醸造所に寄って、再び梅酒の御馳走になりました。アルコールが入っていないのですから、私には口当りが大層好いのです。少々ばかりのお茶代を差置いてここを出る頃には、霧も雨に変って来たようですから、いよいよ急いで宿へ帰り着いたのは丁度午後三時でした。登山したのは午前九時頃でしたから、彼是れ六時間ほどを山巡りに費した勘定です。

菱屋で暫く休息して、私は日の暮れない中に磯部へ戻ることにしました。案内者に別れて、菱屋の門を出ると、笠の上にはぽつぽつと云う音が聞えます。蛭ではありません、雨の音です。山の上からは冷い風が吹き下して来ました。貸座敷の跡だと云うあたりには、桑の葉が湿れて戦《そよ》いでいました。

# 磯部の若葉

今日もまた無数の小猫の毛を吹いたような細かい雨が、磯部の若葉を音も無しに湿らしている。家々の湯の烟も低く迷っている。疲れた人のような五月の空は、時々に薄く眼をあいて夏らしい光を微かに洩すかと思うと、又すぐに睡むそうにどんよりと暗くなる。雞が勇ましく歌っても、雀がやかましく囀っても、上州の空は容易に夢から醒めそうもない。

「どうも困ったお天気でございます。」

人の顔さえ見れば先ずこういうのがこの頃の挨拶になってしまった。廊下や風呂場で出逢う逗留の客も、三度の膳を運んで来る旅館の女中達も、毎日この同じ挨拶を繰返している。私も無論その一人である。東京から一つの仕事を抱えて来て、ここで毎日原稿紙にペンを走らしている私は、他の湯治客ほどに雨の日のつれづれに苦まないのであるが、それでも人の口真似をして「どうも困ります。」などと云っていた。実際、湯治とか保養とかいう人達は別問題として、上州のここらは今が一年中で最も忙がしい養蚕季節で、成べく湿れた桑の葉をお蚕様に食わせたくないと念じている。それを考えると「どうも困ります。」も決して通り一遍の挨拶ではない。ここらの村や町の人達に取っては重大の意味をもっていることになる。土地の人達に出逢った場合には、私も真面目に「どうも困ります。」と云うことにした。

どう考えても、今日も晴れそうもない。傘をさして散歩に出ると、到る処の桑畑は青い波のように雨に烟っている。妙義の山も西に見えない、赤城榛名も東北に陰《くも》っている。蓑笠の人が桑を荷って忙がしそうに通る、馬が桑を重そうに積んでゆく。その桑は莚につつんであるが、柔かそうな青い葉は茹られたようにぐったりと湿れている。私はいよいよ痛切に「どうも困ります。」を感じずにはいられなくなった。そうして、鉛のような雨雲を無限に送り出して来る所謂「上毛の三名山」なるものを呪わしく思うようになった。

磯部には桜が多い。磯部桜と云えば上州の一つの名所になっていて、春は長野や高崎前橋から、見物に来る人が多いと、土地の人は誇っている。成ほど停車場に着くと直に桜の多いのが誰《たれ》の眼にも入る。路傍にも人家の庭にも、公園にも丘にも、桜の古木が枝をかわして繁っている。磯部の若葉は総て桜若葉であると云っても可い。雪で作ったような白い翅《つばさ》の鳩の群が沢山に飛んで来ると湯の町を一ぱいに掩っている若葉の光が生きたように青く輝いて来る。護謨ほおずきを吹くような蛙《かわず》の声が四方に起ると、若葉の色が愁うるように青黒く陰って来る。

晴の使として鳩の群が桜の若葉をくぐって飛んで来る日には、例の「どうも困ります。」が暫らく取払われるのである。その使も今日は見えない。宿の二階から見あげると、妙義道につづく南の高い崖路は薄黒い若葉に埋められている。

旅館の庭には桜のほかに青梧《あおぎり》と槐《えんじゅ》とを多く栽えてある。瘦せた梧の青い葉はまだ大きい手を拡げないが、古い槐の新らしい葉は枝もたわわに伸びて、軽い風にも驚いたように顫えている。その他には梅と楓と躑躅と、これ等が寄集って夏の色を緑に染めているが、これは幾分の人工を加えたもので、門を一歩出ると自然はこの町の初夏を桜若葉で彩ろうとしていることが直に首肯かれる。

雨が小歇《おやみ》になると、町の子供や旅館の男が篝と松明とを持って桜の毛虫を燔《や》いている。この桜若葉を背景にして、自転車が通る。桑を積んだ馬が行く。方々の旅館で畳替えを始める。逗留客が散歩に出る。芸妓《げいしゃ》が湯にゆく。白い鳩が餌をあさる。黒い燕が往来中で宙返りを打つ。夜になると、蛙が鳴く。梟が鳴く。門附の芸人が来る。碓氷川の河鹿はまだ鳴かない。

一昨年《おととし》の夏ここへ来た時に下磯部の松岸寺《しょうがんじ》へ参詣したが、今年も散歩ながら重ねて行った。それは「どうも困ります。」の陰った日で、桑畑を吹て来る湿った風は、宿の浴衣の上にフランネルを襲ねた私の肌に冷々と沁みる夕方であった。

寺は安中路を東に切れた所で、ここら一面の桑畑が寺内まで余ほど侵入しているらしく見えた。しかし由緒ある古刹であることは、立派な本堂と広大な墓地とで容易に証明されていた。この寺は佐々木盛綱と大野九郎兵衛との墓を所有しているので名高い。佐々木は建久のむかしこの磯部に城を構えて、今も停車場の南に城山の古蹟を残している位であるから、苔の蒼い墓石は五輪塔のような形式で殆ど完全に保存されている。これに列んで妻の墓もある。その傍には明治時代に新らしく作られたという大きい石碑もある。

しかし私に取っては大野九郎兵衛の墓の方が注意を惹いた。墓は大きい台石の上に高さ五尺ほどの楕円形の石を据えてあって、石の表には慈望遊謙墓、右に寛延〇年と彫ってあるが、磨滅しているので何年か能く読めない。墓の在所《ありか》は本堂の横手で、大きい杉の古木を背後《うしろ》にして、南に向って立っている。その傍には又高い桜の木が聳えていて、枝は恰も墓の上を掩うように大きく差出ている。周囲には沢山の古い墓がある。杉の立木は昼を暗くする程に繁っている。仮名手本忠臣蔵の作者竹田出雲に斧九太夫という名を与えられて以来、殆ど人非人のモデルであるように洽《あまね》く世間に伝えられている大野九郎兵衛という一個の元禄武士は、ここを永久の住家と定めているのである。

一昨年初めて参詣した時には、墓の所在が知れないので寺僧に頼んで案内して貰った。彼は品の好い若僧《にゃくそう》で、色々詳しく話して呉れた。その話に拠ると、その当時この磯部には浅野家所領の飛び地が約三百石ほどあった。その縁故に因って大野は浅野家滅亡の後ここに来て身を落付けたらしい。そうして、大野とも云わず、九郎兵衛とも名乗らず、単に遊謙と称する一個の僧となって、小さい草堂を作って朝夕に経を読み、傍らには村の子供達を集めて読み書きを指南していた。彼が直筆の手本というものは今も村に残っている。磯部に於ける彼は決して不人望ではなかった。弟子達にも親切に教えた、色々の慈善をも施した。碓氷川の堤防も自費で修理した。墓碑に寛延の年号が刻んであるのを見ると余ほど長命であったらしい。独身の彼は弟子達の手に因ってその亡骸をここに葬られた。

「これだけ立派な墓が建てられているのを見ると、村の人には余ほど敬慕されていたんでしょうね。」と、私は云った。

「そうかも知れません。」

僧は彼に同情するような柔かい口物であった。たとい不忠者にもせよ、不義者にもあれ、縁あって我が寺内に骨を埋めたからは、平等の慈悲を加えたいと云う宗教家の温かい心か、或は別に何等かの主張があるのか、若い僧の心持は私には判らなかった。油蟬の暑苦しく鳴いている木の下で、私は厚く礼を云って僧と別れた。僧の痩せた姿は大きな芭蕉の葉のかげへ隠れて行った。

自己の功名の犠牲として、罪の無い藤戸の漁民を惨殺した佐々木盛綱は、忠勇なる鎌倉武士の一人として歴史家に讃美されている。復讐の同盟に加わることを避けて、先君の追福と陰徳とに余生を送った大野九郎兵衛は、不忠なる元禄武士の一人として浄瑠璃の作者にまで筆誅されてしまった。私はもう一度彼《か》の僧を呼び止めて、元禄武士に対する彼の詐わらざる意見を問い糺して見ようかと思ったが、彼の迷惑を察して止めた。

今度行って見ると、佐々木の墓も大野の墓も旧《もと》のままで、大野の墓の花筒には白い躑躅が生けてあった。彼の若い僧が供えたのではあるまいか。私は僧を訪わずに帰ったが、彼の居間らしい所には障子が閉じられて、低い四つ目垣の裾に芍薬が紅く咲いていた。


旅館の門を出て右の小道を這入ると、丸い石を列べた七、八級の石段がある。登降《あがりおり》は余り便利でない。それを登り尽した丘の上に、大きい薬師堂は東に向って立っていて、紅白の長い紐を垂れた鰐口が懸っている。木連格子の前には奉納の絵馬も沢山に懸っている。めの字を書いた額も見える。千社札も貼ってある。右には桜若葉の小高い崖をめぐらしているが、境内には左のみ広くもないので、堂の前の一段低いところにある家々の軒は、すぐ眼の下に連なって見える。私は時々にここへ散歩に行ったが、いつも朝が早いので、参詣らしい人の影を認めたことはなかった。

それでも唯《た》った一度若い娘が拝んでいるのを見たことがある。娘は十七、八らしい、髪は油気の薄い銀杏返しに結って、紺飛白の単衣《ひとえ》に紅い帯を締めていた。その風体はこの丘の下にある鉱泉会社のサイダー製造に通っている女工らしく思われた。色は少し黒いが容貌《きりよう》は決して醜い方ではなかった。娘は湿れた番傘を小脇に抱えたままで、堂の前に久しく跪いていた。細かい雨は頭の上の若葉から漏れて、娘のそそけた鬢に白い雫を宿しているのも何だか酷たらしい姿であった。私は少時《しばらく》立っていたが、娘は容易に動きそうもなかった。

堂と真向いの家はもう起きていた。家の軒下には桑籠が沢山に積まれて、若い女房が蚕棚の前に襷掛けで働いていた。若い娘は何を祈っているのか知らない。若い人妻は生活に忙がしそうであった。

何処かで蛙が鳴き出したかと思うと、雨はさあさあと降って来た。娘はまだ一心に拝んでいた。女房は慌てて軒下の桑籠を片附け始めた。

# 栗の花

栗の花、柿の花、日本でも初夏の景物にはかぞえられていますが、俳味に乏しい我々は、栗も柿もすべて秋の梢にのみ眼をつけて、夏のさびしい花にはあまり多くの注意を払っていませんでした。秋の木の実を見るまでは、それらは殆《ほとん》ど雑木に等しいもののように見なしていましたが、その軽蔑の眼は欧洲大陸へ渡ってから余ほど変って来ました。この頃の私は決して栗の木を軽蔑しようとは思いません。必ず立止まって、その梢をしばらく瞰あげるようになりました。

一口に栗と云っても、ここらの国々に多い栗の木は、普通にホース・チェストナットと呼ばれてその実を食うことは出来ないと云います。日本でいうどんぐりのたぐいであるらしく思われる。しかしその木には実に見事な大きいのが沢山あって、花は白と薄紅との二種あります。倫敦市中にも無論に多く見られるのですが、わたしが先ず軽蔑の眼を拭わせられたのは、キュー・ガーデンをたずねた時でした。

五月中旬から倫敦も急に夏らしくなって、日曜日の新聞を見ると、ピカデリー・サーカスにゆらめく青いパラソルの影、チャーリング・クロスに光る白い麦藁帽の色、ロンドンももう夏のシーズンに入ったと云うような記事がみえました。その朝に高田商会のT君がわざわざ誘いに来てくれて、きょうはキュー・ガーデンへ案内してやろうと云う。早速に支度をして、ベーカーストリートの停車場から運ばれてゆくと、ガーデンの門前にゆき着いて、先ずわたしの眼をひいたのは、彼《か》のホース・チェストナットの並木でした。日本の栗の木のいたずらにひょろひょろしているのとは違って、こんもりと生い茂った木振と云い、葉の色といい、それが五月の明るい日の光にかがやいて、真昼の風に青く揺らめいているのは、いかにも絵にでもありそうな姿で、私はしばらく立停まってうっかりと眺めていました。

その日は帰りにハンプトン・コートへも案内されました。コートに接続して、ブッシー・パークと云うのがあります。この公園で更に驚かされたのは、何百年を経たかと思われるような栗の大木が大きな輪を作って列んでいることでした。見れば見るほど立派なもので、私はその青い下蔭に小さくたたずんで、再びうっかりと眺めていました。ハンプトン・コートには楡の立派な大木もありますが、到底この栗の林には及びませんでした。

あくる日、近所の理髪店へ行って、きのうはキュー・ガーデンからハンプトン・コートを廻って来たという話をすると、亭主はあの立派なチェストナットを見て来たかと云いました。ここらでもその栗の木は名物になっているとみえます。その以来、わたしも栗の木に少からぬ注意を払うようになって、公園へ行っても、路ばたを歩いても、色々の木立のなかで先ず栗の木に眼をつけるようになりました。

それから一週間ほどたって、私は例のストラッドフォード・オン・アヴォンに沙翁の故郷をたずねることになりました。そうして、ここでアーヴィングがスケッチブックの一節を書いたとか伝えられているレッド・ホース・ホテルと云う宿屋に泊りました。日のくれる頃、案内者のM君O君と一所にアヴォンの河のほとりを散歩すると、日本の卯の花に似たようなメー・トリーの白い花がそこらの田舎家の垣からこぼれ出して、うす明るいトワイライトの下にむら消えの雪を浮かばせているのも、まことに初夏のたそがれらしい静寂な気分を誘い出されましたが、更にわたしの眼を惹いたのは矢はり例の栗の立木でした。河のバンクには栗と柳の立木がつづいています。ここらの栗もブッシー・パークに劣らない大木で、この大きい葉のあいだから白い花がぼんやりと青い水の上に映って見えます。その水の上には白鳥が悠々と浮んでいて、それに似たような白い服を着た若い女が二人でボートを漕いでいます。M君の動議で小船を一時間借りることになって栗の木の下にある貸船屋に交渉すると、亭主はすぐに承知して、そこに繋いである一艘の小船を貸してくれて、河下の方へあまり遠く行くなと注意してくれました。承知して、三人は船に乗り込みましたが、私は漕ぐことを知らないので、櫂の方は両君にお任せ申して、船のなかへ仰向けに寝転んでしまいました。もう八時頃であろうかと思われましたが、英国の夏の日はなかなか暮れ切りません。蒼白い空にはうす紅い雲がところどころに流れています。両君の櫂もあまり上手ではないらしいのですが、流れが非常に緩いので、船は静かに河下へ降って行きます。云い知れないのんびりした気分になって、私は寝転びながら岸の上をながめていると、大きい栗の梢を隔てて沙翁紀念劇場の高い塔が丁度かの薄紅い雲の下に聳えています。その当には薄むらさきの藤の花がからみ付いていることを、私は昼のうちに見て置きました。

船は好加減のところまで下ったので、更に方向を転じて上流の方へ遡ることになりました。灯の少いここらの町はだんだん薄暗く暮れて来て、栗の立木も唯一と固まりの暗い影を作るようになりましたが、空と水とはまだ暮れそうな気色もみえないので、水明りのする船端には名も知れない羽虫の群が飛び違っています。白鳥はどこの巣へ帰ったのか、もう見えなくなりました。起き直って、巻莨を一本すって、その喫殻を水に投げ込むと、恰もそれを追うように一つの白い花がゆらゆらと流れ下って来ました。透してみると、それは栗の花でした。

　　栗の花アヴォンの河を流れけり

句の善悪は扨措いて、これは実景です。わたしは幾たびか其句を口のうちで繰返しているあいだに、船は元の岸へ戻って来ました。両君は櫂を措いて出ると、私もつづいて出ました。貸船屋の奥には黄い蠟燭が点っています。亭主が出て来て、大きい手の上に船賃をうけ取って、グードナイトと唯一言、ぶっきらぼうに云いました。岸へあがって五、六間ゆき過ぎてから振返ると、低い貸船屋も大きい栗の木もみな宵闇のなかに沈んで、河の上が唯うす白く見えるばかりでした。どこかで笛の声が遠くきこえました。ホテルへ帰ると、われわれの部屋にも蠟燭が点してありました。

　ホテルの庭にも大きい栗の木があります。いつの間に空模様が変ったのか、夜なかになると雨の音がきこえました。枕もとの蠟燭を再び点して、カアテンの間から窓の外をのぞくと、雨の雫は栗の葉をすべって、白い花が暗いなかにほろほろと落ちていました。

夜の雨、栗の花、蠟燭の火、アーヴィングの宿った家――わたしは日本を出発してから曾て経験したことのないような、しんみりとした安らかな気分になって、沙翁の故郷にこの一夜を明かしました。明くる朝起きてみると、庭には栗の花が一面に白く散っていました。

（大正八年五月、倫敦にて）

# 秋

秋――それを身にしみるように感じた場合は、今までにも少くなかったが、近い頃で最もわたしの記憶に残っているのは、欧洲から帰航の途中のある朝であった。日記をくってみると、それは大正八年八月四日とある。

七月三十日のゆう方から暴れ出したモンスーンのなかを乗りぬけて、われわれの船は二日の午後からようやく平穏な航海をつづけるようになった。三日の日も海は静かであった。四日の朝、あしたはもうコロンボにつくというので、船のなかは多少ざわついていた。

何分にもあついので、大抵のものは早起きをする。わたしも五時ごろベッドを離れて、顔をあらって、たばこをすって、それから甲板に出てみると、まぶしいような朝日はもう一ぱいにかがやいていた。そこを一巡して、更に船尾の二等室の方へ行ってみると、そこにはまだ一人も出ていなかった。私は静かにその甲板をあるいていると、不図あるものを見出した。そこには船具の麻の綱が大きい海蛇のようにとぐろをまいていた。それは毎日見なれているので、別に注意をひくほどのこともなかったのであるが、その麻のつなのうえに一匹のきりぎりすが止まっているのを見たときに、私は俄に立ちどまった。

この五、六日は殆《ほとん》ど陸地の影をみない航海の船中に、どこからこの秋の虫がまよい込んで来たのであろう。ボートセッドから積み込んだ野菜の籠にでも忍んでいたのか。あるいはスエズの運河を通過するときに、岸の草むらからでも飛び渡って来たのか。いずれにしても、その以来十日あまりをどこに忍んでいて、けさ初めてその姿を私にみせたのであろう。きりぎりすは日本のものと些《ちつ》ともかわらなかった。鳴くかと思って、私はしばらく待っていたが、かれはその長い触角を海の風にそよがせながら、いつまでも動かなかった。勿論、声をも立てなかった。

わたしもそこを動かなかった。朝からもう百度に近い、強い、強い、印度洋の夏の日に照り付けられながら、わたしはいつまでもその虫をながめていた。私は暑さをわすれたのである。その時の心持をなんと云い現わしたらよかろうか。所詮は「秋」——それがわたしの身にも心にもしみ渡ったのである。それより外にいい様がない。

靴の音をしのばせて、私のそばへ近寄った人がある。かれは真白の服を着た上品な老婦人であった。かれはきりぎりすを指さしながら、ささやくように私にいった。

「ローカスト。」

「イエス、ローカスト。」と、私は答えた。

それぎりで、二人はまた黙ってきりぎりすをながめていた。

人づてに聞いたのであるから、私は詳しいことを知らないが、この老婦人は英国の相当の家庭にうまれたのであるが、印度にあるころにその家が破産して、彼女はコロンボにすむ土人と結婚した。土人と云っても、夫は大きい店を持っている立派な商人で、彼女はきょうまで何の不足もない生活をつづけて来たが、同国人から甚だしく卑められた。現にこの船中にも七、八人の同国婦人が乗りあわせていながら、一人も彼女と打ち解けて語るものがない。かれは毎日さびしそうに海をながめたり、書物を読んだりして、孤独の旅をつづけているのである。私も彼女に小説の雑誌を貸してやったことがあった。

きりぎりすから「秋」を誘い出されたところへ、あたかもこの老婦人がわびしげな姿をみせたので、私はいよいよ感傷的の心持になった。

「あしたはいい天気でしょう。」と、私はなぐさめるように云った。あしたは彼女がコロンボへ上陸することを知っていたからである。彼女はさびしい笑い顔をみせてうなずいた。そうして、息子が四、五人の店員をつれて出迎えに来るのであろうと云った。

朝飯の時刻が来たので、われわれは一旦きりぎりすに別れを告げなければならなかった。老婦人は黙ってあるき出した。私もだまってその後につづいた。

食堂を出て、再び二等室へ行ってみると、「秋」を象徴するような虫の姿はもうそこに見出だされないで、百度以上の夏の暑さばかりが甲板の上に残っていた。

この日の午後に、大きい飛びの魚がおなじ甲板に飛び上がったと云って、船中の人々はめずらしそうに立ち騒いでいた。私も見に行った。しかしそれは今朝のきりぎりす程に私の心をひかなかった。

# 葉桜まで

## 一

汽車の窓から熊谷堤の桜をながめて、上州の湯の村に着いたのは、四月十一日の午過ぎで、停車場を出ると、ここには桜の雲が押っかぶさるように白く漲っているのが先ず眼についた。ここの村にも湯の宿があって、わたしは毎年一度ぐらいはここに滞在するのを例としているが、ここで、花見をするのは今年が初めであった。停車場から私の革鞄をさげて案内してくれたのは、顔馴染のない若い番頭で、如才ないような、しかも生意気なような口ぶりで、しきりに土地の案内めいたことを説明して聞かせた。昨今はこの通りの花盛りで、諸方から花見の団体が毎日百人ぐらいはあつまって来ると自慢らしく話した。私は黙って聴きながらあるいた。それでも彼は眼が捷い。どこで見当をつけたか、途中でわたしに訊いた。

「旦那様は初めてじゃございませんね。」

「むむ。五、六年つづけて来る。」

「へえ。左様でございますか。」

それは停車場から左へ折れて、石の多いだらだらの坂を降りかけた時で、その以来、彼は俄に態度をあらためて、黙っておとなしく私のあとから附いて来た。人を送る春風がそよそよと軽く吹いて、小さい料理店の軒にはほおずき提灯が紅い影をゆらめかせていた。二、三人の貧しい楽隊を先に立てて、今夜の芝居を触れてあるく一群も通った。紙風船の荷をかついでいる商人も通った。いずこの里にも花のかげには春の姿が宿っていると思いながら、私はのびやかな心持で宿の門をくぐった。

帳場ではわたしの顔を識っていて、すぐに下座敷の八畳に案内してくれた。あまり綺麗な室ではないが、閑静を取得に私はいつもこの座敷を択むことにしていた。寒いあいだはここらに客を入れたことはないと見えて、古い障子はところどころ破れていた。

「障子はすぐに貼らせます。」と、番頭は云訳をしながら出て行ったが、その後幾日たっても貼り替えてはくれなかった。

「いらっしゃいまし。」

一貫張りのちゃぶ台をかかえて、若い女中が這入って来た。名はお鶴さんと云って、年は二十一だということを私はあとで知った。お鶴さんは芝居に出るお腰元のような紫地に細かい矢飛白模様の綿入れを着て、菊の模様を染め出した白っぽいメレンスの帯をしめていた。お鶴さんは帳場から私の身分を聞いて来たらしく、気を利かしたような顔をしてこんなことを云った。

「お書き物をなさるならば、お机を南の明るい方へ置きましょうか。」

私はその通りにして貰った。風呂からあがって二、三枚の絵葉書にペンを走らせていると、お鶴さんは茶菓子を持って来て、二言三言話して帰った。お鶴さんは小肥りに肥っていて、色の白い、顔の丸い、眉の薄い、眼の細い、口もとの可愛らしい、見るからおとなしそうな女であった。

わたしは革鞄から小さい花瓶を出して、机兼帯のちゃぶ台のうえに置いた。そうして、庭から桜の枝を折って来て出鱈目に挿した。夕飯の給仕に来たときにお鶴さんはそれを見つけて、生花の話をいろいろ始めた。お鶴さんはその心得があるらしく見えた。自分の家はここから三里ほど距れた小さい町で、兄さんは鉄道に勤めている。阿母さんは妹を相手に停車場のそばで雑貨店を開いていると云った。

「なにしろ、まだここへ来たばかりですから、些《ちっ》とも勝手がわかりません。」

なるほど話してみると、お鶴さんは土地の勝手を私ほども知らないらしかった。知らないのも無理はない、この三月に初めてここへ奉公に来たのだと云った。上州は糸場が多い、温泉場が多い。中以下の家の娘たちは、養蚕に雇われるか、温泉場に奉公するか、兎にかくに夏場だけ働いて自分たちの嫁入衣装を作る。それがここらの習となっているので、お鶴さんも着物をこしらえるために今年初めて奉公に出た。去年も人にすすめられたのを持病の脚気があるので躊躇していたが、今年は思い切ってここへ来た。主人はまことに善い人であるが、初奉公はやっぱり辛いとお鶴さんはしみじみ話した。そうして、阿母さんや妹が恋しいようなことを云っていた。わたしはそんな話を聴きながら飯を食ってしまった。私の嫌いな鯉のあらいが膳に乗っていたので、あしたからこれを断ってくれと云うと、お鶴さんはひどく恐縮したような様子で、料理番さんの方へきっと云い付けて置きますと云った。

「どうもお粗末でございました。」

お鶴さんが膳を引こうとするときに、南の縁側に向いた障子の腰硝子から内をのぞいて、何かげらげら笑っている女があった。おかしな奴だと思いながら、わたしも硝子越しに透してみると、それはお秋さんであった。お秋さんは三、四年ほど前からここに奉公していて、去年の五月わたしがここへ来た時にはわたしの座敷の受持であった。

「お秋さん、しばらく。」

わたしが内から声をかけると、それを切っ掛けにお秋さんは座敷へすべり込んで来た。そうして、やはりげらげら笑いながら挨拶した。お秋さんはお鶴さんと同い年ぐらいであろう、わたしが初めて彼女《かれ》を見た時にはまだ肩揚があったらしく、客のまえに出ても唯おどおどしているような小娘であったが、去年逢った時にはもうすっかり大人びていた。一年振りで今年重ねて逢ってみると、お秋さんはもう何処へ出しても立派に一人前の姐さんで通れそうな女になっていた。お秋さんは平べったい顔をしているが、眉の力んだ、眼の丸い、色の白い、脊の高い、先ず十人並以上の女で、ここらの湯の女としては申分のない資格を具えていた。無暗にげらげら笑うのが彼女の癖で、わたしと十分間ほど話しているあいだにも、お秋さんは殆《ほとん》どのべつに笑いつづけていた。

「おやかましゅうございました。」と、お秋さんはやがて出て行った。これは普通のお世辞や挨拶でなく、実際やかましかったと私は思った。お鶴さんも叮嚀に挨拶して出て行った。廊下でも何かお秋さんの笑っている声が遠くきこえた。

ちゃぶ台にむかって、私は書物を読みはじめると、日はもう暮れ切ってしまって、川の音が雨のようにきこえ出した。俄に表が騒がしくなったので、わたしは起って縁に出て、まばらに閉めてある雨戸のあいだから表をのぞいた。縁のまえには広い庭があって、往来との界には低い石垣の堤を築いて、堤のうえには扇骨木《かなめ》のあらい生垣が作られていた。その生垣を透して紅い提灯の火が春の宵闇に迷っているのが見えた。提灯の数は十四、五もあろう、その火の影が大勢の人の声と一所にゆれて縺れ合っていた。

「今晩は。」

不意に声をかけられて振向くと、それは十六、七の若い女中で、手織らしい黄縞の袷を着て紅い襷をかけていた。ここから一里余もはなれた町の若い衆が夜桜を観に来たのだと、その女中が説明してくれた。夜桜——そう云う詞をここらの土地で聴くのはなんだか不思議のようにも思われた。

「わたくしは国と申します。御用があったら御遠慮なく仰しゃってください。」

若い女中は自分から名乗ってゆき過ぎた。その投げ付けるような暴っぽい物云いに、わたしは少し感情を傷けられたが、年の若い、田舎育ちの娘に対して腹を立つのも無理だと思った。わたしは座敷に帰って再び電灯の下に坐ると、表の人声もどこへかだんだんに遠くなった。

「御めん下さい。」

障子の外からしとやかに案内したのはお鶴さんであった。かれは障子を少しあけて、今ここへ若い女中が来なかったかと訊いた。お国さんならば今ここを通ったと私が答えると、お鶴さんは少し躊躇していたが、やがて又そのお国さんが何か御用を伺いましたかと訊いた。

「あの人には困るんでございますよ。」と、お鶴さんは顔をしかめて云った。

お国さんは今年十七で、先月の中頃からここへ奉公に来たが、あの人には悪い癖がある。自分の受持でもない客の座敷へ無暗に入り込んで、色々の用を頼まれる。つまり本人の料見では幾らかの心附でも貰う気であろうが、そんなことをされると、受持の女中が甚だ迷惑する。第一には自分が受持の客を粗略にしているようにみえて、帳場に対しても極りが悪い。それにもかまわずお国さんは無暗によその座敷の用を買い込んであるくので、朋輩達にも憎まれている。若しこちらのお座敷へ来てなにか云っても、どうぞ取合わずに置いてくれと、お鶴さんは頼むように云い置いて行った。

それから一時間ほどたつと、果してお国さんが来た。

「なにか御用はございませんか。」

電灯のまえに突き出したお国さんの顔をわたしは初めて視た。かれは色の黒い、少し反歯ではあるが、眼鼻立の先ず整った、左のみ憎気のない娘であった。私はなんにも用はないと断った。もし用があれば柱のベルを押すから、一々訊きに来るには及ばないと云った。

「それでも折角来たもんですから、水でも入れてまいりましょう。」と、お国さんは水さしの薬缶を引っ攫うように持って行った。

十時頃に再び風呂に行って帰ってくると、お鶴さんはわたしの座敷に寝床を延べていた。

「お国さん、まいりましたろう。」

「むむ。来た。無理に水さしを持って行ってしまった。」

「そうでございますか。」

おとなしいお鶴さんはその以上になんにも云わなかったが、あれほど頼んで置いたのに、なぜお国さんに用を頼んだと、幾らか私を怨んでいるらしい顔をしていた。

「だって、無理に持って行ってしまったんだから。あの人にも困るね。」と、私は云訳らしく云った。

「まことに困ります。では、お休みなさいまし。」

お鶴さんは会釈して出て行った。火鉢の傍にはいつの間にか水さしが置いてあった。こういう所でも、銘々の仕事の上に小さい争闘が絶えないものだと私はつくづく思った。

## 二

あくる朝、わたしは早く起きて散歩に出た。小さい湯の村も旅館の近所には町を作って、どこの家でも桜の下に店を開いていたが、梢の花はまだ眠ったように朧ろにみえた。うす白い靄が町のうえを掩って、近い山々もみな顔を隠していた。坂をのぼって公園へ這入ると、入口の石の鳥居には新しい注連が張り渡してあった。正面の古い社にも新しい幕が張ってあった。三、四人の男があつまって、社の横手に杉の葉で葺いた小さい家を作っていた。十五日はこの社の大祭で、攝待の湯飲所をここにこしらえるのだと云うことが判った。あさの風はまだ薄寒ので、そこには焚火の煙がほの白く流れていた。

花盛りで、おまけに祭礼がある。私はよい時に来たと思った。一時間ほどあるいて宿へ帰ると、お鶴さんが朝飯を運んで来た。

「ゆうべ遅くに新規の女中が一人来たんですよ。だんだんに忙しくなってまいりますから。お秋さんとお国さんとわたくしと三人ぎりでは、手が足りなくって困っていたんですが、まあ好塩梅でございます。」と、お鶴さんは給仕をしながら話した。

ここらの温泉場は冬季殆ど休業同様なので、春先になってから何処の宿でもだんだんに女中を殖やしてゆく。しかしそれはここばかりでなく、近所の温泉場がすべてそうであるから、春先になると女中の需要が一度に込み合って、その割に供給がない。利口な娘たちは五月六月の二月を養蚕に雇われて、七月八月の真夏だけを温泉場に雇われようとする。それがために春先はどうも奉公人が払底で、どこの宿でも新規の雇入れに困っている。今度来たのは二十五、六の年増であるが、なかなか気が利いているらしいとお鶴さんは云った。

その日の午前にわたしは廊下で新しい女中に逢った。なるほど、年頃は二十五、六のやや赭ら顔であるが、俗にいう小股の切上った女で、着物の着こなし、帯の結び工合、いかにもきちんとした風俗であった。おそらく渡り者だろうと思って、午飯のときにお鶴さんに訊くと、名はお仲さんと云って、以前は知らないが、今は警察へ出る人の細君である。御亭主は五、六里も距れたところへ当分出張しているので、その留守の間に着物の二、三枚も拵えるつもりでここへ奉公に来たのだと云った。

「御亭主は承知なのかしら。」

「いいえ、無断で出て来たんですって。」

「乱暴だな。」

お鶴さんは黙って笑っていた。

午過ぎに私はまた散歩から帰ってくると、花瓶の桜は脆く散りかかって、白い貝のような小さい花弁を黒いちゃぶ台の上に浮かせていた。お国さんが硝子越しに私の座敷をのぞいて通った。私はちゃぶ台にむかって原稿を書いていると、やがて庭先からお国さんが声をかけた。

「あの、お花がいけなくなったようですね。これを生け替えてはどうですか。」

かれは手に白い躑躅の枝を持っていた。わたしは縁へ出て、それを花瓶の桜と生けかえていると、お国さんも縁に腰をかけて、問わず語りにこんなことを云った。

「お鶴さんはほんとに気がつかないのね。あの人、なぜあんなにぼんやりしているんだろう。」

お鶴さんのぼんやりしているのは私も認めていた。気の短い私からみると小焦れったい程にぐずぐずしていた。所詮お鶴さんは正直とおとなしいのとが取得で、あまり役に立ちそうな人ではなかった。しかし客のまえで自分の朋輩をつけつけ悪く云うお国さんに対しても、わたしは一種の反感をとどめ得なかった。

「お国さんは年の若い割によく気がつくね。」と、私は皮肉らしく云った。

「どうせ奉公に来ているんですもの、一生懸命に働きますわ。家へ帰ると達磨屋へ売られるから。」と、お国さんは平気で云った。

わたしは思わずお国さんの顔をみた。

「阿父さんや阿母さんは無いのかい。」

「阿母さんだけさ。」

ゆうべに引替えて、お国さんの物云いはだんだんに暴っぽくなって来た。彼女はおのずからに持前の野性をあらわして来たらしい、その太く嶮しい眉のあいだに一種の精悍の気を漂わしているようにも見えた。

「阿母さんはほんとうの阿母さんかい。」

「実の親……。あたしを可愛がってくれるわ。」

「可愛がってくれる阿母さんが、お前をだるま屋へ売るのかい。」

「そりゃ貧乏だからさ。」

お国さんは相変らず平気でいた。この時に、横手の廊下の方で義太夫を唄いながら通る女があった。

――おなさけお慈悲の御勘当、あんまり冥利がおそろしい――

「お仲さんだよ。ゆうべ来たばかりで、もう鼻唄。随分ずうずうしいね。あの人こそ達磨屋にでも稼いでいたんだろう。」と、お国さんはその嶮しい眉をあげて憎々しく罵った。暴っぽい物云いがいよいよ暴っぽくなって来た。

「旦那、東京にもあたしのような女がありますかね。」

「そりゃあるさ。」と、私は笑いながら答えた。

「でも、あたし見たような女は上州名物なんですとさ。上州からは国定忠次が出たでしょう。」

国定忠次を以て郷党の誇りとしているお国さんの眼から観たらば、なるほどお鶴さんはぼんやりにもぐずにも見えるかも知れない。こういう私自身も国定忠次にはかないそうもない。お国さんの眼にはこの東京のお客も薄ぼんやりに見えることであろう。わたしも閉口して、早々に座敷へ引込んでしまった。

表二階のお客が忙しいとか云うので、きょうはお秋さんの笑い声が下座敷に一度もきこえなかった。下にもお秋さんが受持の一組があるのであるが、それは新規のお仲さんに代りを頼んであるらしかった。

そのあくる日は陰っていた。桜はどこも盛りになって、丘も人家も花に埋められてしまった。縁に立って見あげると、白い花は坂の上から雪なだれのように一面にうず高く押寄せていた。生あたたかい風が緩く吹いていた。この日は四人の女中達について、私の注意をひくような事件は何にも起らなかった。わたしは一日黙って原稿を書いた。

次の日は朝から晴れていた。明日はいよいよお祭で、今夜は宵宮だというので、町の家では軒ごとに提灯をかけた。近在からも花見がてらの参詣が多いのを見越して、町もおのずと景気づいていた。庇髪に結った鮨屋の娘はあかい襷をかけて、早朝から折詰をこしらえていた。公園へ行ってみると、摂待の湯飲所はもう出来あがって、そこには大きい釜が懸けてあった。そのそばには甘酒屋の店も出ていた。桜の雪を蹴散して白い鳩の群が威勢よく飛んでいた。芝原には莚をしいて、子供たちが太鼓を叩いていた。社のなかでも大太鼓の音が神々しくひびいた。

散歩から帰ると、廊下でお秋さんに逢った。

「ちっとも下へ来ませんね。」

「ええ。非常に多忙を極めているもんですから。」と、お秋さんはわざとらしく漢語を使って、例の如くげらげら笑っていた。お秋さんという女は、一日の三分の二を笑って暮すに相違ないと私は思った。

午飯の時にお鶴さんが小声で話した。

「お国さんはお暇が出るそうです。」

「だるま屋へ行くのかい。」

「どうだか知りませんけれど、少し不都合なことがありましてね。」

きのうの午後に二階に逗留している女客の蟇口から二円の金がなくなって、その疑いがお国さんの上にかかった。お国さんはその日に一円ばかりの新しい下駄を買った。その客の座敷はお国さんの受持でもないのに、かれは例の如くに毎日出這入りしている。その日も客が風呂へいっている留守に入り込んで、座敷のなかを片附けたりしていた。それらの事情からお国さんはその嫌疑を免かれることが出来なくなった。五、六日前にも一泊の客の金が少しばかり紛失した。その疑いも実はお国さんにかかっていた場合であったから、かれはどうしてもここの家にいられなくなった。

「たしかな証拠もないのに、あたしに傷をつける。」と云って、お国さんは例の野性を発揮して、大きな声で呶鳴り散らしていると、丁度その時に駐在所の巡査が客帳をしらべに来た。巡査の姿をみると、お国さんは急におとなしくなって、素直に出て行くことを承知した。多分午過ぎには荷物をまとめて帰るだろうとのことであった。

「わたくしよりも年は下ですけれど、あの人はなかなか強いんですからね。わたくしは随分いじめられたんですよ。」と、お鶴さんはほっとしたような顔をして、自分の敵の立去るのを喜んでいるらしく見えた。

しかしお国さんがいなくなると、女中がまた一人減ることになる。折角お仲さんが来たと思うとすぐにお国さんが減ってしまっては、やはりもとの三人で相変らず忙しいと、お鶴さんは細い肩を皺めていた。唯った三人の女中で、滞在と一泊とをあわせて平均二十組以上の座敷を受持つのはなかなか楽ではないと、お鶴さんは疲れ果てたような顔をしていた。お秋さんは一体が元気の好い質でもあり、ことに多年ここに勤め馴れているから、一向無頓着らしい顔をしているが、わたしのような初奉公の者には迚《とて》も勤め切れないと、お鶴さんはだんだんに涙ぐんで来た。

「人並の着物でもこしらえたいと思うから、こうして辛抱しているんですけれど、そんな慾さえ捨てれば、家にいても何《ど》うにかこうにかしていられるんです。」

仕事が忙しいばかりでなく、お鶴さんはこうした商売の女には余りおとなし過ぎていた。したがって余計に気苦労も多かろうと私も思い遣った。

「いつでも手前勝手のお話ばかりしていて済みません。」

お鶴さんは膳を引いて行った。お鶴さんは恋しい阿母さんや妹の顔を毎晩の夢にみながら、着物のために働いているのである。私は何だかいじらしいような気にもなった。

午後に再び散歩に出ると、公園の近所はいよいよ賑わっていた。どこからこんなに出て来たのか、ハイカラ風の若い娘達や、洋服姿の若い男などもそこらにうろうろしていた。太鼓の音はどんどん聞えた。社のまえの石甃には参詣人が押合って通った。股引で草鞋がけの男や、脚絆で藁草履をはいたお婆さんなども、賽銭箱の前にうずくまっていた。花の下には莚をしいて、酔って唄っている花見の団体もあった。正宗やビールを売っている露店も出た。鮨屋の娘もここに店を出していた。玩具屋や駄菓子屋の店もならんでいた。飴屋が笛を吹いていた。大きい杉と大きい桜とを背景にして、こうした歓楽の春のけしきがえがかれているのを、私は飽かずに見てあるいた。これほどの雑沓のなかでも、東京と違っておびただしい砂の舞はないのが取分けて嬉しかった。

帰ってくると、坂の中途でお国さんに逢った。

## 三

お国さんはいよいよ暇を取ってゆくらしい。小さい柳行李と風呂敷包みとを軽々と引っかかえて、一人で坂を登って来た。すれ違うと、彼女はわたしに挨拶した。

「あたし、もうあすこにいないのよ。あんな家にいるもんですか。ばかばかしい。これから家へ帰ってもっと好いところへ奉公に行くんですわ。」

だるま屋のことが胸に泛んで、わたしは可哀そうな心持になった。お国さんは平気な顔をして坂をのぼって行った。祭の太鼓がここまでも手に取るように響いた。

宿へ帰ると、門のところでお秋さんに逢った。お秋さんはなにか買物にでも行くらしかった。

「お帰んなさいまし。あはははは。」と、かれは先ず笑った。

「どこへ行くの。今そこでお国さんに逢ったっけ。あの人、とうとう暇を取ったんだってね。」

「ええ。つまりみんなと折合が悪いからですよ。なにしろまだ若いもんですからね。」

「そうさ。君のように甲羅を経ていないからね。」

「違いない。あはははは。」

お秋さんは笑いながら出て行った。わたしが座敷へ帰ると、お鶴さんはあとから附いて来て、火鉢の火をついでくれた。そうして、きょうはなんだか膝ががく付くとか云った。お鶴さんは持病の脚気がそろそろ始まるのかも知れないと脅かされているらしかった。

「朝から晩まで階子をあがったり降りたり、長い廊下をあるいたりして、脚気にはよくないでしょうねえ。」と、彼女はひどく不安そうに云った。わたしもそれを否認するわけには行かなかった。脚気の持病のある者がこんな商売をしているのはたしかに悪かろうと思われた。しかしわたしはそれを正直に説明する勇気がなかった。ふだんからそのつもりで養生していたら、別に仔細はなかろうと云うような極めて曖昧な返事をして置くと、お鶴さんも少し心強くなったらしく、朋輩の人達もみんな然う云ってくれるから自分もまあそのつもりで辛抱している。もし急に悪くなるようなことがあっても、電報さえかければ阿母さんはすぐに迎いに来てくれる筈になっていると話した。

「阿母さんはよっぽど可愛がってくれるんだね。」

「ええ。まだ子供のように思っているんですよ。」と、お鶴さんは急に晴やかな顔をしてにこにこ笑っていた。

お国さんも阿母さんが自分を可愛がってくれると云った。しかしその阿母さんは娘を達磨屋へ売ろうとする阿母さんであった。お鶴さんの阿母さんはそんな人ではないらしかった。奉公に骨が折れても、脚気の持病があっても、やっぱりお鶴さんの方が仕合せらしいと私は思った。

「それにしても、お国さんはどうするだろう。」と、お鶴さんの行ってしまったあとで、わたしは色々の想像をめぐらした。

その日は夕方から夜にかけて原稿をかいた。芝居小屋は宿に近い丘の上にあるので、時々にツケを打つ音がばたばた聞えた。今夜の外題が伊賀越の仇討であることを知っている私は、舞台で今頃なにをしているだろうかなどと考えたが、さすがに観にゆく気にもなれなかった。風呂へ這入って帰る頃には少し強い南風が吹き出して、闇のなかから白い花がばらばらと渡り廊下へ吹き込んで来た。

あくる日はどんよりと陰っていた。それでも大祭の当日なので、私がまだ寝床にいる頃から太鼓の音が枕にひびいた。あさ飯をしまって散歩に出ると、ゆうべの風で坂路は斑らに白くなっていた。その落花を踏んで参詣人がぞろぞろと通った。町の芸妓も手をひかれて通った。花見がてらの団体も早朝からもう繰込んでいた。

「大層賑かですね。」と、わたしは理髪店のまえに立っている職人に声をかけると、職人も今日は白い仕事着の下に何か光った着物を着ているらしかった。

「それでも今年はさびしいようです。やっぱり選挙がいくらか邪魔をしているらしゅうござんすよ。」と、彼は答えた。

「なにしろお天気にしたいもんですね。」

「そうですよ。降られちゃ型無しですから。」

わあっという鬨《とき》の声があがったので、わたしは坂の上をみあげると、どこの花見にも観るような異装の一群が押寄せて来た。女の着物をきて白粉をつけた男や、紙でこしらえた社《かみ》杯《しも》を着た男や、附髭をして紙の兜をかぶった男や、およそ十二、三人が何か大きな声で唄いながら、ときどきに一斉に鬨の声をあげていた。それを囃し立てながら又大勢の人がそのあとから附いて来た。その雑沓のなかをくぐりながら私は公園の入口まで行くと、どこかの製糸所の女工が押出して来たらしく、揃いの花簪をさした若い女の群が狭い入口を一ぱいに塞いでいた。これでは迚も這入れそうもないと諦めて、わたしはそのまま引返した。

帰って風呂に這入って、また原稿を書いていると、お鶴さんが塗盆に重箱を乗せてうやうやしく持って来た。

「少々ばかりですが、お祭でございますから。お気に入りましたら何杯でもお替えください。」

お鶴さんが置いて行ったのは強飯の重箱であった。重箱を何杯もかえるほどの勇気はないので、わたしは小皿に盛り分けてその三分の一ほどを食った。硝子越しにながめると、庭の桜が音も無しにほろほろと落ちていた。空の色はいよいよ暗くなって来た。

「たんと召上ってください。」と、障子の外から声をかけて通る者があった。その笑い声でそれがお秋さんであることはすぐに判った。

「お秋さん、帰りにこの重箱を下げてくださいな。」

「はい、はい。」

やがてお秋さんは引返して来て、重箱の蓋をあけて見た。

「あなた、些《ちっ》とも上らないんですね。」

「もう沢山。」

「お鶴さんが話しませんでしたか、あのお仲さんはもう居なくなってしまったんですよ。」

「来たばかりで、もう居なくなる……。ここの家が気に入らないのかね。」

「いいえ、そうじゃないんです。御亭主が来て引摺って行ったんです。」

御亭主に無断でここへ奉公に出たことが、すぐに御亭主の耳に這入って、彼は出張先から引返して来た。そうして、二時間ほど前にこの家へたずねて来て、お仲さんを烈しく責めた。警察に奉職している者の妻が茶屋や宿屋に奉公するとは何事だと呶鳴りつけた。折角来たものだから一月だけはここにいたいと、お仲さんは強情を張ったが、御亭主はどうしても承知しなかった。彼はお仲さんの着替や手荷物を取りあつめて、一足先に持って帰ったので、お仲さんは着のみ着のままになってしまった。それでは奉公は出来ないので、かれもよんどころなく暇を貰ってゆくことになった。

「一体無断で来るというのが好くありませんわねえ。」と、お秋さんは云った。

「無論、よくない。御亭主が怒るのも無理はないよ。」

「それでもお仲さんはこんなことを云っているんですよ。何、家へ帰ったってじっとしているもんか。今度はもっと遠いところへ行くつもりだって……。随分ですわね。」

「少しお秋さんに似ているようだね。」

「あら。あはははは。」

「しかしそのなかでお秋さんは一番気楽らしいね。」

「まあ、そうでしょうね。おとなしく稼いで溜まるばかりですもの。あはははは。」

「ほんとうに溜まるばかりだろうね。」

「ちっと貸してあげましょうか。あはははは。」

お秋さんの笑い声には私もこの頃は少し飽きて来たので、もう一所になって笑ってもいられなかった。わたしは黙って莨を吸っていると、お秋さんは縁側へ出てまた誰かと話しながら笑っていた。

午過ぎから細かい雨がしとしとと降り出して来た。それでも公園の方では太鼓の音が絶えずきこえた。縁側に出て表をのぞいていると、新しい着物をきた女たちの濡れて帰るのが生垣のあいだから廻り灯籠のように幾人もつづいて見えた。庭の桜が乱れて散っていた。

祭の日は雨に暮れてしまった。

## 四

それから四日経つと、わたしは廊下でお国さんに逢った。お国さんはなんにも云わずに俯向いて摺れ違って行った。

ゆう飯を運んで来たときに、私はお鶴さんに訊いた。

「お国さんは又帰って来たの。」

「ええ。きょうのお午頃に……。なんでもひどい目に逢ったんですって。」と、お鶴さんも流石に気の毒そうな顔をして囁いた。

お国さんは十四日の夕方に家へ帰ると、その明くる日から近所の小さい町の料理屋へ奉公に遣られた。その料理屋は土地でも相当に繁昌する家で、足かけ三日の間、お国さんは随分忙がしく働かされた。いくらお国さんでもこれには迚も堪え切れなかったので、今朝無断でそこを飛び出した。そうして、再びここへたずねて来て、もともと通りに是非使ってくれと泣いて頼んだ。しかし無断で出て来たよその奉公人であるから、その方の始末が付かないうちはここの家でも雇うわけには行かなかった。その訳を云って聞かせても、当人がどうしても肯かないので、先ずそのままにしてあるとのことであった。

「お仲さんが不意にいなくなって、こっちも手の足りないところですから、まあその儘にしてあるんですけれど、無断で飛び出して来たんですから、いずれ何か捫着が起るでしょうよ。なんでも今度の家ではよっぽど酷い目に逢ったとみえて、真蒼な顔をして来たんですよ。」

「とうとう達磨屋へ遣られたんだね。」

「そうかも知れません。」と、お鶴さんはあるか無いかの細い眉をひそめていた。

祭のあとは、町も火が消えたように寂かになって、桜が忙がしそうに散るばかりであった。日が暮れてから私は風呂へ行った。今夜も陰っていた。真黒な空は横手の丘の上まで重そうに押っ被さって来て、弱々しい星の光が二つ三つ微かに洩れていた。暗い丘の薬師堂で鰐口を鳴らす音がさびしく聞えて、奉納の瓦斯《ガス》灯の火が散り残った桜の間からぼんやりと薄紅くにじみ出していた。宿の庭の大きい池では早い蛙がもう鳴き出した。どこかの宿の二階で三味線の音が沈んできこえた。

渡り廊下の中途でわたしはお国さんに逢った。廊下の入口には小さい電灯が点っていた。その電灯に照されたお国さんの姿はまるで幽霊のようであった。頽れかかった銀杏返しの鬢のおくれ毛を顔一ぱいに振りかけて、両袖をしっかり掻き合せて肩をすくめて、前屈みになって、暗い中からすうと出て来た時には、わたしは思わず立停まった。お国さんはやはり何にも云わないで、消えるように摺れ違って行ってしまった。国定忠次の末葉もわずか二日か三日のあいだに、精神と肉体とに怖るべき打撃をうけて、彼女の魂から昔の精悍の気をすっかり奪い去られたらしく思われた。

「お国さんは大変おとなしくなったようだね。」と、私はあくる朝お鶴さんに云った。

「ええ。まるで生れ変ったようにおとなしくなってしまいました。今朝も御飯を食べながらぽろぽろと涙をこぼしているんです。」

私もなんだか悲しくなった。

その日の午過ぎに、お谷さんという年増の女中が来た。お谷さんは一昨年《おととし》の夏もここにいたので、私とも顔馴染であった。去年も七、八の二月はここに来ていたそうであるが、私はその頃ここへ来なかったので知らなかった。

「お国さんはやっぱり断られたんですよ。」と、お鶴さんは夕飯のときに話した。「お谷さんが来るようになりましたし、それにお国さんの先の主人から何だか面倒を云って来そうだもんですから、帳場の方でもとうとう断ることにしたんだそうです。お秋さんの話では、お国さんは何か悪い病気にでもなっているんじゃないかって云いますがね、どうですかしら。真蒼な顔をして、なんだか歩き工合が変なんですよ。」

私はいよいよ情なくなった。

「ここを断られて何うするだろう。」

「元の主人の方へはもう行かない。阿母さんの方へ帰るんだと云っていました。」

阿母さんのところへ帰ってどうなるだろう。わたしはお国さんの運命を想像するに堪えなかった。

「わたくしもなんだか足の工合がだんだんに悪くなるんですよ。」と、お鶴さんは切なそうに云った。「この分じゃあ夏場まで辛抱が出来ないかも知れません。」

それから彼女はお仲さんの噂をした。お仲さんは又もや家を飛び出して、今度は武州大宮の町へ奉公に行ったとのことであった。今度は離縁されても戻らないと云っているから、これにも何か捫着が起るだろうと云った。

その翌日はお谷さんがわたしの座敷へ午飯の膳を運んで来た。お鶴さんは気分が悪くてきょうは一日休ませて貰うことになったとのことであった。その話をしている時に、お秋さんが笑いながら縁側を通った。

「あなた、今日はお給仕が違いましたから、たんと召上ってください。」と、お秋さんは障子の外から声をかけた。

「お秋さん。君は一度もお給仕に来てくれないね。」と、私も笑いながら云った。

「あたしみたような野蛮人はお気に入らないでしょう。あははははは。」

「その野蛮人が好いという人もあるんだから。」と、お谷さんも内から戯《から》かった。

「知らない。馬鹿、あははははは。」

お秋さんは通り過ぎてしまった。

「あの人はいつも笑っている人だね。実に不思議だ。」

「不思議なくらいですね。」と、お谷さんは金歯をみせて軽く笑った。「でも、あれで苦労があるかも知れませんよ。」

「苦労する相手があるのかね。」

「あると云えばある。考えてみると果敢ないような訳ですけれど……。」

去年も一昨年もつづけてここに来ているので、お谷さんはお秋さんの秘密を知っていた。一昨年お秋さんがまだ十九の年の夏に、ここに半月ほど逗留していた溝口という若い学生があった。それは東京の医学生で、お秋さんがその座敷を受持っていた。若い学生と若いお秋さんとのあいだに本当の恋が成立ったか何うかは疑問であるが、その学生は来年の夏も屹《きっ》と来ると約束して別れた。帳場の眼を忍んでお秋さんは停車場まで送って行った。お秋さんはその約束を楽みに去年もここに奉公をつづけていたが、その学生は来なかった。お秋さんは宿帳をしらべて東京の男へ手紙を出した。すると、その男から返事が来て、今年は差支があって行かれないが、来年の夏は屹と行くとのことであった。お秋さんはそれを心待ちにして、今年までここに辛抱しているのらしい。当人はそれを否認しているけれども、一つ家に何年も勤め通しているのは何か仔細がなければならない。現にきのうも獨り言のように、早く夏が来ればいいと云っていたので、お谷さんから散々ひやかされた。

「こういうところには能くそんな話がありますがね、どうも巧く纏まるのはないもんですよ。お秋さんもまだ年が若いし、正直ですからねえ。」と、お谷さんはまじめな顔をして憫れむように云った。

「ふむう。お秋さんにもそんな苦労があるのか。」

私は意外に感じた。朝から晩までげらげら笑いつづけているお秋さんの懐ろに、そんな果敢ない恋物語を秘めていようとは夢にも思い付かなかった。わたしは急にお秋さんが可哀そうになって来た。下らないことをげらげら笑う女だとばかり思っていて、その笑い声の底に悲しい響きの流れていることを、私は今まで発見しなかったのであった。いや、お秋さんばかりでない。今わたしの眼のまえに坐っているお谷さんも、詳しく洗い立をしてみたら、これもなにかの哀れな話を抱えているかも知れない。どうで安楽な身の上でここに奉公している者もないにしろ、どの人の上にも暗い影が附き纏っているのは余りに悲しかった。

私はその後一週間ばかり滞在して、ここを立った。お鶴さんは二日働いて一日休むという風で、わたしの座敷の仕事は大抵お谷さんが受持っていた。お国さんはその後どうしたか、一向に噂を聞かなかった。わたしがいよいよ立つという朝、お鶴さんは這うようにして私の座敷へ挨拶に来た。

「何分からだが悪いもんですから、一向にゆき届きませんでした。」

脚気はだんだん悪くなるらしいので、お鶴さんはゆうべ阿母さんのところへ手紙をだした。ひょっとすると今月一ぱいでお暇を貰うことになるかも知れないと云った。実際、お鶴さんはよほど心臓を痛めているらしく、苦しそうに胸をかかえていた。

「まあ、大事におしなさい。あんまり切ないようなら一旦家へ帰って、養生をしてから又働く方がいいかも知れない。」

私はお鶴さんを慰めて別れた。お鶴さんもお谷さんも玄関まで送って来た。番頭に革鞄を持たせて、宿の門を出ようとすると、お秋さんは外から帰って来た。

「お立ちでございますか。」と、お秋さんは流石に叮嚀に挨拶したが、すぐに又いつものように笑い出した。「まだお目にはかかりませんが、奥さんによろしく。」

「溝口さんにもよろしく。」

「あはははは。」

お秋さんの笑い声をうしろに聴きながら、わたしはだらだらの坂路を登った。両側の桜はもう青葉になり尽していた。

# 大師詣

品川の台場を看ながら昼食《ちゅうじき》を済まして、八つ山下から京浜電車に乗込んだのは、午後一時。乗客は男女併《あわ》せて二十五、六人、その七分は大師行で、運転手中浜景一君に依って川崎まで運ばれるのである。

大森から東京まで日々通勤する人もある世の中に、私がこの電車に乗るのは実に二年振りである。市内の電車に比べると、その速力が著るしく早いのと、車内の広告が全く違っているのとが、先ず第一に目に注く。東京市を出ずること一歩、早くも旅の心のするのも可笑しい。乗合の人々は皆静粛で、殆ど口を利く者もない。品川の芸妓《げいしゃ》らしい二十五、六の結び髪が、信玄袋から林檎を出してその母親らしいのに与ると、「お止よ。子供じゃあるまいし。」と、母は左右を顧《みかえ》りながら笑った。芸妓も笑い出した。これに釣れて、近所の人々も笑い出した。

雑色の停留場から三人乗る。その一人は巡査で、大きな風呂敷包を抱えていた。六郷の鉄橋に近くに随って、左右の畑に梨の棚が低く見える。川崎に既《も》う遠くは無いと思う中に、やがて着いた。乗客はぞろぞろ降りる。ここで大師行の電車に乗替えて、今度は運転手諸岡豊吉君の御厄介になった。

春ならば花のトンネルと誇るべき桜の下をくぐって車は快く走る。路を挟む若葉に車中の人は皆青く照らされて、女の白い顔は病めるようにも見られた。先刻《さつき》の芸妓もその母親も乗っていた。

この車に乗るほどの人、いずれも大師詣でないのは無いが、その中で誰が最も熱烈なる信者であろうか。顔を見ただけでは勿論分らないが、どの人も云い合わしたように真面目な顔をして、俺は浮気参りではないぞと標榜しているようにも見える。有体に申せば、私がその中で最も信仰の浅い人かも知れない。仏様に対して申訳が無いようにも思う。

電車を見捨てて門前の町を辿る。数年前に比べると、町はますます賑かになった。昔ながらの大森鬘《かつら》を売る玩具店や、葛餅屋、せんべい屋、白酒屋などが軒を連ねている。例の茶屋では「寄っていらしゃい。お休みなすっていらしゃい。」と色の白いカナリヤが頻りに囀る。ここらの習、大抵の茶屋は店口と料理場と並んで、大きな鯛や比目魚《ひらめ》や蛸や蟹が鉄の自在鍵に懸っているのも、むかしの名所絵を見るようで嬉しい。
十四、五の少年が友禅模様の着物を被て、萌黄博多の帯を締め、手に拍子木を持って人家の門に立って「以前を云やあ江の島で、年季勤めの児《ち》ケ淵《ご》……。」と弁天小僧の仮声《こわいろ》を遣っている。ここらでは是れでも珍らしいと見えて、彼《か》のカナリヤの姐さんがその周囲《まわり》に集って、感心して聴いている。この少年の仮声は確に下手だ。こんなものを聴いている奴があるものかと私は心窃《ひそ》かに冷笑《あざわら》ったが、考えて見ると坊主のお説教も矢張り仏の仮声を遣っているのだ。その仮声にも随分下手なのが沢山あるが、それでも信仰の強い人々は有難く感心して聴いているではないか。強ちにこの少年と聴衆とのみを笑うべきではあるまい。
こんなことを考えるのは、畢竟私に信仰心が薄い証拠だと、いよいよ仏様に対して相済まぬような気も起る。罰が当らねば可《い》いがと思いながら、怖る怖る山門をくぐると、尊い御堂は天に聳えて、我が正面に拝まれた。今更ならねど、鐘楼の軒をめぐる鳩の声、廻廊を渡る紫衣の僧、あたりの若葉と対照して一種の荘厳を覚えしめる。初夏の日は陰って、香烟のたなびく堂内は薄暗い。

私は賽銭を供えて仏前に一礼した。脚袢草鞋の老人は地に跪いて拝していた。束髪で色の白い女も同じく跪いて祈っていた。穢い田舎老爺も、華奢なハイカラ美人も、仏様の前には一様に肩を列べて祈らねばならない。身分は勿論違うであろう、所願も勿論違うであろう、而《しか》も仏様の御利益は自他平等であらねばならない。この人々は今日の参詣に因って、如何に安心を得て帰るであろうかと、私は実に羨しくなった。せめてもの心ゆかしに、厄除けのお符《ふだ》を頂戴して堂を出た。

池のほとりには梧、楓、柳が青い。花壇の芍薬の紅白はもう盛を過ぎた。何処やらで初蟬の声が聞える。境内を一巡りして今や山門を出ようとする時、耳に近き鐘の声に、振さけ見れば鐘楼の上で、紺の筒袖を着た五十前後の大男が今や午後二時の鐘を撞いている。一杵《きよ》、又一杵、声は若葉の森を渡って、陰った夏の雲に入る。二、三羽の鳩が驚いて飛んだ。

門を出ると、彼《か》の芸妓と母親に逢った。「あの人はもう帰えるんだよ。」と母は私を見返りながら囁いた。わたしの足の早いのに驚いたのか、或《あるい》は私の信仰の浅いのに驚いたのか。あの女連は御堂の前で、尠くも半時間は拝んで帰るのであろう。あの人達が此門を出る頃には、私は東京へ帰っているかも知れない。

門前の玩具屋に立寄って、張子の達磨を買う頃まで、鐘の声は緩く流れていた。

# 後の大師詣

去年は五月の末に川崎大師に参詣したと記憶している。今年も四月一日、午後から急に思い立って家を出た。川崎の桜は八重が多いからまだ咲くまいと思いながら、八つ山から京浜電車に乗込むと、きょうは朔日の故《せい》であろう、ボギー車はいずれも満員という混雑であった。私は混雑ということを左のみ恐れぬ人間である。混雑の中でも自分は自分の考えるだけのことを考えていられるから、悠然として電車の一隅に陣取った。が、形に於ては余り悠然ではなかった。強い女や活潑な小児《こども》の為に、右へ左へ突き飛ばされ、押退けられつつ、渦に巻かるる木の葉のように、唯何が無しに車内へ吸い込まれたのであった。私は片手に「大正演芸」の四月号を持っていた。

席が定まって車が動き出すと、車内は一旦鎮まった。同伴のない私は黙って「大正演芸」を読み始めた。約十ページばかり読んだかと思う頃、だしぬけに私の足を強く蹈んだ奴がある、加之《しか》もそれは靴である。ふいと顔をあげて見ると、それは私の前に立っている十四、五歳位の少年で、飛白の筒袖に小倉の袴というお定りの扮装《いでたち》である。私はその帽子に因って中学生であることを知った。彼も気がついたと見えて、大きな口に笑を含みながら会釈した。

　私は再び俯向いて雑誌を読んでいると、軈《やが》て又私の膝にこつりと中るものがあった。見ると、今度は自然木の太い杖が倒れて来ている。これも彼《か》の少年の手から放れたものであった。再度の粗匆に彼も少しく極りが悪かったと見えて、円い顔を紅くして叮寧に頭を下げた。わたしは微笑しながら目礼した。

　川崎へ着くと、大師行の乗替えは愈よ混雑を極めていた。何しろボギー車から吐き出された多数の人が、今度は普通車よりも小さい電車へ移されるのであるから、尠くもその三分の一は取残される結果になる。しかも神奈川方面から来た先客が既に垣を作って控えているのである。そのあとへ我々の東京組がどやどや押掛けて行くのであるから、容易に埒が明きそうにも見えない。私は乗後れる覚悟で、傍《かたわら》のベンチに悠々と腰を下して、又もや「大正演芸」を読み初めた。電車が出ると停留場は一霎時《ひとしきり》静になった。風のない暖い日で、パンや新聞を売る声が眠そうに聞えた。私は余念もなく雑誌を読んでいる中に、大師方面から電車が戻って来た。乗《のり》後れた連中は我勝に乗る。

私も乗った。

車内へ入ると私はすぐに雑誌を読みつづけた。読み初めたら必ず最後まで一気に読んでしまうのが私の癖である。

「桜もまだ駄目ですねえ。」

「どうしても一週間経たなければ……。」

こんな声が耳に入ったので、思わず顔をあげると、家を出る時に想像した通り、レールを挟む桜の梢は少しく紅らんだばかりで、所謂「花のトンネル」には余ほどまだ間があるらしい。と思いながら不図見返ると、私の隣に腰をかけているのは先刻《さつき》の少年であった。彼も大師詣の一人で、私と同じく一車《ひとくるま》乗後れたものと見えた。同じ方角へ行く人が同じ車に乗合せたとて、偶然でもない、不思議でもない。

私は黙って又もや雑誌を読み始めた。彼は黙って車外を眺めていた。やがて電車が大師前に着くと、大勢がどやどやと降りる。その混雑に紛れて、私は彼の姿を見失ってしまった。相変らず賑やかな掛茶屋や玩具屋の前を通りぬけて、大師堂に参詣するまでに、私は別に物語るべき材料をもたなかった。

境内の桜は一重が多いと見えて、池のあたりの花はもう白く咲いていた。池の水は少しく濁っていたが、幾羽の白い鳥が悠々と泳いでいるのは、さながら絵にありそうな姿に見えた。池の岸には男や女や小児《こども》が大勢立っていた。若い女が手を叩いて緋鯉を呼んでいた。

今までは暖い平穏《おだやか》な天気であったが、私が大師堂の山門をくぐる頃から段々に風が吹き出して、掛茶屋の花暖簾がばたばたと鳴り始めた。私が唯ある桜の木の下に立っていると、枝をゆする一陣の強い風は、眼に見えぬ手を伸して私の帽子を攫って行った。引攫って地に投げ付けて、更に蹴飛すようにころころと転がして行った。二、三間先は池である。私は驚いて跡を追おうとする時、岸に立つ大勢の中から衝と駆け出して来て、転げてゆく帽子の前に立塞った人がある。彼は自分の爪先へ飛んで来た帽子を片手に緊《しか》と摑んで、徐《しず》かに私の追い付くのを待っていた。

「どうも有がとうございました。」

私は礼を云いながら熟《よ》く視ると、彼は例の少年であった。名は知らないが、兎にかく先刻からの顔馴染である。彼は私の顔を見て意味ありげに笑った。私も笑って別れた。

境内を一巡して私は山門を出た。二町あまりも戻って、唯ある鮓屋《すしや》に休んでいると、やがて後から三人連の客が入って来た。一人は六十以上の品の好《い》いお婆さん、一人は

二十四、五の若い細君風の婦人で、もう一人は例の少年であった。今までは一人であったらしいこの少年に、何《ど》うして俄に二人の同伴《つれ》が出来たか判らないが、詞《ことば》の様子といい、その顔容《かおだち》から推量すると、若い細君は彼の姉らしく思われた。少年は私に向って目礼した。私も会釈した。

偶然もこう二度三度になって来ると、私も少しく不思議を感ぜざるを得ない。同じ道を往復する我々とは云いながら、八つ山から私と一所に電車に乗った人は大勢あった。大師へ参詣した人も大勢あった。その中でこの少年と私との二人は幾たびか逢うては別れ、別れては逢い、彼は私の行く先々へ恰も影の如くに附纏って来るのである。普通の人は単にこれを偶然と云うかも知れないが、私の鋭い神経はこれを所謂偶然と認めることを拒んだ。どうしてもその以上の不思議が潜んでいるように感じられてならなかった。私は色々に考えながら夢のように鮓を食っていた。

先客の私の方が無論ここを先に出た。電車に乗って見廻わしたが、満員の車内に彼《か》の三人の顔は見えなかった。川崎へ着いて更に品川行の電車に乗替えた時にも、彼等の姿は見えなかった。老人と女連の三人は、私より一車か二車も後れたのであろう。

品川で京浜電車と縁の切れた私は春の海を眺めながら海岸に沿うてぶらぶら歩いた。

帰途《かえり》に泉岳寺参詣を思い立ったからである。泉岳寺は今日から義士の祭典を行うとか云うので、境内は一方ならぬ混雑であった。地方から来たらしい男や女がそこにもここにも群集《ぐんじゅ》していた。例に依て義士の墓に参詣して、だらだらの坂路を降りて来ると、手に線香を持った少年が登って来るのに礑《はた》と出逢った。線香の白い烟の中から見ると、それは彼《か》の少年であった。私は何だか怖ろしい者に出逢ったように感じて、早々に降りて来た。彼は何処まで私に附いて来るのであろう。

時は白昼である。また彼が妖怪変化でないことも明白であるが、兎角に彼と私とを繋ぎ合せようとするような不思議の糸が、この上にも際涯《はてし》なく纏い付き搦み付いて如何なる不思議の魔力を揮うかも知れない。その結果が善にもせよ、悪にもせよ。私はこの霊妙不可思議の糸に束縛されることに就て、一種云うべからざる不安を感じたのである。普通の人は以上の出来事に就て、別に何とも感じないかも知れない。寧ろ人間には有勝の事と思うかも知れない。或は私の神経質を笑うかも知れない。

私は泉岳寺前から電車に乗った。乗ると先ず車内を見渡した。若やまた例の糸が繋っているかと……。

私は恐らく一種の神経衰弱にかかっているのであろう。

# 雨と月と

Iさん。わたしは上総の成東《なるとう》に来ています。旅へ出て降籠められる位、実に鬱陶しいものはありませんね。昨夜《ゆうべ》も楽しみにしていた名月は、土砂降りの為にお流れになってしまいました。

きょうも引続いて雨の音、風の音、いやもうお話になりません。実際、枕を擡《あ》げる元気もないので、午前八時頃まで朝寝坊をしました。それから入浴、それから朝飯、それから急ぎの原稿を書いて、東京へ葉書を二、三枚出しました。これで午前中の報告終《おわり》矣としましょう。

午後には雨も少しく衰えたので、雨傘をかたげて宿を出ました。何を見物すると云う的《あて》もないのですが、唯無闇に外が恋しかったからです。先ず不動が岡へ登ると、坂が可なり嶮しいところへ雨風が横なぐりに吹き附けるには少々弱りました。若し間違って不動堂から吹き落されたら、下には真黒な大小の岩が「さあお出でなさい」と待構えているんだからお祭し下さい。しかし新派劇の舞台面などには鳥渡《ちょっと》好さ想な所です。

新派と云えば岡の下には新派の野天芝居があるのだそうですが、雨の為に無論休場です。急拵えの低い舞台は雨に晒されて、荒莚で囲った入口には「〇〇〇」と拙い字で狂言の外題を書いた紙ビラが、湿れて剝がれかかっていました。自己の作物が天下に行き渡るということは至極結構には相違ありませんが、「〇〇〇」の作者はこの光《あり》景《さま》を見て何と感じるでありましょう。私は何という理屈無しに一種の寂しさを感じました。そうして又、雨に泣く旅芸人の哀れさをつくづく思い遣りました。

北から南へ長い町に出ると、ここは昔の銚子街道で、馬が通ります、跣足《はだし》の旅人も大分通りました。中学の生徒なども大抵はズボンを膝まで巻りあげて跣足でした。柳と芙蓉の多い成東の町は秋の雨を一入《ひとしお》わびしく見せていました。町の両側を流れる溝のような小川には、頰包《かむ》りの若い娘が白い着物を冷めたそうに洗っていました。大きな槐《えんじゅ》の樹を脊負っている茅屋根の軒には、基督教説教の札が懸けてありました。警察の注意が厳《やかま》しいと見えて、理髪店の職人や小僧は、いずれも口に一種の呼吸器のようなものを掛けていました。

町には繭を扱っている家が多く見えました。土地の人の話によると、ここらも近年は養蚕が頗る盛《さかん》だそうで、畑を潰して桑を作ることが流行するが、結果は余り思わしくない方で、農作を止めて養蚕専門になった者は大抵家産を傾けたと云います。英国でも農民が年々減るそうですが、どこの国でもだんだんお百姓が嫌いになると見えます。これも文明の禍でしょうか。

雨が又強くなって来たので、早々に宿へ帰りました。風も強くなって来ました。仕方が無いから寝てしまいました。眼が醒めると、午後五時半、雨はいつの間には悉皆《すっかり》止んでいました。果報は寝て待てとはこの事でしょう。夕飯を済まして東の窓をあけると、十六夜の月は正面に上って、大空は碧海のように晴れていました。雨後の露を帯びた人家の家根も立木の梢も、皆一面に白く光っています。停車場のうしろの森も、立木が一々に数えられるかと思うほどに明るく見えます。

「良い晩です、良い月になりました。」とお客も女中も切《しきり》に喜んでいます。実に良い晩です、良い月です。どこかで秋の蛙が鳴いています。虫の声はそこら一面から湧いて来て、ちと騒々しい位です。

二日つづきで降籠められた不平も、これでようやく納まりました。これを御土産に明日は東京へ帰りましょうか。左様なら。

# 秋の潮

秋の彼岸に入る前一日、大磯の浜辺に立って夜の潮を観た。時は午後六時、見渡す海原も最初《はじめ》は浅黄に、やがては蒼黒《あおぐろ》く暮れ果てたが、陰暦十九日の月はまだ昇らない。伊豆の辺《あたり》かとも思う西南の空に、消えかかる火のような雲一片、薄紅く漂い、ほの闇く流れているのが、見る見る中《うち》に且褪《かつさ》め且消えて、海も空も同じ色の闇となった。斯《か》くてここ少時《しばし》の間は、限もない相模灘の闇を揺《うご》かす海の音のみ凄じく、大磯小磯一帯の砂を呑もうとするように遠い沖から鞺鞳《どうどう》と襲って来る大浪小波は、磯に転げ、石に砕けて、乱れて飛ぶ白泡のさながら吹雪《ふぶき》のよう散っているのは、波の稍《やや》高い夜であることを思わせた。見あぐる空には星一点の光もなかった。

更に立つこと半時、警を伝うる烽火のような一道の稲妻が、江島《えのしま》の闇《くら》い空を劈《つんざ》いて迸り出て、三崎の南へ裂けて飛ぶよと見る間もなく、恰《あたか》もこの光を相図《あいず》かと思うばかりに、海の南に一点の火が波間がくれに遠く淡く浮び出た。それが倏忽《たちまち》に二点三点、五点十点、蛍のように迷い、星のように乱れて、遠くは伊豆の海岸から近くは小田原、国府津、江島の沖へかけて、西に東に小さい不知火《しらぬい》を燃した。浦々の漁師が日暮れて漕出した烏賊《いか》舟の火である。

猶《なお》半時をここに立明して、磯うつ波にひびく高麗社頭の鐘の声が今恰も七時と知る頃、東の海の黒く低い処に、紅く大い鬼灯《ほおづき》提灯のような物がゆらめいて出た。月か日か。何ぞと瞳を定めて望み瞻《み》る間《ひま》に、遠い海は黄金の波を湧かせ、近い灯は銀《しろかね》の珠を散して、海水浴場のあなたに聳えた大小の岩が、波に隠れ波を出でて、黒く分明に現れた。その紅い影は漸く昇って漸く黄《よう》ばみ、やがては金色に輝いて、闇い海の夜を守るべき今宵の月ここにありと云ったように、大空の濶《ひろ》い処に高く鮮かに懸ると、去又来る万頃《ばんけい》の潮《うしお》は、白く立ち、黒く伏し、黄に蜿《うね》って、高く大いなるは白鳥の舞うが如く、低く細きは白蛇の跳るが如く、追いつ追われつ磯辺を目がけて一時に寄せて来る。昔から云う通り、その声さながら万馬の来《きた》るに似てすさまじい。

潮が去ってその声がいま一霎時《ひとしきりや》歇むかと思うと、その間《ひま》を偸《ぬす》むが如くに蟋々《じじ》と鳴出す虫の声さびしく、誠や「蜑《あま》が家は小海老に交る竈馬《いとど》かな」これぞ彼方《あなた》の砂に膠《にかわ》している小舟の中に、潮風のさむい秋の夜を鳴明かす竈馬の声である。潮倏忽来《たちまちきた》れば虫の声は倏忽歇み、潮再び去れば虫の声は再び起る。高低断続、潮の声と虫の声と代る代る闘う中に、網をむすぶ灯火の暗い漁師町の軒端にも、籠にゆられて蟋蟀《きりぎりす》が鳴く。輝く月はやがて雲に隠れて、濶《ひろ》い海も再び闇くなった。その闇い中に絶えず鞺鞳とひびく潮の声は、眠れる家々の夢を揺《うご》かして、大磯の夜もようよう更けて行く。この時この辺、眼に見ゆるは潮の光、沖の漁火。耳に入るは潮の声、虫の声、夜を警《いまし》むる太鼓の音。

あくる日の午前五時、再び浜に立て朝の潮を観た。伊豆相模の山々は遠く眠って相模灘の潮は薄黒く仄白く、夜の空はもう曙ながら、暁の海は猶闇かった。十分二十分、三十分を過《す》ぐる間《ひま》に、空はいよいよ明るく、海は次第に白んで来て、仰げば中天に深碧、紺青の雲が簇《むらが》って動かず。その裳《もすそ》には朱の滲んだような薄紅の色、若葉の湿れたような薄樺の色が漂って、瑠璃色の碧空の面はその雲の絶間から少しく洩れて出た。見渡す相模灘の波は蜿《うね》りに蜿って、遠い南の水平線の上には黒白模糊《こくびゃくもこ》の雲が低く堆《うずたか》く、さながら連山の起伏して走るかとも見られた。晴れた日にはその雲の奥に伊豆の大島が見えるという。

海もまた夜の夢より醒めたのであろうか。夜の衣、雲の衣が次第に剝げて、海の面が漸く蒼白く見えると共に、岸を打ち、磯に砕ける潮の光も復び活きたように鮮かになって、澎湃《ほうはい》として打寄せ来る潮の面に、一種の鱗のような白い光のきらきらと燦《きらめ》くは、海底の魚龍が群り来って暁の日を拝するのではあるまいか。更に仰げば、今までは山の如くに動かなかった深碧紺青の雲は、ここ彼処《かしこ》から漸次《しだい》に頽《くず》れ初《そ》めて、愈よ紅く、ますます紅く、朱の如く、猩々緋の如く、果は猛火に燬《や》かるる砲塁の如き雲となって、空は全く明るくなった。遠くは阿房上総、近くは三崎、江島のあたりに迷う横雲の間から、東の海はうす紫の波をあげて、あさ日は今や水を放れた。鷗二羽三羽が燦めく波を掠めて海原遠く飛去ると、今までは有りとも見えなかった夜網の舟幾艘が何処《いずこ》よりか浮び出て、櫓拍子勇ましく漕ぎ戻る。その板間には無数の松魚《かつお》が活きて跳っていた。

午前六時、あさ日は全く相模灘の上に臨んで、大空に迷っていた色々の雲も、遠近《おちこち》の海山を籠めていた烟《けむり》も霧も靄《もや》も、さながら夢のように消え失せて、日に向っている箱根や足柄はうす緑になった。伊豆の天城《あまぎ》も薄紫になった。ただ憾《うら》むらくは富士の頂《いただき》にはまだ消えやらぬ一片の雲があった。

潮は薄紫より紅となり、金色《こんじき》となって、更に蒼くなり、藍となった。その藍碧の潮が岩に堰《せ》かれて立ち、砂に転げて走るごとに、白い波は乱れて砕けて眼《ま》ばゆい日光の下に輝いて散る。昨夜《ゆうべ》は白鳥の如く見えた大浪も今朝《けさ》は銀屏風の如く、昨夜は白蛇の如く見えた小波も今朝は水晶の簾《すだれ》の如く、いずれも透明の光を帯びている。浜の漁師はその白い波に足を洗わせて三々伍々磯端にたたずみ、小手を打かざして沖を遠く望んでいるのは、やがて地曳網をひく用意に取かかるのであろう。女子供も集って来て今日の海の平穏《おだやか》なのを喜んでいる。

海の空は名残なく晴れて澄んで、海水浴場の旗をひるがえす風もなかった。潮は昨夜よりも平かであった。あなたの磯馴松《そなれまつ》の梢には、秋の蟬が一声高く鳴き出した。

# 非常時夜話

# 四十余年前

## 一

青年　北支の風雲いよいよ急になりましたね。
主人　まことに容易ならぬ形勢になったようだ。四十三、四年前の昔が思い出されるな。
青年　四十三、四年前、即ち明治二十七、八年ですね。僕等はまだ生れない昔のことで、殆どなんにも知らないんですが、その当時と今とでは、よっぽど違いますか。
主人　それを皆んなから訊かれるが、明治の昔と昭和の今日では万事違っている。明治二十七年は私の二十三の年で、殊にその頃わたしは新聞社に籍を置いていたから、普通の人よりは当時の実状はよく知っている積りだが、まず第一に違っているのは、いよいよ開戦となるまでは一般国民が割合に冷静――褒めていえば冷静だが、悪くいえば無関心の姿であった。しかしそれは国民が悪いというわけではない。それが即ち時代の相違だ。

朝鮮に東学党の乱が起る。それを鎮圧するために、清国の軍隊が六月八日に上陸する。わが国からも六月十二日に第五師団の一部を上陸させる。それらの事情は歴史を読めばわかることで、今さら説明するまでもないが、もうこうなると所詮衝突を免れがたいのは、当路の人は勿論、一部の人々も覚悟していた。新聞社でも承知していたので、皆それぞれに従軍記者を朝鮮へ派出することになった。それでも一般国民はそれほどに動揺しなかった。日清両国が出兵したので、問題の東学党は忽ち蟄伏してしまったから、これで無事に済むだろうぐらいに思っている者が多かった。

その前年、日本と朝鮮とのあいだに防穀令事件というのがあった。それも一旦は頗る面倒になって、朝鮮征伐を始めることになるかも知れないという評判であったが、これは朝鮮の方から折れて出て、何事もなしに納まった。今度もそんな事で済むだろうという者もある。それでも湯屋や髪結床へゆくと、どこで聞いて来たのか、熊さん八さんの連中が声を大にして日清開戦を論じているのもあって、いつぞや丁汝昌が軍艦を率いて横浜へ乗込んで来たのは、やがて日本と戦争を始める下検分に来たのだなどと、手に取るように講釈しているのもあったが、一般の人はまだそれに耳を傾けなかった。明治二十四年の七月、水師提督丁汝昌が北洋艦隊を率いて横浜へ来航したのは事実で、それには一種の示威的の意味が含まれていたに相違ないが、戦争の下検分は余りに邪推だ。そんなわけで、たとい日清両国が出兵したからといって、必ず衝突になるものとは予想していなかった。

青年　のん気なもんですね。

主人　のん気ではない。前にもいう通り、そこが時代の相違で、日清両国がこのまま無事に撤兵すればどうなるものか、朝鮮の政治改革とはどういう意味か、それらの事情を政府でも詳しく説明しない。新聞も今日のように親切な説明をあたえない。それだから事件の真相が一般国民によく諒解されなかったのだ。しかしそう落付いてばかりはいられない。二十日前後の各新聞には「開戦の期迫る」というような記事があらわれて来て、いざ開戦となれば、我が派遣軍は先ず牙山に駐屯する清兵を撃ち攘わなければならないというので、世間は俄に騒々しくなった。その矢先に大地震だ。

青年　大地震……。それはいつの事ですか。

主人　今の若い人たちは、大地震といえば直ぐに大正十二年の関東大震災を聯想するだろうが、その以前にも大地震があった。それは明治二十七年六月二十日の午後二時四分の出来事だ。もちろん大正十二年の関東大震災に比較すれば甚だ軽微なものであったが、それでも東京市内で潰れ家九十余戸、破損四千八百余戸、死傷八十余人に上ったのだから、その当時においては安政以来の大地震だというので大騒動。なにしろ一方には「開戦の期迫る」というのに、また一方には地震騒ぎだから大変だ。我々のような若い新聞記者は、汗みずくになって駈け廻らなければならない。おまけにその日はカンカン天気の暑い日で、まったく眼が眩みそうになったよ。

青年　そんな事があったんですかね。

主人　夏のことではあり、時刻が好かったので、幸いに大きい火事もなかったから、まあ大難が小難で済んだのだ。時刻が好かったばかりでない、その頃は水道がまだ敷設されていなかったから、どこにも井戸の水がある。瓦斯も普及されていなかったから、瓦斯が燃え出すなどと云う危険もない。関東大震災当時のように、グラグラと来ると、直ぐに水道が止まるという虞れもなかった。それだから消防も行き届いて、大きい火事も起らなかったのだ。これは震災ばかりでなく、防空の準備としても大いに考究しなければならない事だと思う。

いや、それはそれとして、この大地震以来、御幣かつぎの連中はこれぞ何かの前兆に相違ない、戦争がいよいよ始まるに相違ないなどと、頻りに触れ廻る者もあらわれた。各新聞でも朝鮮問題について毎日書き立てるようになる。一般国民にもその事情がだんだんわかって来たので、七月に這入ると到るところで戦争の噂だ。熊さんや八さんばかりではない、堅気な商家の主人までも湯屋や髪結床で開戦論を説くようになって来た。それでも今日に比べると、世間は静かであったな。尤も電車があるでは無し、自動車があるでは無し、品川から上野浅草までの大通りを鉄道馬車がガタガタ通行するに過ぎない時代だから、なんといっても世の中が落付いていたらしい。報道機敏を誇る新聞紙とても実に緩漫なもので、七月二十九日の払暁にはじまった成歓牙山の戦報が、八月三、四日頃の諸新聞に発表されるという始末、それでも遅延を怪む者もなかった。今度の北支事変の報道迅速に比べると、まったく隔世の感がある。万事がこの式だから、今日の君達の眼から見たらば、実際のんきに思われるかも知れない。しかしそれは日本ばかりでなく、支那ばかりでなく、十九世紀の世界列国は大抵そんな有様であったのだから仕方がない。
青年　いよいよ開戦となった時には、どんな景気でした。
主人　戦報の達したのは八月だが、七月下旬からもう戦争気分だ。どうしても戦争は免れないという事が一般国民に徹底したので、出征将士に対して恤兵寄附の企ても起る。予後備の在郷軍人等も何時召集されるかも知れないという覚悟をする。八月一日には清国に対して宣戦の詔勅が下される。世間はいよいよ騒がしくなった。
その騒がしい中にも、一種の不安が潜んでいた。今日では必ず支那に勝つと決めているが、その当時はまだ安心が出来ない。清国の軍隊が果して強いか弱いか、確にはわからない。何をいうにも相手は大国である。欧洲列国も「支那も眠れる獅子である」などと云っているのであるから、その正体が本当に獅子であるか羊であるか見透しがつかない。現に日本在留の外国人のあいだにも「最初は日本が勝つだろうが、長期の戦争をつづけると、最後には日本が屈するだろう」という観測を下している者もあるくらいだから、日本国民はなかなか油断が出来なかったのだ。
青年　それじゃあ、あなたも不安のお仲間だったんですね。
主人　私ばかりではない。口の先や筆の先では強がっていても、内心はみんな不安を感じていたのだ。秀吉の朝鮮征伐は別として、わが国が外国と戦うのは今度が初めてだから、なおさら安心が出来なかった。豊島沖の海戦、成歓牙山の陸戦、いずれもわが勝利に帰しながら、まだまだ安心は出来なかった。陸では九月十六日の平壌陥落、海では九月十六、十七両日の黄海大戦、これで相手の実力も先ず試験済みになって、支那兵恐るるに足らずと初めて豪語するようになったわけだ。

二

青年　今度の事変については、挙国一致が頻りに提唱されていますが、その当時もそうでしたろうね。

主人　勿論さ。しかもその挙国一致の日本精神を理解しない人間があった。但しそれは日本人ではなく、わが国駐在の支那公使汪鳳藻という男だ。汪は永く東京の公使館にあって、朝野の人士に交際が多く、陰暦中秋の夜には森槐南、矢土錦山その他の漢詩人を招待して、観月の詩会を開いたりしていた。それほどの日本通でありながら、彼はやはり日本精神を理解し得なかった。

その当時の伊藤内閣は議会における民党と衝突を続けていて、すでに昨年末には第五議会を解散し、今年の五月十二日をもって第六議会を召集したが、それもまた六月二日に解散となった。こういうわけで、議会は解散また解散、官民衝突の激甚なる最中に、朝鮮問題が突発したのだから、客観的には頗る危殆の情勢にあるといってよい。汪鳳藻はその情勢を本国の李鴻章に報告して、たとい日本政府が開戦をこころみても、民党の反対に妨げられて手足を伸ばすことは出来まいと云って遣った。その近い例は安南戦争で、フランスの国論が一致しなかった為に、出征のクルーペー提督は空しく澎湖島に蟄伏し、却って清将劉銘伝の功名を成さしめた。日清戦争も恐らくこんな結果に終るであろうと、汪鳳藻は観測した。李鴻章もそう信じたらしい。両者ともに日本精神を理解しなかった為に、取返しのつかない失敗を招くことになったのだ。

青年　第七議会は一致して政府を支持したんですね。

主人　戦争最中の九月一日に総選挙を終って、第七回臨時議会は十月十五日広島の大本営に開かれたが、バラック建ての仮議事堂で官民が必死の緊張振りは、実に悲壮というべきであった。そうして、従来の行きがかりは忘れたように、官民は一致協力、倶に外敵に当ることになったのだ。李鴻章も汪鳳藻も定めて意外におどろいたろうが、驚くのが間違っているのだ。今さら驚いてももう遅い。彼等は遂に祖国を誤ることになった。

青年　今お話しの劉銘伝というのは、安南戦争の時には勝ったそうですが、日清戦争には出て来なかったんですか。

主人　清国側の旗色が悪いので、北京政府では劉銘伝を呼び出すことになったが、劉は眼病をいい立てて出征を辞退したそうだ。眼病か、臆病か、本当のところはわからない。しかしこの劉銘伝というのは仲々の傑物らしく、若い時には塩の密売をする、喧嘩をして人を傷ける、いわゆる無頼の悪少年であったが、長髪賊の乱が起った時、李鴻章の軍に投じたのが出世の始まりで、その後しばしば軍功を立て、遂に台湾巡撫にまで昇ったのだ。こんな経歴の人物に似合わず、文学の素養も相当にあって、大潜山房詩稿などを残している。

それから、さっきも云った丁汝昌、これも仲々しっかりした人物で、北洋艦隊の定遠、鎮遠その他を率いて、威風堂々と横浜へ乗込んで来た時は、素晴らしい威勢だった。東京へも来て、紅葉館の饗宴に列した事もあったが、その席上、紅葉館の一美人に対して恋々の情に堪えず、白扇に詩を題して贈ったとかいう風流の逸話を伝えている。それが三年の後には、我と敵対することになって、連戦連敗、二十八年の春には威海衛に追い籠められて、二月十二日、敗残の戦艦を我に引渡し、遂に降伏を申出ることになった。彼としては恐らく感慨無量であったろう。

降伏の条件は、軍艦、兵器、砲台等はすべて引渡すに因って、陸海軍人及び西洋人の生命を助けてくれというのであったが、こちらでそれを承知すると、丁汝昌は一切の始末を終った上で、翌十三日、鎮遠の艦内で毒を服して自殺した。その毒薬は金であったという。丁汝昌ばかりでなく、定遠艦長の劉もこれに殉じ、陸軍統領の張も運命を同じゅうした。勢い已に窮まるを知って、無益に人命を損せず、無益に艦艇を傷けず、後事を処理して自決したのは、さすがに古名将の風があると云って同情された。そのとき引渡した軍艦は鎮遠、済遠、ほか八隻であったが、我が伊東司令長官はそのうちの一隻康済を支那側にあたえて、丁汝昌等の柩を送らせることにした。これも日本武士の情というのだろう。そんなわけで、丁汝昌も日本側には同情されているが、敗軍の将というので支那側には評判が悪く、その事蹟もよく伝えられていないらしい。現に中国人名大辞典を見ても甚だ簡短、わずか三行ばかりに片附けられているのは憫むべしだ。

青年　しかし丁汝昌の最期は劇的ですね。

主人　まったく劇的だよ。その年の五月、川上音二郎の一派が歌舞伎座へ乗込んだ時の一番目に、この「威海衛陥落」三幕を出して大当りを取った。高田実の丁汝昌が大変な評判で、書生芝居の団十郎だなどと祭り上げる者も出来たくらいだ。

青年　その「威海衛陥落」ばかりでなく、当時の戦争劇についてお話はありませんか。

主人　戦争劇……。それについて話すことが無いでもないが、実はある雑誌にたのまれて、日清戦争劇の話をかく筈になっているから、劇に関する事はそれを読んで貰いたい。

青年　それじゃあ寄席の方は……。

主人　芝居と違って、寄席は戦争によって客を引く法がなく、戦争落語とか戦争浄瑠璃とかいう工夫もないので、一旦はさびれた。それでも落語家は高坐で何か戦争に因んだような小話をいい、戦争当込みの都々逸や替え唄などを歌った。その見本に、こんなのを一つ紹介しよう。平壌が陥落して、清国側の大将左宝貴が戦死したという新聞記事があらわれた時に、柳派の頭領の柳亭燕枝はこんな小話を作って高坐に持出した。

「御承知の通り、長居の客を帰すお呪いには、箒を逆さに立てて置くと申しますが、あれはまったく争われないもので……。現に今度の平壌の戦いでも、日本の軍隊が向いますと、支那兵は城を捨てて皆んなズンズン帰ってしまいました。あとで調べてみますと、左ほうきが逆さに立って居りました。」

まことに他愛のない話だが、それでも客はドッと笑った。寄席はさびれたと前に云ったが、その不況のあいだにも女義太夫の席は割合におとろえず、どこもみな相当に繁昌していた。女義太夫は日清戦争前後から日露戦争前後にわたる十余年間が最も全盛の時代であったから、戦争の影響を蒙ること多からず、依然として「太功記」十段目や三勝酒屋で客を呼んでいたのだ。その頃には「爆弾三勇士」のような新作も出来なかったように記憶している。

青年　文学の方面はどうでしたか。

主人　新聞に戦争小説が現れたぐらいで、特に語るほどの事もなかった。なにしろその当時は、文芸方面にも通俗方面にも雑誌というものが甚だ少く、読売新聞以外には文芸欄を設けている新聞もない位だから、文芸方面の振はないのは無理もなかった。俳人の正岡子規は従軍記者として満洲に向ったが、俳句方面にも余り大きい影響はなかったようだ。私の知っている限りでは、その当時最も活気を呈していたのは漢詩壇であったらしい。時は恰も森槐南を始めとして、矢土錦山、野口寧斎、本田種竹などの詩人が輩出して、明治時代における漢詩の全盛期であったのみならず、相手が清国で、戦場が朝鮮や満洲であるから、漢詩の世界にはお誂え向きだ。したがって、この方面が最も賑わったらしい。戦争後に野口寧斎は、その中の佳作を撰んで「大纛余光」という漢詩集を発行した。

## 三

青年　その頃の銀座はどんなでしたね。

主人　明治二十七、八年頃の銀座通りは、決して今日のように賑かな土地ではなかったが、夏場の七、八月だけは東側に夜店が出るので、涼みながらの人出が相当にあった。その八月にいよいよ開戦となったので、各新聞社では号外を出す、社の前には貼出しをする。それを見ようとして集まる人で大へんな混雑だ。

その頃の銀座は新聞街で、大通りだけでも読売、新朝野、自由、東京日日、中央、毎日の諸新聞社がある。南鍋町に時事新報、尾張町にやまと、三十間堀に報知と万朝報、日吉町に国民、滝山町に東京朝日というわけで、都と二六を除くの外は、あらゆる新聞社が銀座界隈にあつまっていたので、その各社から号外売りが鈴を鳴らして駈け出すと、待受けている人達が飛びついて買う。まるで喧嘩のような騒ぎだ。各社の前に貼出しを眺めている人達も黒潮のように渦巻いているので、殆ど往来止めの姿。最初のうちは冷静に構えていた人達も、開戦と共に大嵐が吹出したように騒ぎはじめた。

その頃はラジオの放送などはなかったから、山の手方面の人たちは号外を待つのが悶かしく、一刻も早く新聞社の貼出しを見ようとして、わざわざ銀座方面へ出て来る者もある。電車などはないから、みんなテクテク歩きだ。それだから平生は左のみ賑かでもない銀座界隈は大混雑、氷屋や汁粉屋は意外の金儲けをしたそうだ。

青年　そのほかにも金儲けをした者があるでしょうね。

主人　それはあるだろう。なんといっても、軍需品関係の方面は忙がしかったに相違ない。やがて満洲の冬が近づくというので、出征将士の防寒準備に忙がしく、洋服屋やメリヤス業者などは夜も寝ないような騒ぎであった。梅干などはドシドシ戦地へ送られるので、忽ちに相場は五割方の騰貴となった。しかし世間一般は不景気だったな。

青年　それは察しられますね。

主人　いざ開戦となると、八月の暑い最中であるが、避暑地や温泉場へ行っていた人たちは続々引揚げて来るという始末で、どこの避暑地も忽ち寂寥、この方面が先ず第一に打撃を蒙った。寄れば障れば戦争の噂で、花柳界は勿論、すべての盛り場も火の消えたように寂れてしまった。それればかりでなく、何事も遠慮という意味から、家屋の新築も修繕も、庭の手入れも、差当りは見合せという向が多いので、大工、左官、植木屋等の職人はみな手明きになった。これも彼等に取っては大打撃で、失業の職人等は一時凌ぎに、軍需品工場に雇われる者もあった。軍夫となった戦地へ出かける者もあった。

青年　日清戦争にはよく軍夫の話が出ますが、やはり戦地で働く人夫ですか。

主人　そうだ。戦地では戦闘員以外の人夫を沢山に使役しなければならないので、大倉組その他が下受けで戦地行の軍夫を募集すると、前にいう失業の職人や、人力車夫や、土方や立ん坊のたぐいが続々あつまって来た。その当時、土方や車力は一日二、三十銭の収入に過ぎないのに、軍夫になれば一円乃至一円五十銭の日給が貰えるというので、みな争って応募した。堅気な小商人の中にも、こんな不景気に悩んでいるよりも、いっそ戦地へ行って一と稼ぎしようかと、進んで軍夫を志願するのもあった。「おれも軍夫になろうか。」などと冗談半分にいう者もある。「あたしも男なら軍夫に行くけれど。」という女もある。その当時の軍夫は到るところで噂の種になった。軍夫は五十人又は百人を一組として、その組々を五十人長とか百人長とか云う者が統率することになっていた。その組長は主に土木の請負業者の子分で、なかなか幅を利かせたものであった。最初は急場のことだから、片ッぱしから応募者を戦地へ送り出したが、そのなかには体質が虚弱で戦地の労働に堪えない者が往々あらわれたので、中途から体格検査を行って採用することになった。

しかもこの軍夫は大体に於て成績が良くなかった。何分にも土方や立ん坊のたぐいもまじっているので、厳重な軍律の網をくぐって、酒を飲む、博奕を打つ、喧嘩をする。中には掠奪を働く者もあって、軍隊でもその取締りに苦んだそうだ。その経験にかんがみて、その後の日露戦争には軍夫を一切採用せず、軍夫の役目は輜重輸卒が勤めることになった。日露戦争の始まった時、今度も軍夫になって一と稼ぎと手ぐすね引いて待っていた連中は、軍夫不用と聞いて落胆したそうだ。そんなわけで、軍夫の中でも心がけの好い者は、相当の金を握って帰ったらしい。

青年　軍夫のほかに、戦争に関して何か新しい職業が生まれませんでしたか。

主人　もう一つ、この戦争について新しい職業を見出したのは、新聞の号外売だ。新聞の号外発行はこれまでにも絶無ではなかったが、それはよくよくの重大事件に限られていて、各社の配達人がその購読者の家々へ配達するに過ぎず、号外だけの一枚売りはしなかったのだが、日清戦争勃発と共に新聞号外が飛ぶように売れはじめた。ラジオの放送もなく、新聞の夕刊もない時代に、悠々閑々と明日の朝刊を待ってはいられないので、各人が争って号外を買うことになる。今までは無代価と決まっていた号外が、ここに一枚五厘とか一銭とかいう価を生じて、各社直属の配達人ではなく、臨時に号外だけを売りあるく者が出来た。いわゆる号外屋である。各新聞社でも我社の広告になるというような意味で、その号外屋にも号外を分けて遣る。最初は無代価であったが、それでは無制限になるので、中途から百枚一銭ぐらいを徴収することにした。しかも百枚一銭で仕入れた号外が五十銭にも一円にも売れるのだから大儲け、今日の言葉で云えばボロイ商売だ。

軍夫になって戦地へ渡る者は相当の危険を覚悟しなければならないが、号外屋には何の危険もなく、足を擂粉木にして呶鳴り歩けばいいのだから、失業の労働者の中にはこの号外屋に化けるのも多かった。軽子や立ん坊が号外屋に続々転業した為に、魚河岸や青物市場では困っているという噂も聞いた。一枚一銭といっても、その当時の一銭は今日の七、八銭にも相当するのだから、全くボロイ商売にも相違ない。前の軍夫で云ったように、心がけの好い号外屋は戦争中に稼ぎ溜めて、立派な店を開いたのもあるそうだ。

青年　そんな際物商売や軍需品関係の商売は別として、世間一般の不景気は戦争の終りまで続いたんですか。

主人　いや、その不景気は最初の小半年で、こっちが必ず勝つという見透しがつくと、世間も自然に明るくなって来た。殊に二十七年の十二月九日、東京市では上野公園で盛大な祝捷会を開いた。戦争の最中だが、もう勝ったことに決めてしまって、馬鹿に景気の好いお祭り騒ぎだ。その日は薄曇りの寒い日だったが、種々の余興などあって大そうな賑い、各新聞でも前々から盛んに書き立てたので、地方からわざわざ出て来る人達もあって、その当分は東京市中も繁昌した。

青年　いわゆる世直しの策ですね。

主人　まあそんな意味もあったのだろう。それをキッカケのように世間はいよいよ明るくなって、二十八年の正月は戦捷の新年というので、新しい国旗が家々の軒にひるがえる。今まで遠慮していた人達もこの初春は特別に祝えというわけで、景気よく浮れ出した。いや、私などは浮れ出すどころか、ますます忙がしくなったのだが、世間がパッと明るくなったように感じられて、唯なんとなく嬉しかった。

青年　戦争についての流行物はありませんでしたか。

主人　いつの時代も同じことで何か流行物が出来るものだが、今に比べるとその頃は更に多かった。先ず各劇場で日清戦争劇を上演する。浅草などでも日清戦争の人形を見せる。羽子板や紙鳶や双六にも戦争物が出来た。煙草も官営でなかったから、金鵄煙草、凱旋煙草などという色々の名をつけた煙草が売出された。女のあたまの根掛けにも勝利掛、名誉がけがある。駄菓子の微塵棒に支那微塵の名をつけて売るのがある。料理屋では凱旋煮、乗取汁などと称して、豚を入れた薩摩汁のような物を食わせる。それ等は一々枚挙に遑あらずだ。満洲事変当時に子供の鉄兜が流行ったと同様、子供が海陸軍人帽をかぶって新年の町々に遊んでいるのが眼についた。流行唄も沢山出来たが、在来の歌沢では「金時」が流行って、半玉などが屢々踊ったものだ。いうまでもなく、この「金時」は五月人形を歌ったもので、尚武の気を帯びているところが軍国の宴席に適しているのでもあろうが、唄のなかに「唐の大将あやまらせ」という文句がある。それが人気に投じて喝采されたのだ。今度もまた流行るかも知れない。それから義太夫の二十四孝の「回向しようとてお姿を絵には描かせはせぬものを」というのをもじって「李鴻章とて大かたは逃げも隠れもせぬものを」などと歌っていたのは大笑いだが、こんな替え唄が幾らも出来た。例の法界節では「日清談判破裂して、品川乗り出す吾妻艦――」これは戦争の後までも、殆ど天下を風靡するという勢で流行したものだ。

青年　その頃も戦争の写真などがありましたか。

主人　写真術が今日のように発達せず、各新聞雑誌社に写真班などが置かれていない時代だから、新聞紙上にあらわれる戦地の光景はみな木版画だ。器用な新聞記者は自分でスケッチして戦地から送って来るのもあり、新聞社によっては画家を戦地へ派遣するのもあった。いずれにしても、野戦郵便で内地まで送って来て、それを木版に彫刻して紙上に掲載するのであるから、十日も十五日も後れてしまう事は珍しくない。日露戦争当時になると、写真術も相当に進歩して来たが、それでも戦況報道に写真を利用していたのは、戦時画報とか軍事画報とか云ったような戦争専門の雑誌にかぎられ、普通の新聞雑誌はやはり木版に依るものが多かった。前にも云う通り、今日に比べると、実に隔世の感がある。

日清戦争当時に絵葉書は無かったが、錦絵はまだ廃れなかったから、東京市中に絵草紙屋というものが多かった。絵草紙ばかりでなく、小説や雑誌も売るのだから、今日の本屋である。錦絵は芝居の似顔絵や武者絵や美人画や風俗画のたぐいで、一枚絵もあり、二枚続き、三枚続きもあって、それが店先に美しく掛けならべてあるので、往来の人も立ちどまって眺めていた。こういう明治時代の姿は現代人には想像されないかも知れない。その錦絵には時事を写したものも屢々出版された。明治十年の西南戦争や、十七年の朝鮮事変や、清国の安南戦争や、みな色々の錦絵になって絵草紙屋の店を賑わしていた。したがって、日清戦争の錦絵も沢山に出来た。安城渡の松崎大尉戦死や、玄武門の原田重吉先登や、黄海大海戦や、みな錦絵の好材料で、新しい絵が出る毎にドシドシ売れた。銀座尾張町の西側、即ち今日の松坂屋の向う角に、佐々木という絵草紙屋があったが、場所柄だけに戦争中はいつも混雑していた。

今度の北支事変でも、上海辺では支那軍大捷などという虚報がしきりに伝えられているようであるが、日清戦争当時の支那側の新聞をみると、いつでも皇軍連捷とか日軍大敗とかいう記事ばかりで、日本兵が支那兵に追いまくられているような挿画が大々的に掲載されている。それを見るとまったく噴き出したい位であった。今日の支那民衆はいつまでもこの種の虚報に瞞されてはいまい。

青年　戦時の街頭風景というべき千人針は、その頃にも行われたんですか。

主人　日清戦争当時には千人針ということを聞かなかった。千人針を云い出したのは日露戦争の時からで、誰が始めたかを知らない。新聞などにも「弾丸よけの呪いとして千人針が行われる。」ということを報道してあるだけで、その由来を明かにしていない。しかし今日のように盛んに行われてはいなかった。これも婦人の街頭進出に伴う時世の変化と見るべきだろう。

それからそれへと話していたら際限がない。今日はこのくらいで御免を蒙ろう。

# 昔の従軍記者

××さん。

仰せの通り、今回の事変について、北支方面に、上海方面に、従軍記者諸君や写真班諸君の活動は実にめざましいもので、毎日の新聞を見るたびに、ひと事とは思われないように胸を打たれます。取分けて私などは自分の経験があるだけに、人一倍にその労苦が思い遣られます。

その折柄、恰もあなたから「昔の従軍記者」に就ておたずねがありましたので、自分が記憶しているだけの事を左にお答え申します。御承知の通り、日露戦争の当時、私は東京日日新聞社に籍を置いていて、従軍新聞記者として満洲の戦地に派遣されましたので、なんと云ってもその当時のことが最も多く記憶に残っていますが、お話の順序として、先ず日清戦争当時のことから申上げましょう。

日清戦争当時は初めての対外戦争であり、従軍記者というものの待遇や取締りについても、一定の規律はありませんでした。朝鮮に東学党の乱が起って、清国が先ず出兵する、日本でも出兵して、二十七年六月十二日には第五師団の混成旅団が仁川に上陸する。こうなると、鶏林の風雲おだやかならずと云うので、東京大阪の新聞社からも記者を派遣することになりましたが、まだその時は従軍記者というわけではなく、各社から思い思いに通信員を送り出したというに過ぎないので、直接には軍隊とは何の関係もありませんでした。

そのうちに事態いよいよ危急に迫って、七月二十九日には成歓牙山の支那兵を撃攘うことになる。この前後から朝鮮にある各新聞記者は我が軍隊に附属して、初めて従軍記者ということになりました。戦局がますます拡大するに従って、内地の本社からは第二第三の従軍記者を送って来る。これ等はみな陸軍省の許可を受けて、最初から従軍新聞記者と名乗って渡航したのでした。

これ等の従軍記者は宇品から御用船に乗込んで、朝鮮の釜山又は仁川に送られたのですが、前にもいう通り、何分にも初めての事で、従軍記者に対する規律というものが無いので、その扮装も思い思いでした。どの人もみな洋服を着ていましたが、腰に白木綿の上帯を締めて、長い日本刀を携えているのがある。槍を持っているのがある。

仕込杖をたずさえているのがある。今から思えば嘘のようですが、その当時の従軍記者としては、戦地へ渡った暁に軍隊が何の程度まで保護してくれるか判らない。万一負け軍とでもなった場合には、自衛行動をも執らなければならない。非戦闘員とて油断は出来ない。まかり間違えば支那兵と一騎討をするくらいの覚悟が無ければならないので、いずれも厳重に武装して出かけたわけです。実際、その当時は支那兵ばかりでなく、朝鮮人だって油断は出来ないのですから、この位の威容を示す必要もあったのです。軍隊の方でも別にそれを咎めませんでした。

*

前にもいう通り、従軍新聞記者に対する待遇や規定がハッキリしていないので、その配属部隊の待遇がまちまちで、非常に優遇するのもあれば、邪魔物扱いにするのもある。記者の方にも、おれは軍人でないから軍隊の拘束を受けない、と云ったような心持があって、めいめいが自由行動を執るという風がある。軍隊の方でも余りやかましく云うわけにも行かない。それが為に、軍隊側にも困ることがあり、記者側にも困る事があり、陣中における色々の挿話が生み出されたようでした。

明治三十三年の北清事件当時にも、各新聞社から従軍記者を派出しましたが、これは戦争というほどの事でもないので、やはり日清戦争当時と同様、特に規律とか規定とか云うようなものも設けられませんでした。

次は三十七、八年の日露戦争で、この時から従軍新聞記者に対する待遇その他が一定されました。従軍記者は大尉相当の待遇を受ける。その代りに軍人と同様、軍隊の規律に一切服従すべしと云うことになりました。もう一つ、従軍記者は一社一人に限るというのです。こうなると、画家も写真班も同行することを許されないわけです。

これには新聞社も困りました。画家や写真班は兎もあれ、記者一人ではどうにもなりません。軍の方では第一軍、第二軍、第三軍、第四軍を編成して、それが別々の方面へ向って出動するのに、一人の記者が掛持をすることは出来ません。そこで、先ず自分の社から一人の従軍願いを出して置いて、更に他の新聞社の名儀を借りるという方法を案出しました。

京阪は勿論、地方でも有力の新聞社はみな従軍願いを出していますが、地方の小さい新聞社では従軍記者を出さないのがある。その新聞社の名儀で出願すれば、一社一人は許されるので、東京の新聞社は争って地方の新聞社に交渉する事になりました。

東京日日新聞社からは黒田甲子郎君が已に従軍願いを出して、第一軍配属と決定しているので、私は東京通信社の名をもって許可を受けました。

東京通信社などは好い方で、そんな新聞があるか無いか判らないような、遠い地方の新聞社員と称して、従軍願いを出す者が続々あらわれる。陸軍省でその新聞社の所在地を訊かれても、御本人はハッキリと答えることが出来ないというような滑稽もありました。陸軍側でもその魂胆を承知していたでしょうが、一社一人の規定に触れない限りは、いずれも許可してくれました。それで東京の各新聞社も少きは二、三人、多きは五、六人の従軍記者を送り出すことが出来たのでした。

勿論それは内地を出発するまでのことで、戦地へ行き着くと皆それぞれに正体をあらわして、自分は朝日だとか日日だとか名乗って通る。配属部隊の方でも怪みませんでした。しかし袖印だけは届け出での社名を用いることになっていて、私もカーキー服の左の腕に東京通信社と紅く縫った帛を巻いていました。日清戦争当時と違って、槍や刀などを携帯することは一切許されません。武器はピストルだけを許されていたので、私達は腰にピストルを着けていました。

*

従軍記者の携帯品は、ピストルのほかに雨具、雑嚢又は背嚢、飯盒、水筒、望遠鏡で、通信用具は雑嚢か背嚢に入れるだけですから、沢山に用意して行くことが出来ないので困りました。万年筆はまだ汎く行われない時代で、万年筆を持っている者は一人もありませんでした。鉛筆は折れ易くて不便であるので、どの人も小さい毛筆を用いていました。したがって、矢立を持つ者もあり、小さい硯と墨を使っている者もあり、今から思えば随分不便でした。

しかし又、一利一害の道理で、我々は机にむかって通信を書く場合は殆ど無い。支那家屋のアンペラの上に俯伏して書くか、或は地面に腹這いながら書くのですから、ペンや鉛筆では却って不便で、寧ろ柔かい毛筆を用いた方が便利だと云う場合もありました。紙は原稿紙などを用いず、巻紙に細かく書きつづけるのが普通でした。

宿舎は隊の方から指定してくれた所に宿泊することになっていて、妄りに宿所を更えることは出来ません。大抵は村落の農家でした。しかし戦闘継続中は隊の方でもそんな世話を焼いていられないので、私たちは勝手に宿所を探さなければなりません。

空家へ這入ったり、古廟に泊ったり、時には野宿することもありました。草原や畑に野宿していると、夜半から寒い雨がビショビショ降り出して来て、あわてて雨具をかぶって寝る。こうなると、少々心細くなります。鬼が出るという古廟に泊ると、その夜なかに寝像の悪い一人が関羽の木像を蹴倒して、みんなを驚かせましたが、ほかには怪しい事もありませんでした。鬼が出るなどと云い触らして、土地のごろつき共の賭場になっていたらしいのです。

食事は監理部へ貰いに行って、米は一人について一日分が六合、ほかに缶詰などの副食物をくれるのですが、時には生きた雞や生の野菜をくれる事がある。米は焚かなければならず、雞や野菜は調理しなければならず、三度の食事の世話もなかなか面倒でした。私たちは七人が一組で、二人の苦力を雇っていましたが、支那の苦力は日本の料理法を知らないので、七人の中から一人の炊事当番をこしらえて、毎日交代で食事の監督をしていました。煮物をするには支那の塩を用い、或は醬油エキスを水に溶かして用いました。砂糖は監理部で呉れることもあり、私たちが町のある所へ行って貰うこともありました。

苦力の日給は五十銭でしたが、みな喜んで忠実に働いてくれました。一人は高秀庭、一人は丁禹発というのでしたが、そんなむずかしい名を一々呼ぶのは面倒なので、私の考案で一人を十郎、他を五郎という事にしました。この二人が「新聞記者雇苦力、十郎、五郎」と大きく書いた白布を胸に縫い付けているので、誰の眼にも着き易く、往来の兵士等が面白半分に「十郎、五郎」と呼ぶので、二人も一々その返事をするのに困っているようでした。苦力の曾我兄弟はまったく珍しかったかも知れません。

東京へ帰ってから聞きますと、伊井蓉峰の新派一座が中洲の真砂座で日露戦争の狂言を上演、曾我兄弟が苦力に姿をやつして満洲の戦地へ乗込み、父の仇の露国将校を討取るという筋であったそうで、苦力の五郎十郎が暗合しているには驚きました。但し私達の五郎十郎は正真正銘の苦力で、かたき討などという芝居はありませんでした。

＊

「なにか旨い物が食いたいなあ。」

そんな贅沢を云っているのは、駐屯無事の時で、一とたび戦闘が開始すると、飯どころの騒ぎでなく、時には唐蜀黍を焼いて食ったり、時には生玉子二個で一日の命を繋いだこともありました。沙河会戦中には、農家へ這入って一椀の水を貰ったきりで、朝から晩まで飲まず食わずの日もありました。不眠不休の上に飲まず食わずで、よくも達者に駈け廻られたものだと思いますが、非常の場合にはおのずから非常の勇気が出るものです。そんな場合でも露西亜兵携帯の黒パンはどうしても喉に通りませんでした。支那人が常食の高粱も再三試食したことがありますが、これは食えない事もありませんでした。戦闘が始まると、支那人はみな避難してしまうので、その高粱飯も戦闘中には求めることが出来ず、空腹をかかえて駈けまわる事になるのです。

灯火は蠟燭か火縄で、物をかく時は蠟燭を用い、暗夜に外出する時には火縄を用いるのですが、この火縄を振るのが案外にむずかしく、緩く振れば消えてしまい、強く振れば振り消すと云うわけで、五段目の勘平のような器用なお芝居は出来ません。今日ならば懐中電灯もあるのですが、不便な事の多い時代、殊に戦地ですから已むを得ないのです。火縄を振るのは路を照らす為ばかりでなく、野犬を防ぐ為です。満洲の野原には獰猛な野犬の群が出没するので困りました。殊にその野犬は戦場の血を嘗めているので、ますます獰猛、殆ど狼にひとしいので、我々を恐れさせました。そのほかには、蝎、南京虫、虱、等。いずれも夜となく、昼となく、我々を悩ませました。蝎に螫されると命を失うと云うので、虱や南京虫に無神経の苦力等も、蝎と聞くと顔の色を変えました。

「新聞記者に危険はありませんか。」

これは屢々たずねられますが、決して危険がないとは云えません。従軍記者も安全の場所にばかり引籠っていては、新しい報告も得られず、生きた材料も得られませんから、危険を冒して奔走しなければなりません。文字通りに、砲烟弾雨の中をくぐることも屢々あります。日清戦争には二六新報の遠藤君が威海衛で戦死しました。日露戦争には松本日報の川島君が沙河で戦死しました。川島君は砲弾の破片に撃たれたのです。私もその時、小銃弾に帽子を撃ち落されましたが、幸いに無事でした。その弾丸がもう一寸と下っていたら、唯今こんなお話をしてはいられますまい。私のほかにも、こういう危険に遭遇して、危く免れた人々は幾らもあります。殊に今日は空爆という事もありますから、いよいよ油断はなりません。

今度の事変にも、北支に、上海に、もう幾人かの死傷者を出したようです。この事変がどこまで拡大するか知れませんが、従軍記者諸君のあいだにこの以上の犠牲者を出さないようにと、心から祈って居ります。

# 苦力と支那兵

## 一

昨今は到るところで満洲の話が出るので、私も在満当時のむかしが思い出されて、いわゆる今昔の感が無いでもない。それは文字通りの今昔で、今から約三十年の昔、私は東京日日新聞の従軍記者として、日露戦争当時の満洲を奔走していたのである。

それについての思い出話を新聞紙上にも書いたが、それからそれへと繰出して考えると、まだ云い残したことが随分ある。そのなかで苦力のことを少しばかり書いてみる。

支那の苦力は世界的に有名なもので、それがどんなものであるかは誰でも知っているのであるから、今改めてその生活などに就て語ろうとするのでは無い。唯、一口に苦力といえば、最も下等な人間で、横着で、狡猾で、吝嗇《りんしょく》で、不潔で、殆《ほとん》ど始末の付かない者のように認められているらしいが、必ずしもそんな人間ばかりで無いと云うことを、私の実験によって語りたいと思うのである。

私が戦地にある間に、前後三人の苦力を雇った、最初は王福、次は高秀庭、次は丁禹良というのであった。

最初の王福は一番若かった。彼は二十歳で、金州の生れであると云った。戦時であるから、彼等も用心しているのかも知れないが、極めて従順で、よく働いた。一日の賃銀は五十銭であったが、彼は朝から晩まで実によく働いて、我々一行七人の炊事から洗濯その他の雑用を、何から何まで彼一人で取賄ってくれた。

彼は煙草をのむので、私があるとき菊世界という巻莨《たばこ》一袋を遣ると、彼は拝して受取ったが、それを喫まなかった。自分の兄は日本軍の管理部に雇われているから、あしたの朝これを持って行って遣りたいと云うのである。我々の宿所から管理部までは十町ほども距れている。彼は翌朝、忙がしい用事の隙をみて、その莨を管理部の兄のところへ届けに行った。

それから二、三日の後、私が近所を散歩していると、彼は他の苦力と二人づれで、路ばたの露店の饅頭を食っていたが、私の姿をみると直ぐに駈けて来た。連れの苦力は彼の兄であった。兄は私むかって、叮嚀に先日の莨の礼を述べた。いかに相手が苦力でも、一袋の莨のために兄弟から代る代るに礼を云われて、私はいささか極まりが悪かった。

その後、注意して見ると、彼は時々に兄をたずねて、二人が連れ立って何か食いに行くらしい。どちらが金を払うのか知らないが、兄弟仲の好いことは明らかに認められた。私は兄の顔をみると、莨を遣ることにしていたが、二、三回の後に兄は断った。

大人の莨の乏しいことは私たちも知っていると、彼は云うのである。実際、戦地では莨に不自由している。彼は更に片言の日本語で、こんな意味のことを云った。

「管理部の人、みな莨に困っています。この莨、わたくしに呉れるよりも、管理部の人に遣ってください。」

私は無言でその顔をながめた。勿論、多少のお世辞もまじっているであろうが、苦力の口からこういう言葉を聞こうとは思わなかったのである。これまで兎角に彼等を侮っていたことを、私は心ひそかに恥じた。

金州の母が病気だという知らせを聞いて、王の兄弟は暇を取って郷里に帰った。帰る時に、兄も暇乞《いとまご》いに来たが、兄は特に私にむかって、大人はからだが弱そうであるから、秋になったらば用心しろと注意して別れた。

王福の次に雇われて来たのが、高秀庭である。高は苦力の本場の山東省の生れであるが、年は二十二歳、これまで上海に働いていたそうで、ブロークンながらも少しく英語を話すので調法であった。これも極めて柔順で、頗る怜悧な人間であった。

高を雇い入れてから半月ほどの後に、遼陽攻撃戦が始まったので、私たちは自分の身に着けられるだけの荷物を身に着けた。残る荷物は二包みにして、高が天秤棒で肩にかついだ。そうして、軍の移動と共に前進していたのであるが、この戦争が始まると、雨は毎日降りつづいた。満洲の秋は寒い。八月の末でも、夜は焚火がほしい位である。その寒い雨に夜も昼も濡れていた為に、一行のうちに風邪をひく者が多かった。私もその一人で、鞍山店附近にさしかかった時には九度二分の熱になってしまった。

他の人々も私の病気を心配して、このままで雨に晒されているのは良くあるまいというので、苦力の高を添えて私を途中にとどめ、他の人々は前進することになった。鞍山店は相当に繁昌している土地らしいが、ここらの村落の農家はみな何処へか避難して、どの家にも人の影はみえない。高は雨の中を奔走して、比較的に綺麗な一軒のあき家を見つけて来てくれた。そこへ私を連れ込んで、彼は直ぐに高粱を焚いて湯を沸かした。珈琲に砂糖を入れて飲ませてくれた。前方では大砲や小銃の音が絶え間なしに聞える。雨はいよいよ降りしきる。こうして半日を寝て暮らすうちに、その日もいつか夜になった。高は蠟燭をとぼして、夕飯の支度にかかった。

日が暮れると共に、私は一種の不安を感じ始めた、以前の王福の正直は私もよく知っていたが、今度の高秀庭の性質はまだ本当にわからない。私の荷物は勿論、一行諸君の荷物も一と纏めにして、彼がみな預かっているのである。私が病人であるのを幸いに、夜なかに持逃げでもされては大変である。九度以上の熱があろうが、苦しかろうが、今夜は迂闊に眠られないと、私は思った。

そうは思いながらも、高の煮てくれた粥を食って、用意の薬を飲むと、なんだかうとうとと眠くなって来た。ふと気が付くと、枕もとの蠟燭が消えている。マッチを擦って時計をみると、今夜はもう九時半を過ぎている、高の姿はみえない。はっと思って、私は直ぐに飛び起きた。

しかし荷物の包みはそのままになっている。調べてみると、品物には異状はないらしい。それで稍や安心したが、それにしても彼はどこへ行ったのであろう。二、三度呼んでみたが返事もない。台所の土間にも姿はみえない。この雨の夜に何処へも行く筈はない、或《あるい》は何かの事情で私を置去りにして行ったのかとも思った。なにしろ、これだけの荷物がある以上、油断してはいられないと思ったので、私は毛布を着て起き直った。砲声はやや衰えたが、雨の音は止まない。夜の寒さは身にしみて来た。

それから二時間ほどの後である。高は濡れて帰って来た。彼は一枚の毛布を油紙のようなものに包んで抱えていた。

これで事情は判明した。彼は昼間から私の容体を案じていたのであるが、日が暮れていよいよ寒くなって来たので、彼は私のために更に一枚の毛布を工面に行ったのである。我々の食物その他はすべて管理部で支給されるのであるから、彼は管理部をたずねて行った。戦闘開始中は管理部も後方に引き下っているのであるから、彼は暗い寒い雨の夜に一里余の路を引返して、ようように管理部のありかを探し当てたが、管理部でも毛布までは支給されないという。第一、余分の毛布もないのである。それでも彼は色々に事情を訴えて、一枚の古毛布を借りて来て、病める岡大人――岡本の一字を略して云う――に着せてくれる事になったのである。

私は感謝を通り越して、なんだか悲しいような心持になった。前にもいう通り、私たちは兎角に苦力等を侮蔑する心持がある。その誤りを曩《さき》に王福の兄弟に教えられ、今は又、高秀庭に教えられた。いたずらに皮相を観て其人を侮蔑する——自分はそんな卑しい、浅はかな心の所有者であるかと思うと、私は涙ぐましくなった。その涙は感激の涙でなく、一種の自責の涙であった。

私は高のなさけに因って、その夜は二枚の毛布をかさねて眠った。あくる朝は一度ほども熱が下ったのと、前方の戦闘がいよいよ激烈になって来たのとで、私は病を努めて前進することにした。高は彼の古毛布を斜めに背負って、天秤の荷物をかついで、私のあとに続いて来た。雨はまだ止まなかった。

最後の丁禹良はやや魯鈍に近い人間で、特に取立てて語るほどの事もなかったが、いわゆる馬鹿正直のたぐいで、これも忠実勤勉であった。それでも「わたしも今に高のようになりたい」などと云っていた。高秀庭はその勤勉が管理部の眼にも止まり、私たちの方でも推薦して苦力頭の一人に採用されたからである。苦力頭は軍隊使用の苦力等の取締役のようなもので、胸には徽章をつけ、手には紫の総の附いている鞭を持っている。丁のような人の眼にも、それが羨しく見えたのであろう。

彼等に就ては、まだ語ることもあるが、余り長くなるからこの位にとどめて置く。いずれにしても、私たちの周囲にいた苦力等は前に云ったような次第で、ことごとく忠実善良の人間ばかりであった。私たちの運が好かったのかも知れないが、あながちに然《そ》うばかりとも思われない。

多数のなかには、横着な者も狡猾な者もいるには相違ないが、苦力といえば一概に劣等の人間と決めてしまうのは、正しい観察ではないと思われる。それと反対に、私は苦力という言葉を聞くと、王福の兄弟や、高秀庭や、丁禹良等の姿が眼に浮んで、苦力はみな善良の人間のように思われてならない。これも勿論、正しい観察ではあるまいが――。

## 二

今度は少しく支那の兵士について語りたい。

支那の兵隊も苦力と共に甚だ評判の悪いものである。支那兵は怯懦である、曰く何、曰く何、一つとして好いことは無いように云われている。而《しか》も彼等の無規律であり怯懦であるのは、根本の軍隊組織や制度が悪い為であって、彼等の罪ではない。

現在の支那のような、軍隊組織や制度の下にあっては、如何《いか》なる兵でも恐らく勇敢には戦い得まいと思う。個人としての支那兵が弱いのではなく、根本の制度が悪いのである。新に建設された満洲国はどんな兵制を設けるか知らないが、在来の制度や組織を変革して、よく教え、よく戦わしむれば、十分に国防の任務を果し得る筈である。

それよりも更に変革しなければならないのは、軍隊に対する一般国民の観念である。由来、文を重んずるは支那の国風であるが、それが余りに偏重し過ぎていて、文を重んずると反対に、武を嫌い、武を憎むように慣らされている。支那の人民が兵を軽蔑し憎悪することは、実に我々の想像以上である。

「好漢不当兵」とは昔から云うことであるが、苟《いやし》くも兵と名が附けば、好漢どころか、悪漢、無頼漢を通り越して、殆ど盗賊類似のように考えられている。そういう国民のあいだから忠勇の兵士を生み出すことの出来ないのは判り切っている。

私は遼陽城外の劉という家に二十日余り滞在していたことがある。農であるが、先ずここらでは相当の大家であるらしく、男の雇人が十数人も働いていた。そのなかに二十五、六の若い男があって、やはり他の雇人と同じ服装をして同じように働いているが、その人柄がどこやら他の朋輩と違っていて、私たちに対しても特に叮嚀に挨拶する。私達のそばへ寄って来て特に親しく話しかけたりする。すべてが人を恋しがるような風が見えて、時には何となく可哀そうなように感じられることがある。早く云えば、継子《ままこ》が他人を慕うというような風である。

これには何か仔細があるかと思って、あるとき他の雇人に訊いてみると、果して仔細がある。彼はこの家の次男で、本来ならば相当の土地を分配されて、相当の嫁を貰って、立派に一家の旦那様で世を送られる身の上であるが、若気の誤まり――と、他の雇人は云った。――十五、六歳の頃から棒を習った。それまではまだ好いのであるが、それから更に進んで兵となって、奉天歩隊に編入された。所詮、両親も兄も許す筈はないから、彼は無断で実家を飛び出して行ったのである。

それから二、三年の後、彼は伍長か何かに昇進して、軍服をつけて、赤い毛を垂れた軍帽をかぶって、久しぶりで実家をおとずれると、両親も兄も逢わなかった。雇人等に命じて、彼を門外へ追い出させた。更に転じて近所の親類をたずねると、どこの家でも門を閉じて入れなかった。彼はすごすごと立去った。

それから又二、三年、前後五、六年の軍隊生活を送った後に、彼は兵に倦きたか、故郷が恋しくなったか、軍服をぬいで実家へ帰って来たが、実家では入れなかった。親類も相手にしなかった。それでも土地の二、三人が彼を憫れんで、彼のために実家や親類に嘆願して、今後は必ず改心するという誓言の下に、両親や兄のもとに復帰することを許された。先ず勘当が赦《ゆる》されたという形である。

而も彼は直ちに劉家の次男たる待遇を受けることを許されなかった。帰参は叶ったというものの、当分は他の雇人と同格の待遇で、雇人同様に立働かなければならなかった。彼はその命令に服従して、朝から晩まで泥だらけになって働いているのである。当分と云っても、もう二年以上になるが、彼はまだ本当の赦免に逢わない。彼は今年二十六歳であるが、恐らく三十になるまではその儘《まま》であろうという。

その話を聞かされて、私はいよいよ可哀そうになった。いかに国風とはいいながら、兵になったと云うことがそれ程の罪であろうか。それに伴って、何か他に悪事でも働いたというならば格別、単に軍服を身に纏《まと》ったと云うだけのことで、これほどの仕置を加えるのは余りに残酷であると思った。彼が肩身を狭くして、一種の継子のような風をして、他国人の私達を恋しがるのも無理はない。それ以来、私は努めて彼に対して親しい態度を執るようにすると、彼もよろこんで私に接近して来た。

ある日、私が城内へ買物にゆくと、その帰り途《みち》で彼に逢った。彼も何か買物に遣られたとみえて、大きい包みをかついでいた。それでも直ぐに私のそばへ駈け寄って来て、私の荷物を持ってくれた。一緒に帰る途中、私は彼に向って、「お前も骨が折れるだろう。」と慰めるように云うと、彼は「私が悪いのだ。」と答えた。彼自身も飛んだ心得違いをしたように後悔しているらしかった。

これはほんの一例に過ぎないが、良家の子が兵となれば、結局こんなことになるのである。入営の送迎に旗を立ててゆく我が国風とは、余りに相違しているではないか。いかなる名将勇士でも、国民の後援がなければ思うようの働きは出来ない。その国民がこの如くに兵を嫌い、兵を憎むようでは、士気の振わないのも当然であるばかりか、まじめな人間は兵にならない。兵の素質の劣悪もまた当然であると云うことを、私はつくづく感じた。

平和を愛するのは好い。而もこれほどに武を憎む国民は世界の優勝国民になり得ない。支那はあまりに文弱であり過ぎる。これと反対の一例を私が実験しているだけに、この際いよいよその感を深うしたのである。

劉家へ来る一月ほど以前に、私は海城北方の李家屯という所に四日ばかり滞在したことがある。これも相当の大家であったが、私が宿泊の第一日には家人は全く姿をみせず、老年の雇人ひとりが来て形式的の挨拶をしただけで、万事の待遇が甚だ冷淡であった。

その第二日に、その家の息子らしい十二、三歳の少年が私の居室の前に遊んでいた。彼は私の持っている扇をみて、しきりに欲しそうな顔をしているので、私はその白扇に漢詩の絶句をかいて遣ると、彼はよろこんで貰って行った。すると、一時間あまりの後に、その家の長男という二十二、三歳の青年が衣服をあらためて挨拶に来て、先刻の扇の礼を云った。青年は相当の教育を受けているらしく、自由に筆談が出来るので、だんだん話し合ってみると、この一家の人々は私がカーキー服を着て半武装をしているのを見て、やはり軍人であると思っていたらしい。而も白扇の題詩を見るに及んで、私が軍人でないことを知ったというのである。日本の軍人に漢詩を作る人は沢山あるが、支那にはないと見える。

兎も角も私が文字の人であることを知ると共に、一家内の待遇が一変した。長男が去ると、やがて又入れ代って主人が挨拶に来た。日が暮れる頃には酒と肉を贈って来た。他の雇人等も私をみると一々叮嚀に挨拶するようになった。長男の青年は毎朝かならず挨拶に来て、何か御用は無いかと云った。私がいよいよ出発する時には、主人や息子達は衣服をあらためて門前まで送って来た。他の雇人等も総出で私に敬礼した。敬意を表されて腹の立つ者はない。私もその当時は内々得意であったが、後に遼陽城外の劉家に来て、彼の奉天歩隊の勘当息子をみるに及んで、彼等が余りに文を重んじ、武を軽んずるの甚しきを憐むような心持にもなって来た。これでは支那の兵は弱い筈である。

多年の因習、一朝に一洗することは不可能であるとしても、新興国の当路者がここに意を致すことなくんば、富国は兎もあれ、強兵の実は遂に挙がるまいと思われる。

# 満洲の夏

## 池

この頃は満洲の噂がしきりに出るので、私の一種今昔の感に堪えない。わたしの思い出は可なり古い。日露戦争の従軍記者として、満洲に夏や冬を送った当時のことである。

満洲の夏——それを語るごとに、いつも先ず思い出されるのは得利寺の池である。得利寺は地名で、今ではここに満鉄の停車場がある。わたしは八月の初めにここを通過したが、朝から晴れた日で、午後の日盛りはいよいよ暑い。文字通り、雨のような汗が顔から一面に流れ落ちて来た。

「やあ、池がある！」

沙漠でオアシスを見出したように、私達はその池をさして駈けてゆくと、池はさのみ広くもないが、岸には大きい幾株の柳が涼しい蔭を作って、水には紅白の荷花が美しく咲いていた。

汗をふきながら池の花をながめて、満洲にもこんな涼味に富んだ所があるかと思った。池のほとりには小さい塾のようなものがあって、先生は半裸体で子どもに三字経を教えていた。わたしはこの先生に一椀の水を貰って、その返礼に宝丹一個を贈って別れた。

その池、その荷――今はどうなっているであろう。

## 龍

蓋平に一宿した時である。ここらは八月はじめは日が長い。晴れた日がほんとうに暮れ切るのは、午後十時頃である。

その午後六時半頃から約四十分ほど薄暗くなったかと思うと、又再び明るくなった。海の方面に大雨が降ったらしいという。やがて七時半に近い頃である。あたりの土人が俄に騒ぎ出した。

「龍《ロン》！　龍《ロン》！」

みな口々に叫んで表へかけ出すので、私も好奇心に駆られて出てみると、西の方角——おそらく海であろうと思われる方角にあたって、大空に真黒な雲が長く大きく動いている。その黒雲のあいだを縫って、金色の光るものが切れ切れに長くみえる。勿論、その頭らしい物は見えないが、金龍の胴とも思われるものが見えつ隠れつ輝いているのである。

雲は墨よりも黒く、金色は燦として輝いている。太陽の光線がどういう反射作用をするのか知らないが、見るところ、正に描ける龍である。

龍を信ずる満洲人が「龍《ロン》!」と叫ぶのも無理はないと、私は思った。

## 蝎

南京虫は日本にも沢山輸入されているから、改めて紹介するまでもないが、満洲の夏において最も我々をおびやかしたものは蝎であった。南京虫を恐れない満洲土人も、蝎と聞けば恐れて逃げる。

蝎も南京虫とおなじく、人家の壁の崩れや、柱の割れ目などに潜んでいる。時には枯草などの束ねた中にも隠れている。而も南京虫とは違って、その毒は生命に関する。

私はある騎兵が右手の小指を蝎に螫されて、すぐに剣をぬいてその小指を切断したのを見た。

蝎の毒は蝮に比すべきものである。殊に困るのは、その形が甚だ小さく、しかも人家の内に棲息していることである。蝎の年を経たものは大きさ琵琶の如しなどと、支那の書物にも出ているが、そんなのは滅多にあるまい。私の見たのは、いずれもこおろぎぐらいであった。

土人は格別、日本人が蝎に襲われたという噂を、近来あまり聞かないのは幸いである。満洲開発と共に、こういう毒虫は絶滅させなければなるまい。

蝎は敵に囲まれた時は自殺する。己が尻尾の剣先を己が首に突刺して仆れるのである。動物にして自殺するのは、恐らく蝎のほかにあるまい。蝎もまた一種の勇者である。

## 水

満洲の水は悪いというので、軍隊が某地点へゆき着くと、軍医部では直ぐにそこらの井戸の水を検査して「飲ムベシ」とか「飲ムベカラズ」とか云う札を立てることになっていた。

私が海城村落の農家へ泊りに行くと、恰も軍医部員が検査に来て、家の前の井戸に木札を立てて行くところであった。見ると、その札に曰く「人馬飲ムベカラズ」

人間は勿論、馬にも飲ませるなと云うのである。これは大変だと思って、呼びとめて訊くと、「あんな水は絶対に飲んではいけません」という返事である。この暑いのに、眼の前の水を飲むことが出来なくては困ると、わたしは頗る悲観していると、それを聞いて宿の主人は声をあげて笑い出した。

「はは、途方もない。わたしの家はここに五代も住んでいます。私も子供のときから、この井戸の水を飲んで育って来たのですよ。」

今更ではないが「慣れ」ほど怖ろしいものは無いと、わたしはつくづく感じさせられた。而も満洲の水も「人馬飲ムベカラズ」ばかりではない。わたしが普蘭店で飲んだ噴き井戸の水などは清冽珠のごとく、日本にもこんな清水は少なかろうと思うくらいであった。

# 蛇

海城の北門外に十日ほど滞留していた時である。八月は満洲の雨季であるので、わが国の梅雨季のように、兎かくに細かい雨がじめじめと降りつづく。

わたしたちの宿舎の隣に老子の廟があって、滞留のあいだに恰もその祭日に逢った。雨も幸いに小歇になったので、泥濘の路を踏んで香を献げに来る者も多い。縁日商人も店を列べている。大道芸人の笙を吹くもの、蛇皮線をひく者、四つ竹を鳴らす者なども集まっている。

その群のうちに蛇人——蛇つかいの二人連れがまじっていた。恐らく兄弟であろう。兄は二十歳前後、弟は十五、六であるが、いずれも俳優かとも思われるような白面の青年と少年で、服装も他の芸人に比べると頗る瀟洒たる姿であった。

兄は首にかけている箱から二匹の黒と青との蛇を取出して、手掌の上に乗せると、弟は一種の小さい笛を吹く。兄は何か歌いながら、その蛇を踊らせるのである。踊ると云っても、二匹が絡み合って立つぐらいに過ぎないのであるが、何という楽器か知らないが悲しい笛の音、何という節か知らないが悲しい歌の声、わたしは云い知れない悽愴の感に打たれて、この蛇つかいの兄弟は蛇の化身ではないかと思った。

## 雨

満洲は雨季以外には雨が少いと云われているが、わたしが満洲に在るあいだは、大戦中のせいか、随分降雨が多かった。

夏季は夕立めいた雨にも屢々出逢った。俄雨が大いに降ると、思いもよらない処に臨時の河が出来るので、交通に不便を来すことが往々ある。臨時の河であるから知れたものだと、多寡をくくって徒渉を試みると、案外に水が深く、流れが早く、あやうく押流されそうになった事も再三あった。何が捕れるか知らないが、その臨時の河に網を入れている者もある。

遼陽の南門外に宿っている時、宵から大雨、しかも激しい雷鳴が伴って、大地震のような地響きがするばかりか、真青な電光が昼のように天地を照らすので、戦争に慣れている私たちも少からず脅かされた。

## 東京陵

遼陽の城外に東京陵という古陵がある。昔ここに都していた遼（契丹）代の陵墓で、周囲には古木がおいしげって、野草のあいだには石馬や石羊の横たわっているのが見出される。

伝えていう、月夜雨夜にここを過ぎると、凄麗の宮女に逢うことがある。宮女は笛を吹いている。その笛の音にひかれて、宮女のあとを慕って行くものは再び帰って来れないという。支那の小説にでもありそうな怪談である。

わたしはそれを宿舎の主人に聞き糺すと、その宮女は夜ばかりでなく、昼でも陰った日には姿をあらわすことがあると云う。ほんとうに再び帰って来ないのかと念を押すと、そう云って置く方が若い人たちの為であろうと、主人は意味ありげに笑った。

その笑い顔をみて、わたしも覚った。そんな怖ろしい宮女ならば尋ねに行くのは止めようと云うと、

「好的《ハオテー》」と、主人はまた笑った。

# 日清戦争劇

## 一

明治二十七、八年の日清戦争は、七月二十五日の豊島沖海戦、二十九日の牙山陸戦を経て、八月一日の宣戦公布に始まる。その当時の東京大劇場は歌舞伎、新富、明治、市村、春木の五座であったが、八月は例に依って各座休場である。明治十一年の新富座における西南戦争劇大当りの噂話は今も楽屋内に残っていたのであるから、劇場関係者はいずれも今度の戦争に眼を着けたらしいが、何分にも国と国との戦争で、事件が頗る大きいために、迂濶に手を着けることが出来なかった。警視庁でも容易に許可しない方針であった。

その面倒をくぐり抜けて、種々に運動の結果、どうにか警視庁の許可を得て、第一着に戦争劇の旗挙げをしたのは、書生芝居の川上音二郎であった。それは「日清戦争」

七幕で、八月三十一日から開場した。劇場は浅草座である。この劇場は明治二十五年四月から浅草区新猿屋町、俗称どぜう屋横町に新築開場したもので、浅草公園の吾妻座に対抗し、小劇場中では先ず高等の地位を占めていたが、興行成績はあまり思わしくなかったらしく、最初は沢村座といい、更に浅草座と改称し、今年も三月以来殆ど興行を休んでいる有様であったが、この興行は近来無比の大当りで、連日満員の好成績を挙げた。

この脚本は誰の筆に成ったのかを知らないが、恐らく川上や藤沢浅二郎等が相談の上、藤澤や岩崎蕣花などの人々が分担して、一日の狂言に綴り上げたものであろうかと察せられる。勿論一種の際物であるから、むずかしく論評すべきではないが、短時日のあいだに纏めた急仕事としては、人物の配合や場面の変化にも相当の注意を払った跡があり、その後に続出した各種の日清戦争劇のなかでは、やはりこの「日清戦争」などが優等の地位を占めるものではないかと、私は今でも思っている。

川上は比良田鉄哉という新聞記者に扮していた。藤沢も水沢恭二という新聞記者に扮し、この二人が戦地で活躍するのを主眼としたもので、それに石田信夫の春田しげ子という婦人を配してある。事実をそのまま脚色することは遠慮せよという当局の注意でもあったと見えて、一切が架空の脚色で、川上の新聞記者が間諜の嫌疑を受けて北京城内の牢獄に投ぜられ、更に李鴻章の面前に牽き出されて大いに気焔を吐く所が一日中の見せ場になっていた。李鴻章に扮した高田実が好評で、高田はこれから俄に売出したのである。戦争の場はいずれも大喝采で、日本軍人と支那兵との激戦、これは書生芝居の独特で、歌舞伎役者にあの真似は出来まいと賞讃された。舞台に南京花火をポンポン投げ付けて小銃弾と見せる技巧も、その当時の観客の耳目を駭かして、さながら実戦を観るが如くだと云われた。

一方には、右の如き写実めいた乱闘を演じながら、又その間に相当の歌舞伎式を取入れることを忘れないのが、彼等の悧口な点でもあった。たとえば北京城外で戦闘が一回あった後、舞台は暫く空虚、そこへ上手から水野好美の植島少将が出て、望遠鏡で向うをながめていると、下手から一人の支那兵が旗をつけた槍を持って出で、少将をめがけて突いてかかると、少将は軽く身をかわして片手に槍の柄をつかみ、やはり無言で向うを眺めている。槍をつかまれた支那兵はブルブル顫えているので幕。こういう幕切れは、俳優も好い心持であろうが、観客も大喝采である。歌舞伎に反抗して写実を標榜していながら、歌舞伎の形式で観客に受けそうな所は遠慮なく取入れる。

彼等が人気を獲る所以もそこにあると、私はひそかに感心した。

これを皮切りに、戦争劇が各劇場に続々上演されて、みな相当の成績を挙げた。それらを一々紹介するに堪えないが、前にもいう通り、第一回の「日清戦争」は生々しい事実を避けて、架空の脚色、架空の人物のみを以て組み立てられていた。その遠慮は無用となったらしく、その後の戦争劇には大鳥公使、松崎大尉、原田重吉など、実在の人物がみな登場した。敵国の李鴻章や袁世凱などは勿論である。その代りに、検閲済みの脚本を忠実に上演すべく、妄りに台詞を変更し、あるいは余計な台詞を附け加えてはならぬと、警視庁から特に注意された。

開戦当初は軍需品関係の一部を除いて、世間一般はかなりの不景気であった。殊にこの際、各種の遊楽は遠慮すべきであると云うので、温泉場や料理屋のたぐいは総て寂寥たる有様であったが、戦争劇を上演する各劇場はみな相当に繁昌した。取分けて戦争劇は書生芝居に限ると歓迎されて、川上一派以外の書生芝居も戦争劇で大入りを占めた。今までは壮士芝居とか書生芝居とかいう名の下に、一種軽蔑の眼を以て眺められていた彼等一派が大いに世間に認められ、今日の新派劇の基礎を築くに至ったのは、この時より始まったのである。

浅草座で成功した川上は、材料蒐集の為と称して朝鮮まで出て行ったが、十一月下旬に帰京すると、十二月三日には直ぐに市村座の初日を明けた。元来がセカセカしているような男であったが、万事が実に機敏であった。その狂言は「川上音二郎戦地見聞日記」七幕、これまた人気に投じて、小屋も割れるばかりの大入りを取った。つづいて翌二十八年二月には同じく市村座で「戦争余談明治四十二年」を上演すると、これも大当りであった。我が陸海軍と同様に、川上一派は連戦連捷、まったく破竹の勢を示して、その五月には歌舞伎の本城たる歌舞伎座に乗込み、彼等は完全に新派劇の一王国を築くことになった。その狂言は「威海衛陥落」三幕で、高田実の丁汝昌は「日清戦争」の李鴻章と異曲同工であったが、その悠然たる態度が更に好評を博した。

いずれにしても日清戦争は新派に対して大活躍の機会をあたえた。その機会を巧みに捕捉したのは川上音二郎の功である。第二の日清戦争が勃発した場合、現在の新派はいかなる態度を取るか、我々は多大の興味を以て注目している。

## 二

歌舞伎の側でも今度の戦争をよそに眺めているわけではなかった。浅草座の川上一派に対抗して、先ず第一に開場したのは本郷の春木座であった。春木座は後年の本郷座で、その当時の経営者は溝口権三郎である。狂言は「日本大勝利」で、初日は九月十一日、浅草座と十日間の差であるから、この当時としてはこれも早手廻しの部であった。

筋立は新聞記事の継ぎ合せで、俳優は市川八百蔵（後の中車）岩井松之助、四代目中村芝翫、中村勘五郎、それに大阪俳優の中村雀右衛門、中村富十郎、市川駒之助等が加わって、先ず相当の顔触れであったが、脚本も大阪仕込みの勝何某の筆に成ったので、どこまでも在来の歌舞伎調を離れず、俳優もこういう現代物には不馴れの連中のみであったので、舞台の上の活気に乏しく、時節柄とて興行成績は左のみに悪くもなかったが、その評判は甚だ悪く、八百蔵の李鴻章は高田実に遠く及ばずという不評であった。殊にその眼目とする戦争の場が兎かくに旧式の立廻りに流れ、一向に実感を誘わないというのが不評の大原因であった。

春木座はかかる不評に終ったが、戦争劇でなければ観客に顧みられない時節であるから、他の劇場も安閑としてはいられなかった。明治座の左団次一派も十月五日から戦争劇の蓋をあけた。作者は黙阿弥が高弟の一人たる竹柴其水で、狂言は「会津産明治組重」七幕である。通し狂言でありながら、一番目と二番目に書き分けられたような形で、前の四幕は明治初年の会津戦争、後の三幕は今度の日清戦争、そのあいだに登場人物の連絡があるように仕組まれていた。

前半はここに紹介する必要はない。後半の日清戦争も海陸戦の場は春木座と同様、歌舞伎俳優の弱点を暴露するに留まったが、第六幕の築地入船町長屋の場が大好評であった。どこの劇場で上演する戦争劇もみな一種の際物で、浅草座の「日清戦争」以外はいずれも新聞記事を拾い集めたに過ぎず、その時かぎりの掛け流しに終ったが、この一幕だけは全く作者の創作で、確に戯曲的価値を具えていた。その当時、幾十種に上る日清戦争劇を淘汰して、そこに残る物があるとすれば、恐らくこの一幕であろうと思う。

筋の大要は、日清戦争が起った為に、在留の清国人は殆どみな本国へ引揚げることになる。入船町の長屋に住む道昌恵という清国人は、おぎんという日本人を妻とし、双種という男の児まで儲けたが、これも同国人等に誘われて帰国することになった。彼は自分の故国を好まない上に、妻子に強い愛着を抱いているので、このまま引揚げる心になれない。差配人の長兵衛から有難いお達しというのを聞かされて、彼は一旦喜んだ。

そのお達しに拠ると、たとい交戦国民であろうとも、無理に帰国するには及ばない。留まりたい者は勝手に留まれ、我が警察で完全に保護して遣るというのである。家主はそれを説明して、わが文明国を誇るのであるが、ここに一つの難儀があった。日本に留まる清国人はその住所、姓名、年齢、職業を届け出て、登録を受けなければならないと云うのである。住所姓名などは仔細ないが、表向きに届け出ることを許されないのは道昌恵の職業である。彼は秘密にチーハーを売り歩いているのであった。

チーハーは一種の富籤のようなもので、その売買は禁じられているが、築地辺に住む清国人のあいだには窃かにそれを携えて、工場の職工や人力車夫や裏長屋の女房などに売り歩いているのが多い。道昌恵も最初は南京繻子を売っていたのであるが、その商売が思わしくないので、近頃は専門のチーハー売に化けてしまった。おまえの商売は何だと警察から訊かれた時に、禁制のチーハーを売っていますとは答えられない。無職業の彼には登録を受ける資格がないのである。道昌恵は涙を揮って帰国するの外はなかった。彼は最愛の妻子に別れ、同情ある相長屋の日本人等に見送られ、自分の荷物を人力車に積み込んで、その後押しをしながら悄然として立去るのである。その当時、入船町、新栄町のあたりは下級清国人の巣窟で、そのなかでも高等な者は国産の南京繻子を売り歩く、次は支那製の駄菓子を売り歩く、又その次は例のチーハーを売り歩くのが多い。作者の其水は南八町堀に住んでいたから、その近所の下級清国人等の生活を平素から親しく見聞していたのであろう。あるいは実際にこんな事があったのかも知れない。

この劇を観て、先ず愉快に感じられるのは、この不幸なる道昌恵に対して周囲の日本人等が多大の同情を寄せていることである。当時の流行語のチャンチャン坊主とか、チャンコロとか云ったような、軽侮や憎悪の念を以て立向う者なく、彼に対しても、又その妻子に対しても、みな温い同情の眼を以て眺めている。この場合になっても、夫は妻を愛している、妻も亦夫を愛している。これも美しい人情の流露である。道昌恵は李鴻章等の無謀を難じて、なぜ戦争を始めたか、国が大きくとも人民に愛国心が乏しいから、屹と負けるに相違ないという。こうした意味のことを日本人の口から云わせず、却って清国人の口から云わせたのは効果的で好い。

その中で唯一人、道昌恵に対して敵愾心を発揮しているのは、その妻おぎんの兄である。兄は請負師か何かであるらしいが、舞台には姿をあらわさず、道昌恵が帰国の旅費について、妹から無心の手紙を出した処、彼はキビキビした拒絶の郵便をよこしている。曰く「このあいだの返事、たびたびの催促だから忌々ながら出し候。ヤイ妹、よく物を考えてみろ。手めえの心柄で、チャンチャンの所へ行きやがって――。ベランメエ、たとい石が舎利になるとも、南京のなの字には百も貸せねえ。手めえに貸す銭があるなら、陸海軍に献金すらあ。あんまり人を甘く見やがるな――。」

大体こんな文句の手紙で、チャンチャンなんぞに構わずに、お前はおれの家へ帰って来いと云うのである。手紙の文句はモッと長く、盛んに江戸子を振廻しているので、道昌恵にはよく判らない。妻のおぎんが一々に通訳して聞かせるのである。ここらは一種の悲喜劇で、観客は思わず笑い出すのであるが、舞台の俳優は飽までも真面目である。道昌恵は嘆息する、おぎんは泣く。ここらの段取りも頗る戯曲的に出来ている。

その頃の歌舞伎狂言であるから、たといザンギリ物の世界でも、こういう世話場にはチョボを用いている。子供をカセにして泣かせるように巧んである。それ等を旧套と云えば云うものの、歌舞伎式の日清戦争劇としては確に佳作であると云ってよい。作者ばかりでなく、俳優も皆好かった。役割は左団次の道昌恵、坂東秀調のおぎん、市川壽美蔵の差配人長兵衛等であったが、左団次の支那人は殊によかった。平生のキリリとした舞台顔にも似合わず、いかにも薄ボンヤリしたような下級支那人の風采を写し得て妙というの外なく、向う揚幕から悄然と出て来た時には、誰も左団次とは思わない位であった。私も最初は別人かと疑った。台詞廻しも平生のキビキビした調子でなく、いかにも支那人らしい薄鈍い片言が真に迫っていた。

この一幕は大好評で、都新聞の評者は「これが際物でなくば、大杯や慶安太平記と同様に、優の専売物ともなって将来歓迎さるべきものを、惜しいことなり」と云っているが、私も同感である。左団次はその後も横浜でこの一幕だけを再演したように記憶しているが、狂言の性質上、平生はどうも出しにくいと見えて、「支那人の別れ」という噂は楽屋に残っていながら、東京では今まで再演されない。今度若し日支戦争劇でも上演されるような場合になったら、当代の左団次は先ず先代の形見たる「支那人の別れ」に着手すべきであろう。

## 三

次は団十郎と菊五郎の戦争劇である。書生芝居は勿論、いずこの歌舞伎劇でも一順は戦争劇を上演することになったので、その本城の歌舞伎座でも黙視しているわけには行かなくなったのであろう、十一月一日から福地桜痴居士作の「海陸連勝日章旗」五幕を上演した。中幕は団十郎の吃又、菊五郎のおとくで「傾城反魂香」を見せた。

戦争劇の役割は団十郎の大森公使、士族近藤新右衛門、水夫舵蔵、菊五郎の樫本少佐、近藤新五郎、尾淵中将、沢田重七で、両優いずれも幕毎に登場という勉強振りであった。菊五郎は沢田重七の役名で平壌の玄武門先登を見せる。団十郎は水夫舵蔵の役で軍夫等をあつめ、鰹節を軍艦になぞらえて舞台に置き列べながら、黄海々戦の物語をする。この二場が菊五郎と団十郎の見せ場になっていたが、どれも喝采を博するに至らなかった。戦争の場は御多分に洩れず、ここも不評であった。そうして、こういう芝居は団菊を煩わすまでも無いというのが一般の評判であった。

私もこの劇を見物したが、中幕の「反魂香」は実に結構で、流石は両名優の顔揃いであると感服させられた。しかも戦争劇は甚だ不感服であった。団菊を煩わすまでも無いと云われるのは脚本の罪であって、戦争劇の為ではない。若し明治座の「支那人の別れ」か、又はそれ以上の脚本をあたえたならば、両名優がどんなにそれを仕活したか判らない。こんな乾燥無味な脚本では、どんな名優でも技倆を揮う余地があるまい。際物であるから両優もよんどころなく承知したのであろうが、こんなことで幕毎に働かされる団十郎も菊五郎も気の毒であると私は思った。兎もかくも戦争劇と名乗っているお蔭で、それほど惨めな不入りでもなかったが、この興行は決して好成績とは云われなかった。

歌舞伎側の戦争劇はいずれも一回かぎりに終ったが、大小の書生芝居はその後も幾たびか同じ題材を繰返して、戦争劇は長く彼等の米櫃となった。四十余年後の今日は劇界の形勢も大いに変化している。俳優の芸風も変化している。新しい戦争劇が上演される場合、歌舞伎派が勝つか、新派が勝つか、これも興味ある問題であろう。しかも良い脚本を得たものが勝つと云うことは、以上の事実が証明している。新しい戦争劇は新聞の切抜きであってはならない。

# 怪奇探偵話

# 赤膏薬

今から二十二、三年前に上海で出版された「騙術奇談」という四巻の書がある。わが読者のうちにも已に御承知の方もあろうが、古来の小説随筆類のうちから詐欺的犯罪行為に関する小話を原文のままに抜萃したもので、長短百種の物語りを収めてある。

そのうちに「銀飾肆受騙」という一話がある。金銀の飾物を作る店で、店さきに一つの燈火を置き、その灯の下で店の人が首飾の銀細工をしていると、やがてそこへ一人の男がひどく弱ったような風をして近寄って来て、哀しそうな声で云った。

「わたしは腫物で困っている者ですが、幸いに親切な人が一貼の膏薬をくれまして、これを貼れば直ぐに癒るというのです。就ては甚だ申し兼ねましたがお店の灯を烏渡拝借して、この膏薬を炙りたいのでございますが……。」

店の人も承知して灯を貸してやると、男は大きい膏薬を把り出して灯にかざしていたかと思うと、不意にその膏薬を店の人の口に貼りつけた。あっと思ったが、声を出すことが出来ない。男はその間に手をのばして、そこにある貴重の首飾を引っ攫って逃げ出した。店の人はようやく口の膏薬を剝がして、泥坊泥坊と叫びながら追いかけたが、賊はもう遠く逃げ去ってしまった。

この話を読んで、わたしは江戸時代にもそれと殆ど同様の事件のあったことを思い出した。犯罪者も所詮はおなじ人間であるから、その悪智慧も大抵はおなじように働くのであろう。わが江戸の話は文政末期の秋の宵の出来事である。四谷の大木戸手前に三河屋という小さい両替店があって、主人新兵衛夫婦と、せがれの善吉、小僧の市蔵、下女のお松の五人暮らしであった。

秋の日の暮れ切った暮六つ半（午後七時）頃である。小僧はどこかへ使に出た。新兵衛夫婦は奥で夜食の膳に向っていて、店には今年十八歳の善吉ひとりが坐っていると、若い侍風の男二人が這入って来て、ひとりは銀一歩を銭に換えてくれと云うので、善吉はその云うがままに両替えをして遣ると、男は他のひとりを見かえて、笑いながら云った。

「おい。ここの火鉢を借りて、一件の膏薬を貼ったら何うだ。」

「むむ。」と、他のひとりも同じく笑いながら躊躇していた。彼は顔の色がすこしく蒼い。その上に左の足が不自由らしく、歩くのに跛足をひいていた。

「どこかお悪いのですか。」と、善吉は訊いた。

「悪い、悪い。大病人だ。」と、初めの男はまた笑った。

「よせ、よせ。もう行こう。」と、他の男はやや極まりが悪そうに起ちかけた。

「はは、痩我慢をするなよ。」と、初めの男は矢はり笑っていた。「実はこの男はあんまり女の子等に可愛がられた天罰で、横痃《よこね》が出来ている。そこで今、伝馬町の薬屋で瘡毒一切の妙薬という赤膏薬を買って来たのだが、直ぐに貼ってしまえば好いのに、極まりを悪がってその儘に待っているのだ。ここの店には、ほかに誰もいなくて丁度好い。その火を借りて早く貼ってしまえよ。」

それを聴いて、善吉も笑い出した。

「そんなら御遠慮はございません。どうぞ早くお貼りください。」

「それ見ろ。この息子もそう云うじゃないか。なんの、極まりが悪いことがあるものか。この息子だって内々貼っているかも知れない。」

「はは、御冗談を……。」

善吉も若い者であるから、こんな話に一種の興味を持って、店の火鉢を二人の前へ押し遣ると、他の男もとうとう思い切って店に腰をおろした。彼は袂から二枚の大きい膏薬を取出して、火鉢の上にかざし始めた。

「おれも手伝って、一枚をあぶって遣ろう。この膏薬は二枚かさねて貼らなければ、ほんとうに毒を吸い出さないのだそうだ。」

初めの男も一枚を把って、火にかざしていたが、やがて打返して見て舌打ちした。

「薬はまだ伸びない。なにしろ火鉢の火が微《かすか》だからな。いくら諸式高値でも、ここの店は随分倹約だぞ。まるで蛍のような火種しかないのだからな。」

「いえ、そんな筈はございませんが……。」

善吉は思わず顔を出して、火鉢のなかを覗こうとすると、彼の二人は突然に善吉の手を捉えて、大きい赤膏薬をその両方の眼にべったりと貼りつけてしまった。そうして嚇すように小声で云った。「さわぐな。」

熱い膏薬を両眼に貼り付けられて、俄盲になった上に、相手は兎もかくも侍ふたりである。善吉は唯おめおめと身を竦ませていると、彼等は帳場の金箱を引っ抱えてばたばたと逃げ出した。その物音に気がついて、奥から新兵衛夫婦が出て来たときには、二人の姿はもう宵闇にかくれていた。

　膏薬を剝がして眼を洗わせたが、熱い煉薬が眼に泌みたので、善吉はその後幾日も眼医者に通わねばならなかった。前の支那の話は膏薬を口に貼った。こちらは二人と一人であるから、両方の眼に膏薬を貼った。要するに同巧の手段である。こちらは侍二人である以上、わざわざ眼隠しをするにも及ばないように思われるが、悪事を働くには矢はりこの方が安全であると考えたらしい。

　三河屋からは直ぐに訴え出てあったので、犯人の探索が行われた。彼等は身持のよくない小旗本の次三男か、安御家人か、そう云うたぐいの者に相違ないと、誰でも容易に想像する所であった。手先の一人は取りあえず四谷伝馬町の生薬屋を取調べたが、その当日又はその前日に赤膏薬を買に来た侍はないと云うのであった。してみると、伝馬町で買ったなどと云ったのは、万一の用心のために出鱈目をならべたので、実は何処で買って来たのか判らない。したがって、彼等は近所の者か何うか、それも判らない。

　こうなると、探索の範囲もよほど広くなるわけであるが、流石に蛇の道は蛇で、手先等は先ず近所の新宿に眼をつけた。彼等はおそらくその金を分配して、新宿の妓楼に足を入れたであろうと鑑定したのである。その鑑定は適中して、新宿の伊賀屋という店へ登楼した一人の客が右の小指に火傷をしたと云って、相方のおせんと云ふ女郎から山崎の守符を借りたことが判った。山崎の守符はそのころ流行したもので、その守符で火傷を撫れば直ぐに平癒すると伝えられていた。

その客はおせんの馴染で、四谷信濃町に住んでいる三十俵取りの国原次郎という者である。その晩は次郎ひとりであったが、その友達の三上甚五郎というのも時々に連れ立って来るという。更に進んで内偵すると、彼等ふたりは組内でも評判の道楽者であることも判った。しかし相手が武士であるから、迂闊に召捕るわけにも行かないので、手先ふたりは三河屋の善吉を同道して、次郎の屋敷の近所に網を張っていると、彼は湯屋へ行くらしく、手拭をさげて表へ出た。木かげに忍んでいた善吉は彼を指さして、あの侍に相違ないというので、手先は猶予なしに彼を取押えた。四谷坂町に住んでいる三上甚五郎もつづいて引き挙げられた。

三河屋で一分の銀を両替したのは次郎である。横痃の跛足を粧っていたのは甚五郎である。彼等は一旦その近所の大宗寺内へ逃げ込んで、金箱のなかをあらためると、銀と銭とを併せて二両ほどしか無かった。思いのほかに少いとは思ったが、二人はそれを山分けにして別れた。一緒に新宿へ遊びに行っては足が附く虞れがあると思ったからである。金箱は本堂の縁の下へ抛り込んで立去った。

彼等としては先ず用意周到に処理した積りであったが、次郎は彼の赤膏薬を火鉢で炙っている際に、なるべく好く炙ろうとして誤って自分の小指を火に触れた。そのときは差のみにも感じなかったが、新宿へ行ってからはその小指がひりひり痛んで来たので、彼は相方のおせんに何か薬はないかと訊くと、おせんは山崎の守符を貸してくれた。それが測らずも手先の耳に洩れて、遂に露顕の基となったのである。

事実は単にこれだけである。これに何かの潤色を加えたならば、もう少し面白い探偵物語に作り上げることが出来るかも知れない。

# 支那の探偵小説

支那の探偵小説あるいは犯罪小説といえば、遠くは彼《か》の「棠陰比事《とういんひじ》」近くは「杜騙《とへん》新書《しんしょ》」「騙《へん》術奇談」などが最も知られているが、他の小説又は筆記類のうちにも、往々にして探偵小説の材料になりそうな話が見出されるので、凉み台の話の種に、今その二、三を紹介する。

## 一寸法師

元の陶宗儀《とうそうぎ》の「輟耕録《てっこうろく》」の一節——

至元年間のある夜である。一人の盗賊が浙省の丞相府に忍び込んだ。月のうす明るい夜で、丞相が紗の帷の中から透してみると、賊は身のたけ七尺あまりの大男で、関羽のような美しい長い髯を生やしていた。侍姫のひとりもそれを見て、思わず声を立てようとすると、丞相を制した。

「ここは丞相の府だ。賊などが無暗に這入って来る筈がない。」
みだりに騒ぎ立てて怪我人でもこしらえてはならないと云う遠慮から、丞相は彼女を制したのである。賊はその間に、そこらにある金銀珠玉の諸道具を片端から盗んで逃げ去った。前にいう通り、その賊の人相風俗は大抵判っているので、丞相は官兵に命じてすぐにその捜査に取りかからせた。省城の諸門を閉じて詮議したが、遂にそのゆくえが知れなかった。

その翌年になって、賊は紹興地方で捕われて、逐一その罪状を自白したが、彼は案外の小男であった。彼は当夜の顚末についてこう語った。

「最初に城内に入り込みまして、丞相府の東の方に宿を仮りていました。その晩は非常に酔って帰って来て、前後不覚の体で門の外に倒れているのを、宿の主人が見つけて介抱して、兎もかくも二階へ連れ込みましたが、寝床へ這入ると無暗に嘔きました。それから夜の更けるのを待って、二階の窓から窃と抜け出して、檜づたいに丞相の府内に忍び込みましたが、そのときには俳優が舞台で用いる附髭を顔一ぱいに附けて、二尺あまりの高い木履を穿いていました。そうして、品物をぬすみ出すと、それを近所の塔の上に隠して置いて、再び自分の宿へ戻って寝ていると、夜のあけた頃に官兵が捜査に来ました。しかしわたくしが昨夜泥酔して帰ったことは宿の主人も知っていますし、第一わたくしは一寸法師と云っても好いくらい脊丈が低い上に、髭などは些っとも生やしていないで、人相書とは全く違っているものですから、官兵は碌々に取調べもしないで立去ってしまったのです。それから五、六日経って、詮議もよほど弛んだ頃に、塔の上から彼《か》の品々を持ち出しました。」

## 茉莉花

清の紀暁嵐《きぎようらん》の「閲微《えつび》草堂筆記《そうどうひつき》」の一節――

閩中のある人の娘はまだ嫁入りをしないうちに死んだ。それを葬ること式の如くであった。それから一年ほど過ぎた後、その親戚の者が隣の県で彼女とおなじ女を見た。その顔容から声音までが余りによく肖ているので、不意にその幼名を呼びかけると、彼女は思わず振返ったが、又もや足を早めて立去った。親戚は郷里へ帰ってそれを報告したので、両親も怪んで娘の塚をあけて見ると、果して棺のなかは空になっていた。そこで、そのありかを尋ねてゆくと、女は両親を識らないと云い張っていたが、その腋の下に大きい痣のあるのが証拠となって、彼女はとうとう恐れ入った。その相手の男をたずねると、もう何処へか姿をかくしていた。

だんだんその事情を取調べると、閩中には茉莉花を飲めば仮死するという伝説がある。茉莉花の根を磨って、酒にまぜ合せて飲むのである。根の長さ一寸を用ゆれば、仮死すること一日にして蘇生する。六、七寸を用ゆれば、仮死すること数日にして猶蘇生する。七寸以上を用ゆれば本当に死んでしまうと云うのである。彼《か》の娘は已に約束の婿がありながら、他の男と情を通じたので、男と相談の上で茉莉花を用い、空死をして一旦葬られた後、男が塚をあばいて連れ出したものであることが判った。男はやがて捕われたが、その申立ては娘と同様であった。

閩の県官呉林塘という人がそれを裁判したが、塚をあばいた罪に照らそうとすれば、その人は死んでいないのである。薬剤を以て子女を惑わしたという罪に問おうとすれば、娘も最初から共謀である。さりとて財物を奪ったとか、拐引を働いたとか云うのでもない。結局その娘も男も姦通の罪に処せられることになった。

支那にもロミオとジュリエットがあるから面白い。

## 孀婦の入水

清の景星杓の「山斎客譚」の一節――

亳（地名）へ商いに行っている者があった。彼は橋の北に住んでいる某婦人の艶色に惑って、媒介業者について何とか彼女を妻にする工夫はあるまいかと相談すると、媒介業者は一旦断った。

「あの女は孀婦で、誓って二度と嫁入りをしないと云っているのですから、所詮この相談は無駄でしょう。」

それでも何とかして呉れまいかとし切りに口説くので、媒介業者はふと悪計をたくらんだ。

「では、こうしては如何です。あの女の先夫には唯ひとりの老年の叔父があります。その叔父に賄賂を贈って、なんとか話し込ませて見ましょうか。」

商人は早速同意して、その云うがままの金を媒介業者にあたえると、彼はやがて又、商人のところへ来てこう云った。

「お気の毒ですが、女はどうしても承知しません。もうこの上はおまえの里方へ機嫌聞きに行けと云って、女をだまして輿に乗せて、あなたの所へ連れ込むより外はありません。左もなければ、お預かりの金はお返し申します。」

商人はもう眼が眩んでいるので、忽ち又それに同意して、更に多額の金を出すことになった。

そこで、約束の期日になって、彼女を輿に乗せて連れ出すと、橋のまん中まで渡って来たときに、女は突然に輿の中から飛び出して川へ身を投げてしまった。

これには商人も驚いた。うかうかしていると、自分がどんな罪を受けるか判らないと思ったので、早々に夜逃げをして、再びこの土地へ足踏みをしなかった。

媒介業者の計略は成就したのである。川へ飛び込んだ女は、橋の北の社に祭ってある泥細工の夫人の像に衣服を着せたのであった。

# 怪奇一夕話

春の雑誌に何か怪奇趣味の随筆めいたものを書けと命ぜられた。これは難題であると私は思った。

昔も今も新年は陽気なものである。お屠蘇の一杯も飲めば、大抵の弱虫も気が強くなって、さあ矢でも鉄砲でも幽霊でも化物でも何でも来いということになる。怖い物見たさが人間の本能であると云っても、屠蘇気分と新年気分とに圧倒されて、その本能も当分屏息の体である。その時、ミステリアスが何うの、グロテスクが何うのと云ったところで、恐らくまじめに受付けては呉れないであろう。同じグロならマグロの刺身でも持って来いぐらいに叱られるか、岡本もいよいよ老耄したなと笑われるか、二つに一つである。

初春の寄席の高坐で「牡丹燈籠」を口演する者はない。春芝居の舞台に「四谷怪談」を上演した例を知らない。そう考えると、全くこれは難題であると思ったが、一旦引受けた以上、今更逃げるわけにも行かない。私が若い時、狂歌の会に出席すると、席上で「春の化物」という題を出された。これも難題で頗る閉口したが、まあ我慢して左の二首を作った。

春雨にさす唐傘のろくろ首けらけらけらと笑ふ梅が香

執着は娑婆に残んの雪を出でて誰に恨をのべの若草

それでも高点の部に入って、いささか天狗の鼻を高くしたことがある。そこで、これから書く随筆まがいの物も、春は春らしく、前に掲げた狂歌程度で御免を蒙ろうと思う。百物語式の物凄い話は——と云っても、実はそんな怪談を沢山に知っているのでは無い。——秋の雨がそぼそぼと降って、遠寺の鐘がボーンと聞えて来るような時節までお預かりを願って置くことにしたい。

なんと云っても、怪談は支那が本場である。日本に伝来の怪談は畢竟わが国産ではなく、支那大陸からの輸入品が多い、就ては、先ず支那を中心として、日本と外国の怪奇談を少しく語りたい。

論語に「子は怪力乱神を語らず。」とある。この解釈に二様あって、普通は孔子が妖怪を信じないと云うように受取られているのであるが、又一説には、孔子は妖怪を語らないと云うに過ぎないのであって、妖怪を信じないと云うのではない。孔子も世に妖怪のあることを認めてはいるが、そんなことを妄《みだ》りに口にしないのであるという。成程、そういえば然ういう風に解釈されないことも無い。「語らず」と「信ぜず」とは、少しく意味が違うように思われる。

現にその孔子も妖怪に襲われている。衛にあるあいだに、ある夜その旅舎の庭に真黒な姿の怪しい物が現れたので、子路と子貢が庭に飛び降りて組み付いたが、敵はなかなかの曲者で、二人の手に負えない。そこで、孔子も燭を執って出て、そいつの鬚をつかめとか、胸を押えろとか指図した。それでようよう取押えてみると、怪物は巨大なる鯷魚であったという。鯷魚は鯰のような魚類であるらしい。大鯰はなんの為に化けて出たのか、相手を聖人と知ってか知らずか、それは勿論穿索の限りでないが、兎も角もこういう怪物が目前に出現した以上、孔子も妖怪を信じないわけには行かなかったであろう。こうなると、「語らず」は文字通りの「語らず」であって、「信ぜず」というのでは無いらしい。

唐の韓退之は仏教大反対で、聖人の道を極力主張したので有名の人物であるが、この韓退之も雪の降る夜、柳宗元等と一堂に集まって鬼神を論じていると、折から烈しい吹雪のなかに蛍のごとき火が点々と現れた。忽ちに千万点、それが一団の大きい火の玉となって室内に飛び込んで来て、そこらをくるくると舞っていたかと思うと、やがて一堂も揺らぐばかりの凄まじい響きをなして飛び去ったので、剛を以て聞えた韓退之もさすがに顔色を変えた。ほかの人々はもちろん蒼くなった。その後、韓退之も柳宗元も遠流されたりして、その怪を見た者はみな不運であったという。

そんなわけで、孔子を始めとして、その道を祖述した学者や識者も皆さまざまの怪異に出逢っているのであるから、一般の人間が妖怪を信ずるのも無理はない。東晋の干宝《かんぽう》は幼より学を好み、古来の怪奇伝説などを一切信憑しなかったが、あるとき我家に仕えている下婢に関して霊異の事実があったので、世には理外の理あることを初めて信ずるようになって、爾来専らその研究に没頭することになった。有名なる「捜神《そうじん》記《き》」二十巻は、彼が多年の研究の産物であると伝えられている。その「捜神記」の中には、眉唾に値するものが多々あるように思われるが、著者の干宝自身は案外まじめにそれを信じていたのかも知れない。

「捜神記」は古来有名の書であるから、今更わたしが改めて紹介するまでもないが、この書の特色というべきは妖を妖とし、怪を怪として記述するに留まって、支那一流の勧善懲悪や因果応報を説いていない所にある。総て理窟もなく、因縁もなく、単に怪奇の事実を蒐集してあるに過ぎない。そこに怪談の価値があるのであって、流石に支那の怪談の開祖と称してよい。唐の段成式の「酉陽雑俎」は正続あわせて三十巻、一種の三才図会式の物ではあるが、これにも「捜神記」同様の怪談が多い。支那に所謂「志怪の書」の多いのは周知の事実で、まったく汗牛充棟と云えるであろう。又、普通の随筆又は筆記のうちにも大抵は幾多の怪奇談を編入してあるから、量に於ては実におびただしいものであるが、その根源は「捜神記」と「酉陽雑俎」の両書を出でない。殊に後世の作物には教訓的の勧懲主義を多量に含んでいるものが多いので、怪談としての価値がいよいよ稀薄になっている。

清の紀暁嵐の「閲微草堂筆記」は有名の大著で、奇談怪談のたぐい三千余種を網羅し、斯界に新生面を拓いたと称せられているが、一方には宋儒の説を排撃し、又一方には例の勧懲主義を鼓吹するに急にして、肝腎の怪奇趣味を大いに減殺している感がある。それと同時代の作物で、袁随園の「子不語」もまた有名の大著である。世間一般の定評では、「子不語」を「閲微草堂筆記」の下位に置くようであるが、私などの観るところでは、「子不語」は怪談を怪談として記述するに留まって、前者のように種々の議論を加えていないのが却って良いと思う。怪談に理窟を附会するのは禁物である。宋の洪邁の大著「夷堅志」などにも殆ど理窟を説いていない。

以上の「閲微草堂筆記」や、「子不語」のたぐいは、時代が比較的に新しいので、文化文政度における我が作家連の眼に触れなかったらしく、翻案専門の曲亭馬琴などの作物にも全然借用されていない。しかも「捜神記」「酉陽雑俎」「夷堅志」の類になると、第一は六朝、次は唐、次は宋というのであるから、遠い昔から我国に輸入されて、彼《か》の「今昔物語」や「古今著聞集」などに種々の翻案材料を提供している。「今昔物語」は大納言隆国卿が宇治に閑居し、往来の者を呼びあつめてその物語を筆記したなどと伝えられているが、実は「捜神記」その他の記事を翻案したものが多い。したがって、源義家がどうしたの、平貞盛がどうしたのと云う、実在人物に関する記事にも信を置けないのが往々にして見出される。

更に下って江戸時代の初期になると、元禄前後から享保前後に亘る五、六十年間は、実に怪談全盛時代と云うべきであって、出版がまだ完全に発達しない時代であるにも拘らず、多数の怪奇談集が続々発行され、西鶴や団水の諸家は皆その方面にも筆を染めている。しかもその大部分は例の「捜神記」や「酉陽雑俎」のたぐいの翻案で、どこの国の何という村に起った出来事であるなどと、まざまざしく書いてあっても、大抵は作り話であること云うまでもない。作り話も創作でなく、その多くは翻案である。わが国に創作の怪談は少い。

前にも云うごとく、更に文化文政度まで下って来ると、本家の馬琴を始めとして、その他の作家の小説類にも、なにかの怪談を取入れてあるが、それが矢はり翻案であるのは、少しく支那の小説筆記類を読んだ者の悉く知る所である。したがって、日本人の怪奇趣味は支那趣味を多量に含んでいるものと思わなければならない。

春の化物に理窟や考証めいたことは無用である。ここは好加減に切上げて話題を他に転向することにする。

デフォーの書いた「ヴヰール夫人の亡霊」は千七百五年九月八日の正午十二時に、カンタベリーに住むバーグレーヴ夫人を訪問したのである。意外の事を「白昼の幽霊」というが、これは確に白昼の幽霊である。筆者のデフォーもそれが事実であることを強調し、一般の読者もそれを事実談として信じ来ったのであるが、今日ではそれが作り話であると云うことになった。デフォーが某書店に頼まれて、フランスの神学者の著書を宣伝するために書いたのだと云うのである。デフォー先生もそんなインチキを遭ったのかと、私も少々意外に感じているのであるが、兎も角もヴィール夫人の訪問が正午十二時とあるからは、真昼間に幽霊が出現したと云っても、事実談として他人を信用させることが出来たらしい。

しかし外国でも白昼の幽霊は少い。幽霊は夜陰に出現するものであると云うのが一般の常識になっている。日本でも幽霊は暗い時、暗い処にぼんやりと現れるものに決められているようである。ところが、支那の幽霊はそうでない。白昼公然と現れるのは一向に珍しくない。中には従者を大勢引連れて、馬や輿で堂々と乗込んで来るものもあるから偉い。いや、まだ物騒な話がある。これは諸種の随筆中に記載されていて、支那では有名な話と見えるから、左に紹介する。

ある人が城内の町を通ると、旧僕の李という男に出逢った。互いに懐かしく思って、そこらの酒店へ立寄って一緒に飲みはじめた。それまでは好かったが、その人が不図思い出したのは、旧僕の李は疾うに死んだと云うことである。さあ、大変だと、彼は形をあらためて訊いた。

「どうも不思議だな。お前はもう死んでしまった筈だが……。」

「はい。十年前に死にました。」

「そうすると、おまえは幽霊か。」

「左様です。」と、李は笑いながら答えた。「しかしびっくりなさるには及びません。幽霊だって自由に娑婆へ出て来られます。私のような幽霊はそこらに幾らも歩いていますよ。」

「それがお前に判るか。」

「判ります。現にここの店にも一人います。普通の人間には判りますまいが、わたくしが観れば、それが生きている人か幽霊か、すぐに見分けられます。まあ、表へ出て御覧なさい。」

こうなると一種の好奇心も手伝って、彼は李と共に往来へ出た。時は白昼で、町は賑わっている。その混雑のあいだを通り抜けながら、李は摺れ違う人を指さして小声で教えた。

「あの男も幽霊です、あの女も……。」

およそ七、八町を行くあいだに、李は男女十人あまりを教えたので、その人は顫えあがった。早々に李に別れて帰ったが、その後は人ごみへ出るのが怖ろしくなって、昼も滅多に外出しなかったという。

これでは全く怖ろしい。迂濶に銀ブラも出来ないことになる。カフェーへ這入れば女給の幽霊あり、デパートへ這入ればマネキンの幽霊あり、それが普通の人間の眼には見分けられないと云うのでは物騒千万である。この奇怪なる報道が一たび新聞紙上にでも現れたら、銀ブラ党も定めて大恐慌を来すであろうが、驚く勿れ、それは支那の話である。

なにしろこう云ったようなわけで、支那の幽霊は白昼雑沓のなかを横行濶歩しているのである。いかに彼等が大胆であり、勇敢であり、明朗であるかが窺い知られるではないか。それに比較すると、日本の幽霊や外国の幽霊は、小胆で卑怯で陰鬱で、彼が男性的英雄的であるに反して、これは女性的小人的である。国際連盟の席上に幽霊を連れ出せば、支那は優に世界列強を慴伏せしめ得るに相違あるまい。

もう一つ、日本の幽霊の弱点は足の無いことである。支那は勿論、外国の幽霊にも立派に二本の足がある。不幸にして日本の幽霊は足が無い。いや、日本の幽霊も昔は足があって、憎い奴を蹴殺した例もあるのであるが、江戸時代に丸山応挙などという不心得の画家が現れて、おのれ一個の功名を擅ままにする為に、腰から下をぼかしたような幽霊を描き出したのが抑も間違いの始まりで、我が幽霊は胴斬りの様な片輪者にされて仕舞ったのである。恨みがあらば応挙に云え。なぜその当時の幽霊達がこの残酷なる画家を執殺さなかったかと思う。或はこの方が自分達の凄味を加えるのに好都合だと考えて、執殺すどころか、却って画家に感謝していたかも知れない。

支那や外国の幽霊は暗夜に無灯で出没する。それが幽霊の特権であろうと思われるのに、日本の幽霊は警視庁令を守る自転車乗りの如くに必ず灯火を携帯する。外国でも燐光は飛ぶ。支那でも古沼や墓場には燐火が見られる。現に鬼火とか鬼燐とかいう言葉もあるくらいで、詩人は「陰房鬼火青」などと歌っているが、その鬼火は幽霊に伴って出るものとは考えられていない。鬼火が幽霊の提灯代用になるのは、日本独特のものであるらしい。日本の幽霊も室内に現れる場合には鬼火を伴わず、室外又は往来の暗い所で専ら鬼火を照すのを見ると、確に提灯代用であるに相違ない。

日本の伝説によると、狐狸妖怪のたぐいは暗夜でもその姿を見せるという。それであるから、暗夜の途上で行人に出逢った場合、暗中でその容貌衣服等を認め得るものは、妖怪であると鑑定して差支えないと云うことになっている。而《しか》も幽霊に限って、暗中にその姿をあらわし難く、いつも灯火を仮りているのも不思議である。その不思議が即ち怪の怪たる所以でもあろうか。但し我が幽霊も昔は自由に暗夜を出没し得られたのであるが、これも江戸時代の画家のさかしらで、焼酎火の如きものを燃やすことになったのである。

こういうわけで、外国や支那の幽霊は千古不易（？）であるにも拘らず、日本の幽霊界は江戸時代に一種の革命を経て、総ての様式を改めたものと認められる。したがって、江戸中期以後の幽霊を標準として、その以前の幽霊を揣摩臆測してはならない。我国といえども、昔の幽霊は支那式であったことを記憶して置く必要がある。その点に於て三遊亭円朝作の「牡丹燈籠」の幽霊が鬼火を照らさずして牡丹燈籠をたずさえ、而も駒下駄の音をカランコロンと響かせて来るなどは、支那小説の翻案によるとは云え、明かに復古趣味であるとも云い得るのである。

＊

幽霊はここらで消えることにしよう。也有《やゆう》の句にこんなのがある。

傘持たで幽霊消ゆる時雨かな

幽霊も時雨に逢っては堪らないと見える。夕立に逢ったらいよいよ驚くであろうと思いやられて可笑《おか》しくもなる。そこで、今度は妖怪変化について少しく考え出してみたい。幽霊以外の怪物はすべて妖怪変化と認めてよいのであるが、外国語で云うモンスターは日本語でいう妖怪変化の部類には編入し難い。巨大なる爬行虫や奇怪なる大蛸のたぐいはモンスターと呼んでも差支えないのであるが、それ等を日本では普通に妖怪変化とは云わないようである。日本でいう妖怪変化の定義はなかなか複雑であるが、要するに「化ける」と云うことが第一義となっているらしい。

「化ける」とか「化かす」とか云うことになると、我国では狐と狸を代表的の妖怪変化と決定するに異論はあるまい。古いところでは妲己の狐で、日本では三国伝来九尾の狐などと云っているが、本家本元の支那では妲己の狐を認めていない。支那の学者の考証によると、正しい記録に狐妖を書してあるのは、秦の終りに彼《か》の陳勝と呉広が兵を挙げた時、狐の啼声をよく真似る者を暗夜に出没させて「楚、興らん」と叫ばせたのを嚆矢とするそうである。陳勝等は楚の後裔とか称していたので、狐の告げのように粧って人気を得ようと巧んだのであるから、所詮は一種の計略で、真実の狐妖では無いのであるが、彼等がそういう計略を廻らしたと云うことは、一般の人間が已に狐妖を信じていた証拠であって、恐らくその以前から狐妖の説が民間に行われていたのであろうと云うのである。仮りに陳勝等の創意としても、その歴史は頗る古い。

外国にはウエヤー・ウルフ即ち人狼の伝説であって、今でも僻遠の山村などでは信憑されている。昼間は普通の人間であって、夜間は変じて狼となり、墓地などを荒し廻って新しい死人の肉を喰うと云うのである。而も狐が化けるという話を聞かない。それに反して、支那や日本では狐は化けるものと決められている。狐が男に化け、美女に化けたという話は、支那では多きに堪えない位である。無智の支那人のあいだには、狐は普通の獣類でなく、人類と獣類との中間に位する一種の霊ある動物であって、千歳を経れば狐仙となり得ると信じられている。

狐や狸が人を化かすというのは、その動物電気に困るのであると説明されているが、まあそんな事にでもして置くのほかはあるまい。私の叔父にこんな話がある。江戸末期に、私の父と叔父は上総の富津の台場お固めを命ぜられて出張していた。その当時、父は二十七歳、叔父は二十一歳であったという。そこで、ある初夏の日の午後、藤井とかいう同役と、父と叔父と三人連れで、富津の村へ遊びに出た。そこの小料理屋で飲んで食って、日の暮れかかる頃に帰って来ると、その途中に長い田圃路がある。そこを通りかかると、叔父は兎角によろよろして田の中に踏み込もうとする。最初は酔っているのだと思っていたが、幾たび注意しても田の方へよろけて行くのである。そのうちに、連れの藤井が何を見たか俄に叫んだ。

「畜生、化かしたな。」

見ると、田を隔てた向うの大樹の下に、一匹の狐がいる。狐は右の前足をあげて、恰も招くような真似をしているのである。叔父はそれに招かれて、よろけて行くらしい。それに気が注いて、父も畜生と呶鳴った。それと同時に、刀を抜いて高く振りかざすと、狐は早々に逃げ去った。その後は叔父もよろけなくなった。曩によろけている間は、むやみに眠気を催したそうである。狐が人を化かすと伝えられるのは、こう云うたぐいであろうと、父は常に語っていた。

河獺もいたずら者である。普通の人は狐や狸を眼のかたきにしているが、他国は知らず、江戸辺では狐狸よりも河獺の方が妖物であったように聞いている。今日ではだんだんに埋められ、或は狭ばめられて仕舞ったが、江戸時代には郡部は勿論、市内にも所々に小川や大溝があった。河獺はそこに巣を作っていて、或は附近の人家を襲い、或は往来の人々をおびやかした。彼は不意に往来の人に飛び付き、或は雨傘の上に飛びあがる。それに脅かされた人々は、その正体をよくも見定めずに種々の怪談を伝えた。江戸市内に流布する怪談の種を洗うと河獺の仕業が多いという。これも父の話であるが、虎の門の内藤藩士福嶋某が雨のふる夜に虎の門を通行すると、暗い中から真黒な小僧のような者が飛んで出て、突然に横合からその腰に組み付いたので、福嶋は小僧の襟首を引っ摑んで力任せに地面へ投げ付けると、彼は低く走って堀のなかへ水音高く飛び込んだ。これも大きい河獺に相違ないと、福嶋は人に語ったそうである。

次は猫である。化け猫という一つの熟語が出来ているくらいに、猫の化けるのは有名であって、尾上菊五郎の家の芸にまでなっているが、十二ひとえ姿の官女に化けたり、絞りの浴衣を着て踊ったりするのを、実地に見たという人は無いようである。猫が手拭をかぶって踊ると伝えられるのは、彼がその頭にからんだ手拭を払い退けようとする前足の働きが、恰も踊るように見えるからであろう。猫が立って歩くのは事実で、私も一度目撃したことがある。

それは今から三十年ほど前のことで、その頃わたしは麴町元園町に住んでいたが、八月なかばの暑い夜で何分にも寝苦しいので、午前一時頃に起きて庭に出て、更に門の外に出た。私の家は表通りから五、六間引込んだ袋地のような所にあって、狭い路が往来に通じている。その狭い路のまん中に、一匹の猫が立っているのである。私は立ちどまって、月明りに窃と窺っていると、猫は長い尾を曳いて往来の方へ向って歩いてゆく。後足二本と長い尾との三脚によって、体の中心を取っているらしい。それで徐かに歩いてゆくこと五、六歩、やがて背後に窺う人あるのを覚ったのであろう。私の方を鳥渡見返ったかと思うと、忽ち常の姿勢に復って、飛鳥のごとくに走り去った。それは表通りの氷屋の飼猫であるらしかった。

あくる朝、私は氷屋の店をのぞくと、猫は腰掛けの上に何げなく遊んでいた。而もそれから一月程の後、猫はゆくえ不明になった。立って歩く姿を私に見られた為でもあるまいが、彼女は遂に戻って来なかったそうである。猫の尾を長くして置くと化るという伝説は、猫が尾の力によって突っ立ち上る為であろう。前にもいう通り、後足二本と長い尾との三脚によれば、猫の立ち上るのも不思議では無い訳であるが、実際にその立って歩く姿を目撃すると余り気味の好いものではない。

猫ばかりでなく、鼬も立つ。しかも彼は後足で真直に立って、右の前足を眼の上にかざして人を見る。これを昔から、「鼬が眼《ま》かげさす」というのであるが、その姿勢と動作が恰も人の如くであるので、女などには忌がられる。この動物の特性とは知りながら、薄暗い夕がたの庭先などで、鼬に前足をかざして窺われると、男でもあまり好い心持はしない。彼も何となく妖気を帯びた動物である。鼬に往来を横ぎられると通路が断えるという伝説は何から出たのか、私は知らない。

こんなことを話していると際限がないから、ここらで幽霊を消すことにして、あとは春らしく賑かに、歌留多《かるた》でも取りましょう。

## 初出誌紙・収録単行本一覧

助六身の上話――「助六身上話」演芸画報（大6年5月）／『十番随筆』収録

かたき討の芝居――「かたき討の芝居」歴史公論（昭11年12月）／『思ひ出草』、『綺堂劇談』、『綺堂芝居ばなし』収録

夏芝居――演芸画報（大9年7月）／『猫やなぎ』、『綺堂劇談』、『綺堂芝居ばなし』収録

正月の思い出――初出不明／「正月の思ひ出」『思ひ出草』収録

牛――サンデー毎日（昭12年）／『思ひ出草』、『綺堂随筆』収録

虎――サンデー毎日（昭13年）／『綺堂随筆』収録

雪の一日――新潮（昭8年3月）／『猫やなぎ』収録

二階から――木太刀（大4年7～9月、大5年1月、4月）／『五色筆』収録

薬前薬後――時事新報（大15年8月19日～22日）／『猫やなぎ』、『綺堂随筆』、『綺堂むかし語り』収録

蟹――木太刀（明44年8月）／『五色筆』収録

亡びゆく花――初出不明／『猫やなぎ』収録

仙台五色筆――「仙台の五色筆」やまと新聞（大2年10月2日～18日）／『五色筆』、『綺堂随筆』、『綺堂むかし語り』収録

山霧――「妙義の記」木太刀（大3年9月）／『五色筆』収録、「妙義の山霧」と改題して『綺堂随筆』、『綺堂むかし語り』収録

磯部の若葉――木太刀（大5年7月）／『五色筆』、『綺堂随筆』、『綺堂むかし語り』収録

栗の花――読売新聞（大8年8月24日）／『十番随筆』収録

秋――初出不明／『十番随筆』収録

葉桜まで――初出不明／『十番随筆』収録

大師詣――木太刀（明45年7月）／『五色筆』収録

後の大師詣――「不思議の糸」木太刀（大2年5日）／『五色筆』収録

雨と月と――木太刀（明45年11月）／『五色筆』収録

秋の潮――初出不明／『五色筆』収録

四十余年前――初出不明／『思ひ出草』収録

昔の従軍記者――初出不明／『思ひ出草』、『綺堂むかし語り』収録

日清戦争劇――舞台（昭12年9月）／『思ひ出草』収録

苦力と支那兵――「苦力の話」＋「支那兵の話」文藝春秋（昭7年8月、昭8年1月）／『猫やなぎ』、『綺堂むかし語り』収録

満洲の夏――都新聞（昭7年6月）／『猫やなぎ』収録

赤膏薬――文藝春秋（昭6年）／『猫やなぎ』、『綺堂随筆』、『綺堂むかし語り』収録

支那の探偵小説――文藝春秋（昭5年8月）／『猫やなぎ』収録

怪奇一夕話――中央公論（昭10年2月）／『思ひ出草』、『綺堂随筆』収録

**岡本綺堂の随筆単行本**

『五色筆』（南人社、大6年11月）
『十番随筆』（新作社、大13年4月）
『猫やなぎ』（岡倉書房、昭9年4月）
『思ひ出草』（相模書房、昭12年10月）
○没後に編まれた単行本（全て岡本経一編）
『綺堂劇談』（青蛙房、昭31年2月）
『綺堂随筆』（青蛙房、昭32年2月）
『綺堂むかし語り』（旺文社文庫、昭53年12月／光文社文庫、昭53年12月＊旺文社版に数編追加）
『綺堂芝居ばなし』（旺文社文庫、昭54年1月）

**凡例**

底本として綺堂生前刊行の単行本を使用した（再録されている場合は新しい版を使用）。生前刊行の単行本に未収録のものは『綺堂随筆』を底本とした。

仮名遣いは現代仮名遣いに、常用漢字は新字体に改めた。但し、文語は歴史的仮名遣いのままとした。送りがなはすべて底本のままとし、適宜ルビで補った。頻出する一部の接続詞、副詞、代名詞は漢字を平仮名に開いたが、原則として漢字を仮名に開くことはせず底本のままとした。

編集による注はパーレンで囲み、文字の大きさを下げた。

本書は、二〇〇三年に刊行された『綺堂随筆
江戸っ子の身の上』（河出文庫）の新装版です。
本文中、今日から見れば不適切と思われる表現
がありますが、書かれた時代背景と作品価値と
を鑑み、そのままとしました。

綺《き》堂随筆《どうずいひつ》
# 江戸《えど》っ子《こ》の身《み》の上《うえ》

二〇〇三年 一 月二〇日 初版発行
二〇二三年一二月一〇日 新装版初版印刷
二〇二三年一二月二〇日 新装版初版発行

著 者 岡本綺《おかもとき》堂《どう》
発行者 小野寺優
発行所 株式会社河出書房新社
〒一五一－〇〇五一
東京都渋谷区千駄ヶ谷二－三二－二
電話〇三－三四〇四－八六一一（編集）
〇三－三四〇四－一二〇一（営業）
https://www.kawade.co.jp/

ロゴ・表紙デザイン 粟津潔
本文フォーマット 佐々木暁
本文組版 KAWADE DTP WORKS
印刷・製本 中央精版印刷株式会社


Printed in Japan ISBN978-4-309-42073-8

## 風俗　江戸東京物語

岡本綺堂　41922-0

軽妙な語り口で、深い江戸知識をまとめ上げた『風俗江戸物語』、明治の東京を描いた『風俗明治東京物語』を合本。未だに時代小説の資料としても活用される、江戸を知るための必読書が新装版として復刊。

## 綺堂随筆　江戸の思い出

岡本綺堂　41949-7

江戸歌舞伎の夢を懐かしむ「島原の夢」、徳川家に愛でられた江戸佃島の名産「白魚物語」、維新の変化に取り残された人々を活写する「西郷星」、「ゆず湯」。綺堂の魅力を集めた随筆選。

## 世界怪談名作集　信号手・貸家ほか五篇

岡本綺堂〔編訳〕　46769-6

綺堂の名訳で贈る、古今東西の名作怪談短篇集。ディッケンズ「信号手」、リットン「貸家」、ゴーチェ「クラリモンド」、ホーソーン「ラッパチーニの娘」他全七篇。『世界怪談名作集　上』の改題復刊。

## 世界怪談名作集　北極星号の船長ほか九篇

岡本綺堂〔編訳〕　46770-2

綺堂の名訳で贈る、古今東西の名作怪談短篇集。ホフマン「廃宅」、クラウフォード「上床」、モーパッサン「幽霊」、マクドナルド「鏡中の美女」他全十篇。『世界怪談名作集　下』の改題復刊。

## 見た人の怪談集

岡本綺堂 他　41450-8

もっとも怖い話を収集。綺堂「停車場の少女」、八雲「日本海に沿うて」、橘外男「蒲団」、池田彌三郎「異説田中河内介」など全十五話。

## サンカの民を追って

岡本綺堂 他　41356-3

近代日本文学がテーマとした幻の漂泊民サンカをテーマとする小説のアンソロジー。田山花袋「帰国」、小栗風葉「世間師」、岡本綺堂「山の秘密」など珍しい珠玉の傑作十篇。

## 山窩は生きている

三角寛　41306-8

独自な取材と警察を通じてサンカとの圧倒的な交渉をもっていた三角寛の、実体験と伝聞から構成された読み物。在りし日の彼ら彼女らの生態が名文でまざまざと甦る。失われた日本を求めて。

## 山に生きる人びと

宮本常一　41115-6

サンカやマタギや木地師など、かつて山に暮らした漂泊民の実態を探訪・調査した、宮本常一の代表作初文庫化。もう一つの「忘れられた日本人」とも。没後三十年記念。

## 海に生きる人びと

宮本常一　41383-9

宮本常一の傑作『山に生きる人びと』と対をなす、日本人の祖先・海人たちの移動と定着の歴史と民俗。海の民の漁撈、航海、村作り、信仰の記録。

## 辺境を歩いた人々

宮本常一　41619-9

江戸後期から戦前まで、辺境を民俗調査した、民俗学の先駆者とも言える四人の先達の仕事と生涯。千島、蝦夷地から沖縄、先島諸島まで。近藤富蔵、菅江真澄、松浦武四郎、笹森儀助。

## 民俗のふるさと

宮本常一　41138-5

日本人の魂を形成した、村と町。それらの関係、成り立ちと変貌を、ていねいなフィールド調査から克明に描く。失われた故郷を求めて結実する、宮本民俗学の最高傑作。

## 生きていく民俗　生業の推移

宮本常一　41163-7

人間と職業との関わりは、現代に到るまでどういうふうに移り変わってきたか。人が働き、暮らし、生きていく姿を徹底したフィールド調査の中で追った、民俗学決定版。

## 日本人のくらしと文化
宮本常一　41240-5

旅する民俗学者が語り遺した初めての講演集。失われた日本人の懐かしい生活と知恵を求めて。「生活の伝統」「民族と宗教」「離島の生活と文化」ほか計六篇。

## 異形にされた人たち
塩見鮮一郎　40943-6

差別・被差別問題に関心を持つとき、避けて通れない考察をここにそろえる。サンカ、弾左衛門から、別所、俘囚、東光寺まで。近代の目はかつて差別された人々を「異形の人」として、「再発見」する。

## 貧民の帝都
塩見鮮一郎　41818-6

明治維新の変革の中も、市中に溢れる貧民を前に、政府はなす術もなかった。首都東京は一大暗黒スラム街でもあった。そこに、渋沢栄一が中心になり、東京養育院が創設される。貧民たちと養育院のその後は…

## 差別の近現代史
塩見鮮一郎　41761-5

人が人を差別するのはなぜか。どうしてこの現代にもなくならないのか。近代以降、欧米列強の支配を強く受けた、幕末以降の日本を中心に、50余のＱ＆Ａ方式でわかりやすく考えなおす。

## 部落史入門
塩見鮮一郎　41430-0

被差別部落の誕生から歴史を解説した的確な入門書は以外に少ない。過去の歴史的な先駆文献も検証しながら、もっとも適任の著者がわかりやすくまとめる名著。

## 吉原という異界
塩見鮮一郎　41410-2

不夜城「吉原」遊廓の成立・変遷・実態をつぶさに研究した、画期的な書。非人頭の屋敷の横、江戸の片隅に囲われたアジールの歴史と民俗。徳川幕府の裏面史。著者の代表傑作。

## 被差別部落とは何か

喜田貞吉　41685-4

民俗学・被差別部落研究の泰斗がまとめた『民族と歴史』２巻１号の「特殊部落研究号」の、新字新仮名による完全復刻の文庫化。部落史研究に欠かせない記念碑的著作。

## お稲荷さんと霊能者

内藤憲吾　41840-7

最後の本物の巫女でありイタコの一人だった「オダイ」を15年にわたり観察し、交流した貴重な記録。神と話し予言をするなど、次々と驚くべき現象が起こる、稲荷信仰の驚愕の報告。

## 神に追われて　沖縄の憑依民俗学

谷川健一　41866-7

沖縄で神に取り憑かれた人をカンカカリアという。それはどこまでも神が追いかけてきて解放されない厳しい神懸かりだ。沖縄民俗学の権威が実地に取材した異色の新潮社ノンフィクション、初めての文庫化。

## 陰陽師とはなにか

沖浦和光　41512-3

陰陽師は平安貴族の安倍晴明のような存在ばかりではなかった。各地に、差別され、占いや呪術、放浪芸に従事した賤民がいた。彼らの実態を明らかにする。

## 日本迷信集

今野圓輔　41850-6

精霊送りに胡瓜が使われる理由、火の玉の正体、死を告げるカラスの謎……“黒い習俗”といわれる日本人のタブーに対して、民俗学者の視点からメスを入れた、日本の迷信集記録。

## 日本の聖と賤　中世篇

野間宏／沖浦和光　41420-1

古代から中世に到る賤民の歴史を跡づけ、日本文化の地下伏流をなす被差別民の実像と文化の意味を、聖なるイメージ、天皇制との関わりの中で語りあう、両先達ならではの書。

## 江戸の都市伝説　怪談奇談集

志村有弘〔編〕　41015-9

あ、あのこわい話はこれだったのか、という発見に満ちた、江戸の不思議な都市伝説を収集した決定版。ハーンの題材になった「茶碗の中の顔」、各地に分布する飴買い女の幽霊、「池袋の女」など。

## 江戸へおかえりなさいませ

杉浦日向子　41914-5

今なおみずみずしい代表的エッセイ集の待望の文庫化。親本初収載の傑作マンガ「ポキポキ」、文藝別冊特集号から「びいどろ娘」「江戸のくらしとみち」「江戸「風流」絵巻」なども収録。

## 時代劇は死なず！　完全版

春日太一　41349-5

太秦の職人たちの技術と熱意、果敢な挑戦が「新選組血風録」「木枯し紋次郎」「座頭市」「必殺」ら数々の傑作を生んだ——多くの証言と秘話で綴る白熱の時代劇史。春日太一デビュー作、大幅増補・完全版。

## 性・差別・民俗

赤松啓介　41527-7

夜這いなどの村落社会の性民俗、祭りなどの実際から部落差別の実際を描く。柳田民俗学が避けた非常民の民俗学の実践の金字塔。

## 禁忌習俗事典

柳田国男　41804-9

「忌む」とはどういう感情か。ここに死穢と差別の根原がある。日本各地からタブーに関する不気味な言葉、恐ろしい言葉、不思議な言葉、奇妙な言葉を集め、解説した読める民俗事典。全集未収録。

## 葬送習俗事典

柳田国男　41823-0

『禁忌習俗事典』の姉妹篇となる１冊。埋葬地から帰るときはあとを振り返ってはいけない、死家と飲食の火を共有してはいけないなど、全国各地に伝わる風習を克明に網羅。全集未収録。葬儀関係者に必携。

著訳者名の後の数字はISBNコードです。頭に「978-4-309」を付け、お近くの書店にてご注文下さい。